年代：1991 年　尺寸：68×104（cm）

树后边是太阳

////////////

它无比强烈的光芒穿过树干与枝丫，照射过来，巨大的
树影无际无涯地展开，一下子铺满了辽阔的雪原。

年代：2007年　尺寸：44×52（cm）

垂柳

//////////

在一片光亮晴空的映衬下，
它们的身影就如同用浓墨画上去的一样。

雄风

/////////

世人赞叹它们独绝的姿容，很少去想在终年的烈日下或寒飙中，它们是怎样存活和生长的。

年代：2009 年　尺寸：77×108（cm）

野花

花草松竹，给雨水一洗，
更艳更鲜更亮更香，
而花味草味松味竹味，似乎也更加清新醉人。

年代：2007 年　尺寸：44×52（cm）

年代：2009 年　尺寸：44×52（cm）

思绪如烟

/////////

人为了看见自己的内心才画画。

年代：2007 年　尺寸：44×52（cm）

冬日的诗

//////////

冬日大地上的万物，
等待着春风吹来，一切复活。

//////////

大海的风从西边把这些云彩携来，
随心所欲地布满天空。

年代：2007年　尺寸：44×52（cm）

年代: 2007 年　尺寸: 44×52（cm）

太行夕照

暮时的阳光，已经失去了白日里的咄咄逼人；它变得很温和，很红，好像一种
橘色的灯光，不管什么东西给它一照，全都分外地美丽。

//////////

往事

虽然它不停在风中摇动，但每一个姿态都自在，
随意，绝不矫情，也不搔首弄姿。

/////////

年代：1992 年   尺寸：89×96（cm）

雪村

这小屋的灯光顿时更亮，
黄色的光影还透射到窗外的雪地上。

年代: 2008 年　尺寸: 44×52（cm）

年代: 2008 年　尺寸: 44×52（cm）

树影躺下

//////////

这个灵魂是绿色的，
透明的，绝无任何杂质。

年代：1990 年　尺寸：90×61（cm）

期待

//////////

期望没有句号。

最美的感觉当然就在这深巷里。

年代：2010年　尺寸：52×44（cm）

年代：2008 年　尺寸：34×59（cm）

粉墙

足跟敲地，好似叩打历史，
回声响在苔痕斑驳的石墙上。

华灯初上

///////////

白天和黑夜的界线是灯光；
明天与今天的界线还是灯光。

年代：2014 年　尺寸：54×78（cm）

年代：1998 年　尺寸：120×67（cm）

山间挑夫

在陡直而似乎没有尽头的山道上，一个穿红背心的挑山工给肩头的重物压弯了腰，却一步步、不声不响、坚忍地向上登攀。

//////////

花巷

冯骥才经典散文精选

冯骥才 ——

著

湖南文艺出版社
HUNAN LITERATURE AND ART PUBLISHING HOUSE

博集天卷
CS-BOOKY

用心生活是累人的，

但唯此才幸福。

目录

Contents

Chapter 01

用心生活

我自泰山返回家后，就画了一幅画——在陡直而似乎没有尽头的山道上，一个穿红背心的挑山工给肩头的重物压弯了腰，却一步步、不声不响、坚忍地向上登攀。多年来，这幅画一直挂在我的书桌前，不肯换掉，因为我需要它……

1

Chapter 02

生命真趣

爷爷的后院虽小，它除去堆放杂物，很少人去，里边的花木从不修剪，快长疯了！枝叶纠缠，阴影深浓，却是鸟儿、蝶儿、虫儿们生存和嬉戏的一片乐土，也是我儿时的乐园。我喜欢从那爬满青苔的湿漉漉的大树干上，取下一只又轻又薄的蝉衣，从土里挖出筷子粗肥大的蚯蚓，把团团飞舞的小蜢虫赶到蜘蛛网上去。

Chapter 03

艺术人生

平山郁夫曾一语道出我有过"宋画的磨炼"，这说明他很有眼光。我的画里没有黄公望与石涛的基因，只有郭熙与马远的影子。正像我的小说没有昆德拉和塞林格，只有巴尔扎克、屠格涅夫、蒲松龄、冯梦龙、鲁迅，还间接有一点马尔克斯。

Chapter 04
远方诗意

把大自然与人融为一体的是音乐与歌。所以，每当我听到阿尔卑斯山山民在歌声中那种"哎嗨——哟"的呼叫，我立刻会感到耀眼的雪山和开阔的山谷就在眼前，清新的山风还无限快意地扑在我的脸上。

用心生活

我自泰山返回家后，就画了一幅画——在陡直而似乎没有尽头的山道上，一个穿红背心的挑山工给肩头的重物压弯了腰，却一步步、不声不响、坚忍地向上登攀。多年来，这幅画一直挂在我的书桌前，不肯换掉，因为我需要它……

挑山工

一

你见过泰山的挑山工吗？这是种很奇特的人！

不知别处对这种运货上山的民夫怎样称呼。这儿习惯叫作挑山工。单从"挑山"二字，就可以体会出这种工作非凡的艰辛。肩挑着百十斤的重物，从山下直挑到烟云缭绕、鸟儿都难飞得上去的山顶，谁敢一试？更何况，这被誉为"五岳之首"的泰山，自有其巍巍而不可征服的威势。从山根直至极顶处，一条道儿，全是高高的石头台阶，简直就是一架直上直下的万丈天梯。在通向南天门的十八盘道上，那些游山来的健壮的男儿，也不免气喘吁吁；一般人更是精疲力竭，抓着道旁的铁栏，把身子一点点往上移。每爬上十来磴台阶，就要停下来歇一歇。只有这时，你碰到一个挑山工——他给重重的挑儿压塌了腰，汗水湿透衣衫，两条腿上的肌条筋缕都清晰地凸现在外，默不作声，一步一步，吃力又坚忍地走过你身旁，登了上去。你那才算是约略知道"挑山"二字的滋味……

挑山工，大概自古就有。山头那些千年古刹所用的一切建筑材料，都是从山下运上来的。你瞧着这些构造宏伟的古建筑上巨大的梁柱础石、沉重的铜砖铁瓦，再低头俯望一条灰白的山路，如同一根细绳，蜿蜒曲折，没入茫茫的谷底。你就会联想到，当年为了建造这些庙宇寺观，为了这壮观的美，挑山工们付出了怎样艰巨和惊人的劳动！

我少时来游泰山，山顶上还有三四十户人家，家中的男人大多是挑山工，给山上的国营招待所运送食品货物以为生计。清早，他们拿了扁担绳索，带着晨风晓露下山去，后晌随着一片暮云夕阳，把货物挑上山来。星光烁烁时，家家都开夜店，留宿打算在山头住一夜转天早起观瞻日出的游人，收费却比国营招待所低廉。他们的屋子是石头垒的。山上风大，小屋都横竖卧在山道两旁的凹处，屋顶与道面一般平。屋里边简陋得几乎什么也没有，用来招待客人的，只有一条脏被和热开水。为了招待主顾，各家门首还挂着一个小幌牌，写着店名。有的叫"棒槌店"，就在木牌两边挂一对小木棒槌；有的叫"勺儿店"，便挂一对乌黑的小生铁勺儿；下边拴些红布穗子，随风摇摆，叮当轻响。不过，你在这店里睡不好觉。劳累了一天的挑山工和客人们睡在一张炕上。他们要整整打上一夜松涛般呼呼作响的鼾……

在这些小石屋中间，摆着一件非常稀罕的东西。远看一人多高，颜色发黑，又圆又粗，两个人才能合抱过来。上边缀满繁密而细碎的光点，熠熠闪烁。好像一块巨型的金星石。近处一看，原来是一口特大的水缸，缸身满是裂缝，那些光点竟是数不清的连合破缝的锔子，估计总有一两千个。颇令人诧异。我问过山民，才知道，山顶没有泉眼，缺水吃，山民们用这口缸储存雨水。为什么打了这么多锔子呢？据说，三百多年前，山上住着一百多户人家。每天人们要到半山间去取水，很辛苦。一年，从这些人家中，长足了八个膀大腰圆、力气十足的小伙子。大家合计一下，在山下的泰安城里买了这口大缸。由这八个小伙子出力，整整用了七七四十九天，才把大缸抬到山顶。以后，山上人家愈来愈少，再也不能凑齐那样八个健儿，抬一口新缸来。每次缸裂了，便到山下请上来一位锔缸的工匠，锔上裂缝。天长日久，就成了这样子。

听了这故事，你就不会再抱怨山顶饭菜价钱的昂贵。山上烧饭用的煤，也是一块块挑上来的呀！

<h2 style="text-align:center">二</h2>

在泰山上，随处都可以碰到挑山工。他们肩上架一根光溜溜的扁担，两端翘起处，垂下几根绳子，拴挂着沉甸甸的物品。登山时，他们的一条胳膊搭在扁担上，另一条胳膊垂着，伴随登踏的步子有节奏地一甩一甩，以保持身体平衡。他们的路线是折尺形的——先从台阶的一端起步，斜行向上，登上七八级台阶，就到了台阶的另一端；便转过身子，反方向斜行，到一端再转回来，一曲一折向上登。每次转身，扁担都要换一次肩，这样才能使垂挂在扁担前头的东西不碰在台阶的边沿上，也为了省力。担了重物，照一般登山那样直上直下，膝头是受不住的。但路线曲折，就使路程加长。挑山工登一次山，大约

多于游人们路程的一倍！

你来游山。一路上观赏着山道两旁的奇峰异石、巉岩绝壁、参天古木、飞烟流泉，心情喜悦，步子兴冲冲。可是当你走过这些肩挑重物的挑山工的身旁时，你会禁不住用一种同情的目光，注视他们一眼。你会因为自己身无负载而倍觉轻松，反过来，又为他们感到吃力和劳苦，心中生出一种负疚似的情感……而他们呢？默默的，不动声色，也不同游人搭话——除非向你问问时间。一步步慢吞吞地走自己的路。任你怎样嬉叫闹喊，也不会惊动他们。他们却总用一种缓慢又平均的速度向上登，很少停歇。脚底板在石阶上发出坚实有力的嚓嚓声。在他们走过之处，常常会留下零零落落的汗水的滴痕……

奇怪的是，挑山工的速度并不比你慢。你从他们身边轻快地超越过去，自觉把他们甩在后边很远。可是，你在什么地方饱览四外雄美的山色；或在道边诵读与抄录凿刻在石壁上的爬满青苔的古人的题句；或在喧闹的溪流前洗脸濯足，他们就会在你身旁慢吞吞、不声不响地走过去。悄悄地超过了你。等你发现他们走在你的前头时，会吃一惊，茫然不解，以为他们是像仙人那样腾云驾雾赶上来的。

有一次，我同几个画友去泰山写生，就遇到过这种情况。我们在山下的斗姥宫前买登山用的青竹杖时，遇到一个挑山工。矮个子，脸儿黑生生，眉毛很浓，四十来岁；敞开的白土布褂子中间露出鲜红的背心。他扁担一头拴着几张黄木凳子，另一头捆着五六个青皮西瓜。我们很快就越过他去。可是到了回马岭那条陡直的山道前，我们累了，舒开身子，躺在一块平平的被山风吹得干干净净的大石头上歇歇脚，这当儿，竟发现那挑山工就坐在对面的草茵上抽着烟。随后，我们差不多同时起程，很快就把他甩在身后，直到看不见。但当我爬上半山的五松亭时，却见他正在那株姿态奇特的古松下整理他的挑儿。褂子脱掉，现出黑黝黝、健美的肌肉和红背心。我颇感惊异。走过去假装问道，让支烟，跟着便没话找话，和他攀谈起来。这山民倒不拘束，挺爱说话。他告诉我，他家住在山脚下，天天挑货上山。一年四季，一天一个来回。他干了近二十年。然后他说："您看俺个子小吗？干挑山工的，长年给扁担压得长不高，都是矮粗。像您这样的高个儿干不了这种活儿。走起来，晃晃悠悠呢！"

他逗趣似的一抬浓眉，咧开嘴笑了，露出皓白的牙齿。山民们喝泉水，牙齿都很白。

这么一来，谈话更随便些，我便把心中那个不解之谜说出来："我看你们走得很慢，怎么反而常常跑到我们前边来了呢？你们有什么近道儿吗？"

他听了，黑生生的脸上显出一丝得意之色。他吸一口烟，吐出来，好像做了一点思考，才说："俺们哪里有近道，还不和你们是一条道！你们是走得快，可你们在路上东看西看，玩玩闹闹，总停下来呗！俺们跟你们不一样。不能像你们在路上那么随便，高兴怎么就怎么。一步踩不实不行，停停住住更不行。那样，两天也到不了山顶。就得一个劲儿总往前走。别看俺们慢，走长了就跑到你们前边去了。瞧，是不是这个理儿？"

我笑吟吟，心悦诚服地点着头。我感到这山民的几句话里，似乎包蕴着一种意味深长的哲理，一种切实而朴素的思想。我来不及细细嚼味，做些引申，他就担起挑儿起程了。在前边的山道上，在我流连山色之时，他还是悄悄超过了我，提前到达山顶。我在极顶的小卖部门前碰见他，他正在那里交货。我们的目光相遇时，他略表相识地点头一笑，好像对我说："瞧，俺可又跑到你的前头来了！"

　　我自泰山返回家后，就画了一幅画——在陡直而似乎没有尽头的山道上，一个穿红背心的挑山工给肩头的重物压弯了腰，却一步步、不声不响、坚忍地向上登攀。多年来，这幅画一直挂在我的书桌前，不肯换掉，因为我需要它……

珍珠鸟

真好！朋友送我一对珍珠鸟，放在一个简易的竹条编成的笼子里，笼内还有一卷干草，那是小鸟舒适又温暖的巢。

有人说，这是一种怕人的鸟。

我把它挂在窗前。那儿还有一盆异常茂盛的法国吊兰。我便用吊兰长长的、串生着小绿叶的垂蔓蒙盖在鸟笼上，它们就像躲进深幽的丛林一样安全；从中传出的笛儿般又细又亮的叫声，也就格外轻松自在了。

阳光从窗外射入，透过这里，吊兰那些无数指甲状的小叶，一半成了黑影，一半被照透，如同碧玉；斑斑驳驳，生意葱茏。小鸟的影子就在这中间隐约闪动，看不完整，有时连笼子也看不出，却见它们可爱的鲜红小嘴儿从绿叶中伸出来。

我很少扒开叶蔓瞧它们，它们便渐渐敢伸出小脑袋瞅瞅我。我们就这样一点点熟悉了。

三个月后，那一团愈发繁茂的绿蔓里边，发出一种尖细又娇嫩的鸣叫。我猜到，是它们有了雏儿。我呢，决不掀开叶片往里看，连添食加水时也不睁大好奇的眼去惊动它们。过不多久，忽然有一个小脑袋从叶间探出来。更小哟，雏儿！正是这个小家伙！

　　它小，就能轻易地由疏格的笼子钻出身。瞧，多么像它的母亲；红嘴红脚，灰蓝色的毛，只是后背还没有生出珍珠似的圆圆的白点；它好肥，整个身子好像一个蓬松的球儿。

　　起先，这小家伙只在笼子四周活动，随后就在屋里飞来飞去，一会儿落在柜顶上，一会儿神气十足地站在书架上，啄着书背上那些大文豪的名字；一会儿把灯绳撞得来回摇动，跟着跳到画框上去了。只要大鸟在笼里生气地叫一声，它立即飞回笼里去。

　　我不管它。这样久了，打开窗子，它最多只在窗框上站一会儿，决不飞出去。

　　渐渐它胆子大了，就落在我书桌上。

　　它先是离我较远，见我不去伤害它，便一点点挨近，然后蹦到我的杯子上，俯下头来喝茶，再偏过脸瞧瞧我的反应。我只是微微一笑，依旧写东西，它就放开胆子跑到稿纸上，绕着我的笔尖蹦来蹦去；跳动的小红爪子在纸上发出嚓嚓的响声。

　　我不动声色地写，默默享受着这小家伙亲近的情意。这样，它完全放心了。索性用那涂了蜡似的、角质的小红嘴，"嗒嗒"啄着我颤动的笔尖。我用手抚一抚它细腻的绒毛，它也不怕，反而友好地啄两下我的手指。

　　有一次，它居然跳进我的空茶杯里，隔着透明光亮的玻璃瞅我。它不怕我突然把杯口捂住。是的，我不会。

白天，它这样淘气地陪伴我；天色入暮，它就在父母的再三呼唤声中，飞向笼子，扭动滚圆的身子，挤开那些绿叶钻进去。

　　有一天，我伏案写作时，它居然落到我的肩上。我手中的笔不觉停了，生怕惊跑它。待一会儿，扭头看，这小家伙竟趴在我的肩头睡着了，银灰色的眼睑盖住眸子，小红脚刚好给胸脯上长长的绒毛盖住。我轻轻抬一抬肩，它没醒，睡得好熟！还呷呷嘴，难道在做梦！

　　我笔尖一动，流泻下一时的感受：

　　信赖，往往创造出美好的境界。

吃鲫鱼说

鸡不能吃自家养的，鱼必须吃自己钓的。

前者的缘故是，家禽通人性，吃时下嘴难；后者的缘故是，钓鱼又吃鱼是双倍的乐趣。

深秋晨时，在水塘边择一幽僻处，取香饵一珠，粘于银钩之尖，悄悄下竿于苇草间。水色深碧，鱼漂明亮，尖头露出水面，显得十分灵通。漂儿连着细如发丝一般的敏感的线，再接着埋伏在香饵中锐利的钩儿。少焉，鱼漂忽地一动，通报了水底的鱼讯。这时千千万万沉心屏息，握竿勿动，待这漂儿再动两下，跟着像出水的潜水艇顶上的天线，直挺挺升起来，一直升到根部。一个生活中那种小愉快将临的关键时刻到了，手腕一抖，竿成弯弓，水里一片惊慌奔突的景象。钓者最大的乐趣也就在这短暂时刻里。倘是高手，必然不急于把鱼儿提上来，而是用欲擒故纵之法，把鱼儿在水里拉近放远，直遛得没了力气，泄了气，认了头，翻过雪白的肚子，再拉上岸来。

当然这鱼既不是鲤鱼草鱼，也不是武昌白鲢。唯鲫鱼，秋日里最大最肥，而且吃饵的表现，是一种极优美的"托漂"。不像鲤鱼草鱼，吃食时横扫而过，把鱼饵吞下去一拉就走，鱼漂也被一同拉入水中，这称"黑漂"。黑，就是鱼漂在水面上一下看不见了。鲫鱼吃食要文静幽雅得多，它们习惯于垂头吸食，待把鱼饵吸入口中，一抬头，鱼漂便直挺挺浮升上来，就叫作"托漂"。天下渔人，一见托漂便知是鲫鱼；一见鲫鱼心中必大喜。唯鲫鱼之味才鲜美也。

若钓到半斤左右鲫鱼，勿烧勿焖，勿用酱油。鱼见本色，最具鱼味。

我家津沽，处处有水，无水无鱼。鲫鱼是最常见的鱼，多种烹调之法中，首推如下：

先把鱼除鳞去肠，收拾干净。愈是银光透亮模样，则愈诱人生出烹调的快感。然后将收拾好的鱼摆在案板上，反正都用刀背轻轻拍打几下。刚钓到的鱼，尽管已把鳃片取掉，眸子仍旧闪闪发亮，时而还会扭动一下身子，把瘪嘴张成一个圆洞。鱼鲜肉紧，拍打几下，松其肉，烹煮时味道才好出来。拍打过后，放在油锅煎炸，微黄即止，取出晾在一边。

另取一锅烧白水。待水滚沸，投鱼入水煮将起来。待汤水见白，放入葱花，姜末，精盐，茴香豆，以及加饭酒。此中要点有三：其一，必须等待汤水变白，再放作料。汤水变白，是鱼被煮透的征象；倘若鱼未煮透，作料的味道不能入鱼便被熬尽，失去作料的意义。其二，上述几种作料葱姜蒜盐和料酒必须同时放入。倘若有先有后，先入者则为主，味道则必不能丰富。其三，加饭酒必须是绍兴出产，防止假冒，一假全糟。这样，一煮便要十分钟，煮好即成。

煮好的鱼，分作一菜一汤。

先说菜：用一上好青花瓷盘，将鱼摆好，再把汤中的葱花嫩绿摆在银白鱼腹上作为装饰。不需再加任何作料与辅料，只备一小碟老醋在旁，属于蘸用的调料。小碟应与盛鱼的青花盘配套。醋要选用山西或天津独流的老醋为佳，不要加辣。一辣遮百味。

再说汤：锅中鱼汤，盛入小碗，再备瓷勺一只，也应与青花盘配套。若桌布也是青白颜色，则会为这绝好汤菜更添兴味。汤中应加调味品，便是胡椒。

菜以醋调味，汤以胡椒调味，以示区别。然胡椒与醋，都是刺激食欲的开胃品，不败鱼味，反提鱼鲜。

食之时，盛精米白饭一小碗。一边吃米，一边吃鱼。白米亮如珠，鱼肉软似玉，鲜美皆天然。由此可知，一切美味，皆是本味，犹如一切美色，皆是本色。故此鱼之美，胜于一切名师御厨锦绣包装也。

饭菜之后，便饮鱼汤。汤宜慢饮，每勺少半，徐徐入口。鱼之精华，尽在汤中。倘能从中品出山水之清纯乃至湖天颜色，不仅是美食家，亦我此汤之知音者也。

我生来心急怕刺，吃鱼不多，唯此样鱼，却是家常喜爱食物。一是鲜美滋味，天下无双；二是自钓自吃，自食其力，自食其果。我人生中最喜欢尝到这种成果。

君若有意，不妨照方一试。但别忘了，不能不钓而吃，而是先钓后吃。自钓自吃，才是此种美食之要义也。

无书的日子

你出外旅行，在某个僻远的小镇住进一家小店，赶上天阴落雨，这该死的连绵的雨把你闷在屋里。你拉开提包锁链，呀，糟糕至极！竟然把该带在身边的一本书忘在家中——这是每一个出外的人经常会碰到的遗憾。你怎么办？身在他乡，陌生无友，手中无书，面对雨窗孤坐，那是何等滋味？我嘛，嘿，我自有我的办法！

道出这办法之前，先要说这办法的由来。

我家在"文革"初被洗劫一空。藏书千余，听凭革命造反派们撕之毁之，付之一炬。抄家过后，收拾破破烂烂的家具杂物时，把残书和哪怕是零零散散的书页都万分珍惜地敛起来，整理、缝订，破口处全用玻璃纸粘好；完整者寥寥，残篇散页却有一大包袱。逢到苦闷寂寞之时，便拿出来读。读书如听音乐，一进入即换一番天地。时入蛮荒远古，时入异国异俗，时入霞光夕照，时入人间百味。一时间，自身的烦扰困顿乃至四周的破门败墙全都化为乌有，书中世界与心中世界融为一体——人物的苦恼赶走自己的苦恼，故事的紧张替代现实的紧张，即便忧伤郁悒之情也换了一种。艺术把一切都审美化，丑也是一种美，在艺术中审丑也是审美，也是享受。

但是，我从未把书当作伴我消度时光的闲友，而把它们认定是充实和加深我的真正伙伴。你读书，尤其是那些名著，就是和人类历史上最杰出的先贤智者相交！这些先贤智者著书或是为了寻求别人理解，或是为了探求人生的途径与处世的真理。不论他们的箴言沟通你的人生经验，他们聪慧的感受触发你的悟性，还是他们天才的思想顿时把你蒙昧混沌的头颅透彻照亮——你的脑袋仿佛忽然变成一只通电发亮的灯——他们不是你最宝贵的精神朋友吗？

半本《约翰·克利斯朵夫》几乎叫我看烂，散页的中外诗词全都烂熟于我心中。然而，读这些无头无尾的残书倒别有一种体味，就像面对残断胳膊的维纳斯时，你不知不觉会用你自己最美的想象去安装它。书中某一个人物的命运由于缺篇少章不知后果，我并不觉得别扭，反而用自己的想象去发展它，完成它。我按照自己的意志为它们设想出必然的命运变化和结局。我感到自己就像命运之神那样安排着一个个生命有意味的命运历程。当时，我的命运虽然被别人掌握，我却掌握着另一些"人物"的命运；前者痛苦，后者幸福。

往往我给一个人物设计出几种结局，小说中人物的结局才是人物的完成。当然我不知道这些人物在原书中的结局是什么，我就把自己这些续篇分别讲给不同朋友听。凡是某一种结局感动了朋友，我就认定原作一定是这样，好像我这才是真本，听故事的朋友们自然也就深信不疑。

"文革"后，书都重新出版了。常有朋友对我说："你讲的那本书最近我读了，那人物根本没死，结尾也不是你讲的那样……"他们来找我"算账"；不过也有的朋友望着我笑而不答的脸说："不过，你那样结束也不错……"

当初，续编这些残书未了的故事，我干得挺来劲儿，因为在续编中，我不知不觉使用了自己的人生经验，调动出我生活中最生动、独特和珍贵的细节，发挥了我的艺术想象，而享受自己的想象才是最醉心的，这是艺术创造者们所独有的一种感受。后来，又是不知不觉，我脱开别人的故事轨道，自己奔跑起来。世界上最可爱的是纸，偏偏纸多得无穷无尽，它们是文学挥洒的无边无际的天地。我开始把一张张洁白无瑕的纸铺在桌上，写下心中藏不住的、唯我独有的故事。

写书比读书幸福得多。

读书是欣赏别人，写书是挖掘自己；读书是接受别人的沐浴，写书是一种自我净化。一个人的两只眼用来看别人，但还需要一只眼对向自己，时常审视深藏自身中的灵魂，在你挑剔世界的同时还要同样地挑剔自己。写作能使你愈来愈公正、愈严格、愈开阔、愈善良。你受益于文学首先是这样的自我更新和灵魂再造，否则你从哪里获得文学所必需的真诚？

读书是享用别人的创造成果，写书是自己创造出来供给他人享用。文学的本质是从无到有；文学毫不宽容地排斥仿造，人物、题材、形式、方法，哪怕别人甚至自己使用过的一个巧妙的比喻也不容在你笔下再次出现。当他所有的细胞都是新生的，才能说你创造了一个新生命。于是你为这世界提供一个有认识价值并充满魅力的新人物，他不曾在人间真正活过一天，却有名有姓有血有肉，并在许许多多读者心底深刻并形象地存在着；一些人从他身上发现身边的人，一些人从他个性中发现自己；人们从中印证自己，反省过失，寻求教训，发现生存价值和生活真谛……还有，世界上一切事物在你的创作中，都带着光泽、带着声音、带着生命的气息和你的情感而再现，而这所有一切又都是在你两三尺小小书桌上诞生的，写书是多么令人迷醉的事情啊！

在那无书的日子里，我是被迫却又心甘情愿地走到这条道路上去的，这便是写书。

无书而写书。失而复得，生活总是叫你失掉的少，获得的多。

嘿嘿，这就是我要说的了——

每当旅行在外，手边无书，我就找几张纸铺展在桌。哪怕一连下上半个月的雨，我照旧充满活力、眼光发亮、有声有色地待在屋中。我可不是拿写书当作一种消遣，我在做上帝做过的事：创造生命。

黄山绝壁松

黄山以石奇云奇松奇名天下。然而登上黄山，给我以震撼的是黄山松。

黄山之松布满黄山，由深深的山谷至大大小小的山顶，无处无松。可是我说的松只是山上的松。

山上有名气的松树颇多，如迎客松、望客松、黑虎松、连理松等等，都是游客们争相拍照的对象。但我说的不是这些名松，而是那些生在极顶和绝壁上不知名的野松。

黄山全是石峰。裸露的巨石侧立千仞，光秃秃没有土壤，尤其那些极高的地方，天寒风疾，草木不生，苍鹰也不去那里，一棵棵松树却破石而出，伸展着优美而碧绿的长臂，显示其独具的气质。世人赞叹它们独绝的姿容，很少去想在终年的烈日下或寒飙中，它们是怎样存活和生长的。

一位本地人告诉我，这些生长在石缝里的松树，根部能够分泌一种酸性的物质，腐蚀石头的表面，使其化为养分被自己吸收。为了从石头里寻觅生机，也为了牢牢抓住绝壁，以抵抗不期而至的狂风的撕扯与摧折，它们的根日日夜夜与石头搏斗着，最终不可思议地穿入坚如钢铁的石体。细心便能看到，这些松根在生长和壮大时常常把石头从中挣裂！还有什么树木有如此顽强的生命力？

我在迎客松后边的山崖上仰望一处绝壁，看到一条长长的石缝里生着一株幼小的松树。它高不及一米，却旺盛而有活力。显然曾有一颗松子飞落到这里，在这冰冷的石缝间，什么养料也没有，它却奇迹般生根发芽，生长起来。如此幼小的树也能这般顽强？这力量是来自物种本身，还是在一代代松树坎坷的命运中磨砺出来的？我想，一定是后者。我发现，山上之松与山下之松绝不一样。那些密密实实拥挤在温暖的山谷中的松树，干直枝肥，针叶鲜碧，慵懒而富态；而这些山顶上绝壁松却是枝干瘦硬，树叶黑绿，矫健又强悍。这绝壁之松是被恶劣与凶险的环境强化出来的。它遒劲和富于弹性的树干，是长期与风雨搏斗的结果；它远远地伸出的枝叶是为了更多地吸取阳光……这一代代艰辛的生存记忆，已经化为一种个性的基因，潜入绝壁松的骨子里。为此，它们才有着如此非凡的性格与精神。

它们站立在所有人迹罕至的地方。那些荒峰野岭的极顶，那些下临万丈的悬崖峭壁，那些凶险莫测的绝境，常常可以看到三两棵甚至只有一棵孤松，十分夺目地立在那里。它们彼此姿态各异，也神情各异，或英武，或肃穆，或孤傲，或寂寞。远远望着它们，会心生敬意；但它们——只有站在这些高不可攀的地方，才能真正看到天地的浩荡与博大。

于是，在大雪纷飞中，在夕阳残照里，在风狂雨骤间，在云烟明灭时，这些绝壁松都像一个个活着的人：像站立在船头镇定又从容地与激浪搏斗的艄公，战场上永不倒下的英雄，沉静的思想者，超逸又具风骨的文人……在一片光亮晴空的映衬下，它们的身影就如同用浓墨画上去的一样。

但是，别以为它们全像画中的松树那么漂亮。有的枝干被飓风吹折，暴露着断枝残干，但另一些枝叶仍很苍郁；有的被酷热与冰寒打败，只剩下赤裸的枯骸，却依旧尊严地挺立在绝壁之上。于是，一个强者应当有的品质——刚强、坚忍、适应、忍耐、奋取与自信，它全都具备。

现在可以说了，在黄山这些名绝天下的奇石奇云奇松中，石是山的体魄，云是山的情感，而松——绝壁之松是黄山的灵魂。

旧与老

在京城的一次活动中，经人介绍结识一位德国女子。她通汉学，尤爱中国的历史人文，对当下备受摧残的古老建筑的痛惜之情，不亚于我们。她说她看过我为抢救津城遗存而主编的《旧城遗韵》，跟着马上问我："你为什么叫'旧'，不叫'老'？"

这个问题使我一怔。

有时一个问题，会逼着你去想，去自审。我感到这个问题里有值得思辨的东西。一时不及细想。我找到自己当初使用这个"旧"字的缘故，便说："天津人习惯把那古老的城区叫作旧城，我们就沿用了。"

她听罢，摇摇头，说："不好，不好。"便扭头走去。这个德国女子直来直去，一点也不客气，却叫我由此认真地深思了关于文化的两个重要的字，就是"旧"与"老"。

一件东西，使用久了，变得深黯、陈旧、褪去光泽，甚至还会松动、开裂、破损、缺失。我们习惯称之为"旧东西"。按照一种习惯性的潜意识，旧东西是过时的，不受用的，不招人喜欢的。所以旧东西的出路只有一条，就是扔掉——以旧换新。俗语便是"旧的不去，新的不来"。

我们有一种"厌旧"的心理。

这种心理来源于农耕文明。农人们的生活节律是一年四季为一个周期，所谓春种、夏耕、秋收和冬藏。春天是开头，冬天是结尾。春天里万象更新，一年之计在于春；对生活的期望全部孕育在春天的全新的事物里。故此，逢到过年，也就是冬去春来之际，人们最大的愿望就是除旧迎新。

于是，旧东西必定是在铲除之列。这种厌旧心理根深蒂固地潜在人们的血液里，便成了长久以来农耕文明中在文化上缺乏积淀与自珍的深刻的缘故。到了今天，自然就成了中华大地"建设性破坏"的无形而广泛的基础。这"建设性破坏"——建设是新，破坏是旧，对于我们多么地顺理成章！

然而，相对于"旧"，"老"是完全不同的另一种概念。

"旧"是物质性的，而且含有贬义，比如陈旧，破旧，等等；"老"却有非物质的一面。老是一种时间的内容。比如老人、老朋友、老房子。时间是一种历史。所以"老"中间不含贬义。甚至还含着一种记忆，一种情感，一种割舍不得的具有精神价值的内涵。

比方说某件东西是"旧东西"，似乎就是过时的，需要更新的；若说是"老东西"，那就含有历史的成分。应当考察它，认识它，鉴别它，对于有意味的老东西还要珍惜它。

由此往下说，对于一座城，我们说它是"旧城"还是"老城"，不就全然不一样了吗？

旧城，破破烂烂，危房陋屋，又脏又潮，设施简陋，应当拆去；老城，历史悠久，遗存丰厚，风情别具，应当下力气整治和倍加爱惜。这一切不都与这两个字有关吗？应该说，这两个字代表着两种观念，也是不同时代的文化观。

在宁波，一次关于历史文化遗存保护的谈话中，我遇到了阮仪三教授。我对阮教授人品学品都十分敬重。谈话间，我提出了一个话题，就是"旧城改造"。

因为现在中国各地都在进行大规模的"旧城改造"。中国人是喜欢喊口号的。好像没有口号，就没了主心骨。因此常常由于口号偏差，铸成大错，坏了大事。我依照上边的这些思辨，便说：

"现在看来，'旧城改造'中这个'旧'字问题很大。一座城，如果说是旧城，'旧的不去，新的不来'，那就拆掉了事；如果换成'老'字，叫作'老城'就不同了。老城里边有历史，不能轻易大动干戈。当然，法国人是连'老城'也不叫的，他们叫'古城'！"

看来，这个问题在阮仪三教授的脑袋里早有思考。他说："'改造'这个词儿也不好。因为'改造'这两个字一向都是针对不好的事情。比如'思想改造''劳动改造''知识分子改造'等等。怎么能把自己的历史当作不好的东西呢？我认为应当把'改造'也换了。换成'老城整治'，或者干脆就叫作'古城保护'！"

这一席谈话真是收获不小。居然把当今中国最流行的一句话"旧城改造"给推翻了。而且换上一个词儿，叫作"老城整治"——或者痛痛快快就叫作"古城保护"了。可是别小看这几个字的改动。这里边有个"文明的觉醒"的问题。但这只是书生们的一厢情愿。关键还是城市的管理者们，有谁赞成这样的改动？

献你一束花

鲜花，理应呈送给凯旋的英雄。难道献给这暗淡无光的失败者？

她一直垂着头。四天前，她从平衡木上打着旋儿跌在垫子上时，就把这美丽而神气的头垂下来了；现在她回国了，走入首都机场的大厅，简直要把脑袋藏进领口里去。她怕见前来欢迎的人们，怕记者问什么，怕姐姐和姐夫来迎接她，甚至怕见到机场那个热情的女服务员——她的崇拜者，每次出国经过这里时，都跑来帮着她提包儿……有什么脸见人，大败而归！

这次世界性比赛，她完全有把握登上平衡木和高低杠"女王"的宝座，国内外的行家都这么估计，但她的表演把这些希望的灯全都关上了。

两年前，她第一次出国参加比赛，夹在许多名扬海外的姑娘中间，不受人注意，心里反而没负担，出人意料拿了两项冠军。回国时，就在这机场大厅里，她受到空前热烈的迎接。许多只手朝她伸来，许多摄影机镜头对准她。一个戴眼镜的记者死死纠缠着问："你最喜欢什么？"她不知如何作答，抬眼看见一束花，便说："花！"于是就有几十束花朝她塞来，多得抱不住。两年来多次出国比赛，她胸前挂着一个又一个亮晃晃的奖牌回来，迎接她的是笑脸、花和摄影机雪亮的闪光。是不是这就加重了她的思想负担？愈赢愈怕赢，成绩的包袱比失败的包袱更重。精神可以克服肉体的痛苦，肉体却无法摆脱精神的压力。这次她在平衡木上稍稍感觉自己有些不稳，内心立刻变得慌乱而不能自制。她失败了，并且跟着在下面其他项目的比赛中一塌糊涂地垮下来……

本来她怕见人，走在队伍最后，可是当她发现很少有人招呼她，摄影记者也好像有意避开她时，她感到冷落，加重了心中的沮丧和愧疚，纵使她有回天之力，一时也难以补偿，她茫然了。是啊，谁愿意与失败者站在一起。

忽然她发现一双脚停在她眼前。谁？她一点点向上看：深蓝色的服装，长长的腿，铜衣扣，无檐帽下一张洁白娴静的脸。原来是机场那女服务员，正背着双手，含笑对她说："我在电视里看见了你们比赛，知道你今天回来，特意来迎接你。"

"我真糟！"她赶紧垂下头。

"不，你同样用尽汗水和力量。"

"我是失败者。"

"谁都不能避免失败。我相信，失败和胜利对于你同样重要。让失败属于过去，胜利才属于未来。"女服务员的声音柔和又肯定。

她听了这话，重新抬起头来。只见女服务员把背在身后的手向前一伸，一大束五彩缤纷的花捧到她的面前。浓郁的香气竟化作一股奇异的力量注入她的身体。她顿时热泪满面。

怎么？花，理应呈送给凯旋的英雄，难道也要献给这暗淡无光的失败者？

空信箱

我的信箱挂在大门上，门板掏个长条形的洞，信打外边塞进来。只要听邮递员"叮叮"一拨车铃，马上跑去打开，一封信悄然沉静立在箱子里。天蓝色的信封像一块天空，牛皮纸褐色的信封像一片泥板，沉甸甸。扯开信时的心情总是急渴渴，不知里边装着是意外是倾诉是愁苦是体贴是欢愉是求助，或是火一样的恋情烟一样的思绪带子一样扯不断的思念。天南地北海角天涯朋友们的行踪消息全靠它了。

有时等信等得好苦，一天几次去打开它，总以为错过邮递员的铃，打开却是空的。我最怕它空空洞洞冷冷清清的样子。我的院墙高，门也高，阳光跨不进来，外边世界的兴衰枯荣常常由它告诉我；打开信箱，里边有时几团柳絮几片落花几个干卷的叶子，还有洁白的雪深暗的雨点。它们是从投信孔钻进来的。有时随着开门的气流，几朵蒲公英的种子"噗"地毛茸茸地扑在脸上，然后飘飘摇摇飞升，在高高的阳光里闪着，有如银羽。目光便随它投向淡淡的天，亮的云。春天也到达我塞外朋友那里了吧，我陷入一片温馨的痴想……

它是拿几块木板草草钉上的，没涂漆，日晒雨淋，到处开裂，但没有任何箱子比它盛得更多。

它是我生活的一部分，也就是我心的一部分。

用心生活是累人的，但唯此才幸福。

大灾难把我这部分扯去。信箱的门儿叫一个无知的孩子掰掉了，箱子的四边像个方木框残留那里。一连几个月等不到邮递员铃的召唤，朋友们的命运都会碰到什么？

我这才懂得，心不相连人极远。

它空在那儿，似乎比我还空。

可是……奇迹出现了。一天天暮，夕阳打投信孔照进来。我的院子头一次有了阳光。先是在长条形洞孔迷蒙灿烂地流连一会儿，便落到墙角，向例最暗最潮最阴冷的地方，把满地青苔照得鲜碧如洗，俯下身看，好像一片清晰雨后的草原，极美。随后这光就沿着墙根一条砖一条砖往上爬，直爬到第五条砖，停住，几只蚂蚁也停在那里默默享受这世界最后的暖意和光明。不知不觉这光变得渐细渐淡直到无声无息地熄灭，整个信箱变成一块方形的黑影。盯着它看，就会一直走进空无一物的宇宙。

蜘蛛开始在信箱里拉网了，上下左右，横来斜去，它们何以这样放胆在这儿安家？天一凉，秋叶钻进来，落在蛛网上。金色的船，银色的渔网，一层网一层船，原来寂寞也会创造诗。诗人从来不会创造寂寞。

忽然一天，"叮叮"，我心一亮，邮递员，信！

跑出去，远远就见白白的一封信稳稳竖在箱中。过去一捏，厚厚的，千言万语，一个几次梦到的朋友寄来的。一拿，却有股微微的力往回扯，是黏黏带点韧劲的蛛丝。再拉，蛛丝没断却拉得又长又直，极亮，还微微抖颤，上边船形的黄叶子全在一斜一直、一直一斜来回扭动。一如五线谱上甜蜜的旋律，无声地响起来……

昨夜我忽然梦到这许久以前的情景，一条条长长亮闪闪的蛛丝，来回扭动的黄叶子，我梦得好逼真，连拉蛛丝时那股子韧劲都感觉到了。心里有点奇怪，可我断言这是我有生以来最美的一个梦境。

灵感忽至

凌晨时分被一种莫名的不安扰醒，这不安可不是什么焦虑与担心，而是有种兴致在暗暗鼓动，缘何有此兴奋我并不知道。随后想到今天是元月元日。这一日像时间的领头羊，带着一大群时光充裕的日子找我来了。

妻子还在睡觉，房间光线不明。我披衣去到书房。平日随手堆满了书房的纸页和图书在迷离的晨色里充满了温暖和诗意。这里是我安顿灵魂的地方。我的巢不是用树枝搭起来而是用写满了字的纸和书码起来的。我从中抽出一页素纸，要为今天写些什么。待拿起笔，坐了良久，心中却一片茫然。一时人像浮在无际无涯的半空中，飘飘忽忽，空空荡荡。我便放下笔，知道此时我虽有情绪，却无灵感。

写作是靠灵感启动的。那么灵感是什么，它在哪里，它怎么到来？不知道。似乎它想来就来，不请自来，但有时求也不来，甚至很久也不露一面，好似远在天外，冷漠又悭吝；没有灵感的艺术家心如荒漠，几近呆滞。我起身打开音乐。我从不在没有心灵欲望时还赖在桌前。如果毫无灵感地坐在这里，会渐渐感觉自己江郎才尽，那就太可怕了。

　　音响里散放出的歌是前几年从俄罗斯带回来的，一位当下正红的女歌手的作品集。俄罗斯最时尚的歌曲的骨子里也还是他们固有的气质，浑厚而忧伤。忧伤的音乐最容易进入心底，撩动起过往的岁月积存在那里的抹不去的情感。很快，我就陷入这种情绪里。这时，忽见画案那边有一块金黄色的光。它很小，静谧，神秘；它是初升的太阳照在对面大楼的玻璃幕墙反射下来，落在画案那边什么地方。此刻书房内的夜色还未褪尽，在灰蒙蒙、晦暗的氤氲里，这块光像一扇远远亮着灯的小窗。也许受到那忧伤歌声的感染，这块光使我想起四十年间蛰居市廛中那间小屋，还有炒锅里的菜叶、破烂的家什、混合在寒冷的空气中烧煤的气味、妻子无奈的眼神……然而在那冰天雪地的时代，唯有家里的灯光才是最温暖的。于是此刻这块小小的光亮变得温情了。我不禁走到画案前铺上宣纸，拿起颤动的笔蘸着黄色和一点点朱红，将这扇明亮的小窗子抹在纸上。随即是那扰着风雪的低矮的小屋。一大片被冷风摇曳着的老槐树在屋顶上空横斜万状，说不清那些苍劲的枝丫是在抗争还是兀自地挣扎。在通幅重重叠叠黑影的对比下，我这亮灯的小屋反倒显得更加温馨与安全。我说过，家是世界上最不必设防的地方。

　　记得有一年，特大的雪下了一夜，我的矮屋门槛太低，早晨推不开门，门外挡着的积雪足足有两尺厚。我从这小窗户跳出去，用木板推开门外的雪才把门打开。当时我们从家里走出，站在清冽的冻耳朵的空气里，多么像雪后从洞里钻出来的野兔……于是我把矮屋前大块没有落墨的纸当作白雪。我用淡淡的水墨渲染地上厚厚而柔软的白雪时，还记得起那时常有的一种盼望——有朋友来串门和敲门。支撑我们走过困境与苦难的不就是人间种种情与义吗？我便用笔在雪地上点出一串深深的脚窝渐渐通进我的小屋。这小屋的灯光顿时更亮，黄色的光影还透射到窗外的雪地上。

没想到，就这样一幅画出来了。温情又伤感，孤寂又温馨。画中的一切都是我心底的景象。我写过这样一句话："人为了看见自己的内心才画画。"而心中的画多半是它们自己冒出来的。这是一种长久的日积月累，等待着有朝一日的升华；就像冬日大地上的万物，等待着春风吹来，一切复活；又如高高一堆干枝干柴，等待着一个飞来的火种。这意外出现的火种就是灵感。

灵感带来突然之间的发现、突破、超越与升腾。它是上天的赐予。是上天对艺术家的心灵之吻。是对一切生命创造的发端与启动。那么我们只有束手等待它吗？当然不是，正如无上的爱总是属于对它苦苦的追求者的。在你找它时，它一定也在找你。当然它不一定在你规定的时间和地点到来。就像我在书房原本是想写点什么，灵感没有来，可是谁料它竟然化作一块灵性的光降临到我的画案上？它没有进入我的钢笔，却钻进我的毛笔。

记得前些年访问挪威时，中国作协（中国作家协会）请我写一幅字赠送给挪威作家协会。我只写了两个字：笔顺。挪威的作家朋友不明其意。我解释道："这是中国古代文人间相互的祝词。笔顺就是写作思路顺畅，没有障碍的意思。"对方想了想，点点头，似乎还没弄明白我写这两个字的含义。中国的文字和文化真是很深，对外交流时首先要把自己解释明白。我又换了一种说法解释道："就是祝你们写作时常常有灵感。"他听了马上咧开嘴，很高兴地谢谢我，也祝我常有灵感。看来灵感对于全球的艺术家都是"救世主"了。

新年初至，灵感即降临我的书房画室，这于我可是个好兆头。当然我明白，只要我守住自己的信仰与追求及其所爱，灵感会不时来吻一吻我的脑门。

夕照透入书房

我常常在黄昏时分，坐在书房里，享受夕照穿窗而入带来的那一种异样的神奇。

此刻，书房已经暗下来。到处堆放的书籍文稿以及艺术品重重叠叠地隐没在阴影里。

暮时的阳光，已经失去了白日里的咄咄逼人；它变得很温和，很红，好像一种橘色的灯光，不管什么东西给它一照，全都分外地美丽。首先是窗台上那盆已经衰败的藤草，此刻像镀了金一样，蓬勃发光；跟着是书桌上的玻璃灯罩，亮闪闪的，仿佛打开了灯；然后，这一大片橙色的夕照带着窗棂和外边的树影，斑斑驳驳投射在东墙那边一排大书架上。阴影的地方书皆晦暗，光照的地方连书脊上的文字也看得异常分明。《傅雷文集》的书名是烫金的，金灿灿放着光芒，好像在骄傲地说："我可以永存。"

怎样的事物才能真正地永存？阿房宫和华清池都已片瓦不留，李杜的名句和老庄的格言却一字不误地镌刻在每个华人的心里。世上延绵最久的还是非物质的——思想与精神。能够准确地记忆思想的只有文字。所以说，文字是我们的生命。

当夕阳移到我的桌面上，每件案头物品都变得妙不可言。一尊苏格拉底的小雕像隐在暗中，一束细细的光芒从一丛笔杆的缝隙中穿过，停在他的嘴唇之间，似乎想撬开他的嘴巴，听一听这位古希腊的哲人对如今这个混沌而荒谬的商品世界的醒世之言。但他口含夕阳，紧闭着嘴巴，一声不吭。

昨天的哲人只能解释昨天，今天的答案还得来自今人。这样说来，一声不吭的原来是我们自己。

陈放在桌上的一块四方的镇尺最是离奇。这个镇尺是朋友赠送给我的。它是一块纯净的无色玻璃，一条弯着尾巴的小银鱼被铸在玻璃中央。当阳光彻入，玻璃非但没有反光，反而由于纯度过高而消失了，只有那银光闪闪的小鱼悬在空中，无所依傍。它瞪圆眼睛，似乎也感到了一种匪夷所思。

一只蚂蚁从阴影里爬出来，它走到桌面一块阳光前，迟疑不前，几次刚把脑袋伸进夕阳里，又赶紧缩回来。它究竟畏惧这奇异的光明，还是习惯了黑暗？黑暗总是给人一半恐惧，一半安全。

人在黑暗外边感到恐惧，在黑暗里边反倒觉得安全。

夕阳的生命是有限的。它在天边一点点沉落下去，它的光却在我的书房里渐渐升高。短暂的夕照大概知道自己大限在即，它最后抛给人间的光芒最依恋也最夺目。此时，连我的书房的空气也是金红的。定睛细看，空气里浮动的尘埃竟然被它照亮。这些小得肉眼刚刚能看见的颗粒竟被夕阳照得极亮极美，它们在半空中自由、无声和缓缓地游弋着，好像徜徉在宇宙里的星辰。这是唯夕阳才能创造的境象——它能使最平凡的事物变得无比神奇。

在日落前的一瞬，夕阳残照已经挪到我书架最上边的一格。满室皆暗，只有书架上边无限明媚。那里摆着一只河北省白沟的泥公鸡。雪白的身子，彩色翅膀，特大的黑眼睛，威武又神气。这个北方著名的泥玩具之乡，至少有千年的历史，但如今这里已经变为日用小商品的集散地，昔日那些浑朴又迷人的泥狗泥鸡泥人全都了无踪影。可是此刻，这个幸存下来的泥公鸡，不知何故，对着行将熄灭的夕阳张嘴大叫。我的心已经听到它凄厉的哀鸣。这叫声似乎也感动了夕阳。一瞬间，高高站在书架上端的泥公鸡竟被这最后的阳光照耀得夺目和通红，好似燃烧了起来。

书房花木深

一天突发奇想，用一堆木头在阳台上搭一座木屋，还将剩余的板条钉了几只方形的木桶，盛满泥土，栽上植物，分别放在房间四角。鲜花罕有，绿叶为多。再摆上几把藤椅、竹几、小桌、两只木筋裸露的老柜子；各类艺术品随心所欲地放置其间。还有一些老东西，如古钟、傩面、钢剑，以及拆除老城时从地上拣起的铁皮门牌高高矮矮挂在壁上……最初是想把它作为一间新辟的书房，期待从中获得新的灵感。谁料坐在里边竟写不出东西来。白日里，阳光一晒，没有涂油漆的松木的味道浓浓地冒出来，与植物的清香混在一起，一种享受生活的欲望被强烈地诱惑出来。享受对写作人来说是一种腐蚀。它使心灵松弛，握不住手里沉重的笔了。

到了夜间，偏偏我在这书房各个角落装了一些灯。这些灯使所有事物全都陷入半明半暗。明处很美，暗处神秘。如果再打开音响，根本不可能再写作了。

写作是一种与世隔绝的想象之旅，是钻到自己的心里的一种生活，是精神孤独者的文字放纵。在这样的被各种美迷乱了心智的房子里怎么写作呢？因此，我没在这里写过一行字。每有"写"的欲望，仍然回到原先那间胡乱堆满书卷与文稿的书房伏案而作。

渐渐地这间搭在阳台上的木屋成了花房。但得不到我的照顾。我只是在想起给那些植物浇水时才提着水壶进去，没时间修葺与收拾。房内四处的花草便自由自在、毫无约束地疯长起来。从云南带回来的田七，张着耳朵大的碧绿的圆叶子，沿着墙面向上爬，像是"攀岩"；几棵年轻又旺足的绿萝已经蹿到房顶，一直钻进灯罩里；最具生气的是窗台那些泥槽里生出的野草，已经把窗子下边一半遮住，窗子上边又被蒲扇状的葵叶黑乎乎地捂住。由窗外射入的日光便给这些浓密的枝叶撕成一束束，静静地斜在屋子当中。一天，两只小麻雀误以为这里是一片天然的树丛，从敞着的窗子叽叽喳喳地飞了进来，使我欣喜至极，我怕惊吓它们，不走进去，它们居然在里边快乐地鸣唱起来了。

一下子，我感受到大自然野性的气质，并感受到大自然的本性乃是绝对的自由自在。我便顺从这个逻辑，只给它们浇水，甚至还浇点营养液，却从不人为地改变它们。于是它们开始创造奇迹——

首先是那些长长的枝蔓在屋子上端织成一道绿莹莹的幔帐。常春藤像长长的瀑布直垂地面，然后在地上愈堆愈高。绿萝是最调皮的，它上上下下胡乱"行走"——从桌子后边钻下去，从藤椅靠背的缝隙中伸出鲜亮的芽儿来。几乎每次我走进这房间，都会惊奇地发现一个画面：一些凋落的粉红色的花瓣落满一座木佛身上；几片黄叶盖住桌上打开的书；一次，我把水杯忘在竹几上，一枝新生的绿蔓从杯柄中穿过，好似一弯娇嫩的手臂挽起我的水杯。于是，在我写作过于劳顿之时，或在画案上挥霍一通水墨之后，便会推开这房间的门，撩开密叶纠结的垂幔，独坐其间，让这种自在又松弛的美，平息一下写作时心灵中涌动的风暴。

我开始认识到这间从不用来写作的房间非凡的意义。虽然我不在这里写作，它却是我写作的一部分。

我前边说，写作是一种忘我的想象，只有离开写作才回到现实来。这间小屋却告诉我，我的写作常常十分尖刻地切入现实，放下笔坐在这里所享受的反倒是一种理想。

我被它折服了，并把这种奇妙的感受告诉一位朋友。朋友笑道："何必把现实与理想分得太清楚呢！其实你们这种人理想与现实从来就是混成一团。你们总不满现实，是因为你们太理想主义。你们的问题是总用理想要求现实，因此你们常常被现实击倒在地，也常常苦恼和无奈。是不是？"

朋友的话不错。于是当我坐在这间花木簇拥的木屋中，心里常常会蹦出这么一句话：

我们是天生用理想来生活的人！

绵山奇观记

凡是名山，必有奇观。何谓奇观，天下罕见之神奇者也。那么，深藏在三晋腹地的绵山呢？

绵山以寒食清明节的发源地闻名于世。也许是寒食清明的名气太大，遮掩了它种种的神奇。今年清明时节，去到绵山拜谒大情大义的介子推墓，进山一看，吃了一惊，绵山竟藏龙卧虎有此绝世的奇观！

归来与友人侃一侃绵山的见闻。友人便给我出了一道题："你能给绵山的神奇起个名目吗？"我说："至少三大奇观。"友人说："说说看，哪三样奇观？不过，每一样必能称奇于天下，方可谓之奇观。"我听罢笑而道来——

第一样是宗教奇观：包骨真身。

早听说古代高僧修成正果，圆寂之后，身体不坏，僧人们便请来彩塑工匠，以泥土包其身，依其容塑其形，人称包骨真身像。佛教中，高僧尸体火化后米粒状的凝结物，称作舍利，被视作勤修得来功德的成果与标志。而这种圆寂后身体不坏的高僧更具同样的意义，因有全身舍利一说。全身舍利十分罕见，佛教有把全身舍利制成造像来供奉的习俗。此地人称之为包骨真身像。一般的佛像都是用泥土草木塑造的，而把全身舍利置于其中的包骨真身像则蕴藏着高僧们的追求与精神，自然对敬奉者有一种震撼力和影响力。要有怎样坚定的意志和信念，才能成就这样的正果？

所有包骨真身都是古代留下来的。如今不再有了，故极其珍罕。然而，谁会想到绵山上竟还有十六尊之多！大都完好地保存在山中。

在古代绵山，修炼一生的高僧，自知大限将至，便由一根铁索攀至山顶，或通过一个临时搭架的木梯爬到悬崖绝壁上的天然洞穴里，停食净身，结跏趺坐，瞑目凝神，安然真寂。据说只有真正修成的高僧才能肉身不腐。其中还有四位道士，也是同样的苦修而成者，由于躯体风干后抽缩，体量显得比常人略小，其神气却栩栩如生。三晋彩塑艺人的技术真是高超绝伦，居然把每一位"包塑真容"者的个性都传达出来，有的仁慈和善，有的忧患悲悯，有的明澈空灵，有的沉静淡定。他们大多是唐宋金元几代的高僧与道人，至今最少也有七八百年甚至上千年！岁月太长，泥皮破裂，里边露出衣袍；那位宋代高僧师显的手指甲和脚筋也能清晰地看到呢！历史赤裸裸和千真万确地呈现在眼前。一种坚忍追求的精神得到见证，令人敬佩。当今世上有几个地方还能见到这样宗教的奇观？

再一样是山水的奇观。

先说山。绵山以石为骨骼，土为血肉，树为衣衫。山多巨岩，往往直立百丈，巍然博大，颇为壮观。最奇特的是这些巨岩的半腰或下部，常常向内深凹进去，有如大汉吸腹，深邃如洞。里边既宁静又安全，无风无雨，冬暖夏凉。绵山里这种内凹的岩洞随处可见，最大的要数云峰寺山的抱腹岩，中间竟然凹进去五六十米，高五六十米，宽竟达二百米！我此次到绵山已是春暖花开，岩腹内冬天里冻结的冰竟然依旧坚硬不化。古人早就看上这大自然神奇的恩赐，便在这巨大而幽深的岩腹里建庙筑寺。自三国以降，历代修建的庙宇层层叠叠，高低错落，优美异常。年年逢到庙会，来朝拜的香客多达万人。一时香烟缭绕，溢满岩腹。这样的奇观何处之有？

绵山的山奇水亦奇。

原以为绵山多石，水必定少。山里的人却告诉我一句不可思议的话："绵山山有多高，水有多高。"待我山上山下留心察看，竟然真的如此。不单溪水在谷底奔流，就连近两千米的龙脊岭和李姑岩的极顶也可以见到泉水从石缝里涓涓冒出。奇怪的是，这些水好似从石头里溢出来的。有的像雨水一样滴滴答答落下来，有的汇成细流沿着石壁蜿蜒而下，有的从岩石里渗到表面，湿漉漉地洇成一片。难道绵山的石头里都是水——就像古人所说，好的石头都是"负土胎泉"？

绵山最神奇的水莫过于圣乳泉。

圣乳泉在一块巨大的石壁上，但不是挂在石壁之上，而是从岩石的裂缝或洞眼里一点点淌出来的。时间太久，渐成石乳，饱满地隆起在岩壁上。这泉水便沿着圆圆的石乳头亮晶晶地滴下。

关于圣乳泉的传说，与寒食节有关。据说那位春秋时晋国大臣介子推搀扶母亲避火来到这里，一时口渴难忍，正巧绵山的五龙圣母路经此地，解开衣襟以乳水相救。但是火太大了，把圣母的双乳烧成石乳，五龙圣母就把石乳留在这里，以帮助山中口渴的人。人们感激圣母，称之为圣乳泉或母奶泉。据说这圣乳慈爱有灵，每一百年会再生出一对石乳来。从春秋至今两千五百年，岩壁上大大小小的石乳已生出二十五对。大的如枕头，小的似南瓜，而且全都是对对成双，酷似妇女的双乳。如果饮一口这圣乳滴下的泉水，还真的甘甜清冽、沁人心脾！

传说的圣乳是一种理想，现实的石乳却更奇异。所有石乳都长满厚厚的生气盈盈的绿苔，好似毛茸茸翠绿色的乳罩。有时上边还生出一种紫色小花，娇艳可爱。

这美丽而神奇的圣乳不是绵山独有的奇观吗？

更加惊心动魄的绵山奇观是——挂祥铃。这原本在唐代是一种祈雨谢佛的法事活动，渐渐已演化为绵山一带的民间习俗。

绵山的挂祥铃在抱腹岩的空王寺。人们在寺中拜求空王佛许愿或还愿之后，便请专事挂铃的艺人上山，将一只水罐大小的铜铃挂在岩腹上方陡峭的岩壁上。

挂铃之举十分惊险。艺人先要爬到山顶，将一条绳索系在松树上，然后扯住绳索一点点降落下来，直至岩腹上方，遂以绳荡身，直到贴附岩壁，再把铜铃牢牢挂在洞口上方的岩壁上。整个过程令人心惊胆战。艺人只身悬吊，下临无地，全凭一根绳索，需要非凡的胆量与技能，是不是非此不能表达对佛的虔敬？故而，每每将铜铃挂好，随即燃放红鞭一挂，以庆事成，亦报吉祥。

挂祥铃这个古俗为绵山人所喜爱，千年不绝。如今抱腹岩洞口挂着的铜铃密密麻麻一片，山风吹来，铃声叮当，清脆悠远，与下边寺庙中的钟鼓和梵乐合奏成乐，悦耳亦悦心。此情此景此民俗，何处还有？

友人听我讲到这里，已然目瞪口呆。他的眼神似在问我还有什么奇观？

我说，山里的人们陪我登上龙脊岭时，遥指远处叫我看。只见起伏的山影宛如蓝色波涛，重重叠叠；其中几个峰巅，似有小屋。他们说，那山顶上近一处叫草庵，远一处叫茅庵，都是古庙，由于山高路远，没人去过。那儿有何奇人奇物奇事奇观，尚不可知。我所见到的绵山奇观，不过是厚厚的一本书前边的几十页而已。

生命真趣

爷爷的后院虽小，它除去堆放杂物，很少人去，里边的花木从不修剪，快长疯了！枝叶纠缠，阴影深浓，却是鸟儿、蝶儿、虫儿们生存和嬉戏的一片乐土，也是我儿时的乐园。我喜欢从那爬满青苔的湿漉漉的大树干上，取下一只又轻又薄的蝉衣，从土里挖出筷子粗肥大的蚯蚓，把团团飞舞的小蠓虫赶到蜘蛛网上去。

哦，中学时代……

人近中年，常常懊悔青少年时由于贪玩或不明事理，滥用了许多珍贵的时光。想想我的中学时代，我可算是个名副其实的"玩将"呢！下棋、画画、打球、说相声、钓鱼、掏鸟窝等，玩的花样可多哩。

我还喜欢文学。我那时记忆力极好，虽不能"过目成诵"，但一首律诗念两遍就能吭吭巴巴背下来。也许如此，就不肯一句一字细嚼慢咽，所记住的诗歌常常不准确。我还写诗，自己插图，这种事有时上课做。一心不能二用，便听不进老师在讲台上讲些什么了。

我的语文老师姓刘，他的古文底子颇好，要求学生分外严格，而严格的老师往往都是不留情面的。他那双富有捕捉力的眼睛，能发觉任何一个学生不守纪律的行动。瞧，这一次他发现我了。不等我解释就没收了我的诗集。晚间他把我叫去，将诗集往桌上一拍，并不指责我上课写诗，而是说："你自己看看里边有多少错？这都是不该错的地方，上课我全都讲过了！"

他的神色十分严厉，好像很生气。我不敢再说什么，拿了诗集离去。后来，我带着那么本诗集，也就是那些对文学浓浓的兴趣和经不住推敲的知识离开学校，走进社会。

社会给了我更多的知识。但我时时觉得，我离不开，甚至必须经常使用青少年时学到的知识，由此感到那知识贫薄、残缺、有限。有时，在严厉的编辑挑出来许许多多的错别字、病句，或误用的标点符号时，只好窘笑。一次，我写了篇文章，引了一首古诗，我自以为记性颇好，没有核对原诗，结果收到一封读者客气又认真的来信，指出错处。我知道，不是自己的记性差了，而是当初记得不认真。这时我就生出一种懊悔的心情，恨不得重新回到中学时代，回到不留情面的刘老师身边，在那个时光充裕、头脑敏捷的年岁里，纠正记忆中所有的错误，填满知识的空白处。把那些由于贪玩而荒废掉的时光，都变成学习和刻苦努力的时光。哦，中学时代，多好的时代！

当然，这是一种梦想。谁也不能回到过去。只有抓住自己的今天、自己的现在，才是最现实的。而且我还深深地认识到，青年时以为自己光阴无限，很少有时间的紧迫感。如果你正当年少，趁着时光正在煌煌而亲热地围绕着你，你就要牢牢抓住它。那么，你就有可能把这时光变成希望的一切。你如果这样做了，你长大不仅会做出一番成就，而且会成为一个真正懂得生命价值的人！

书桌

我有张小小的书桌。它又窄又矮，破旧极了。在外人眼里简直不成样子。上边的漆成片地剥落下来，残余的漆色变得晦暗发黑，连我自己都认不准它最初是什么颜色。桌面又满是划痕、硬伤，还有热水杯烫成的一个个套起来的深深浅浅的白圈儿。它一边只有三个小抽屉，抽屉的把手早不是原套了。一个是从破箱子上移来的铜把手，另两个是后钉上去的硬木条。别看它这副模样，三十年来，却一直放在我的窗前，我房间透进光来的地方。我搬过几次家，换过几件家具，但从来没有想到处理掉它……

"这么难看还要它干吗?! 要是我早劈掉生火了!"

"它又不实用。你这么大人将就这样一个小桌子，早晚得驼背!"

"你怎么就是不肯扔掉这破玩意儿。难道它是件宝? 你说呀……"

我笑而不答。那淡淡的笑意里包含着任何知己都难以理解、难以体会到的一种，一种……一种什么呢?

没有共同的经历就不会有同感。有时，同感能发挥出非常奇妙的作用，它能成为两颗心相融的最短、最直接的通道。如果没有同感，说它做什么？还不如独自一人到树林里，踩着落叶，自己对自己默默地说它一阵子，排遣出来，倒是一种安慰。

我无法想起，究竟是什么时候，我开始使用这小桌的。我只模模糊糊记得，最初，我是站在它前面写写画画，而不是坐着。待我要坐下时，屁股下边必须垫上书包、枕头或一大沓画报，才能够得上桌面……

记忆里，幼时的事，都是穿不成串儿的珠子。这珠子却在记忆的深井的底儿滴溜溜、闪闪发光地打转，很难抓住它们——

我把"人"字总误写成"入"字，就在这桌上吧！

我一排排地晾干弹弓子用的小泥球儿，就在这桌上吧！

我在小木板上钉钉子，就在这桌上吧！

对，就在这儿。桌面上原来有一块能够照见自己脸的光光的玻璃板，给我钉钉子时打碎了——这件事我可记得清清楚楚，为此我还挨爸爸一通好打呢！也许打得太疼，我才记得十分牢。但过后我却一点也不后悔。因为，从此我做过的、经历过的、经受过的许许多多的事，都在这没有玻璃板保护的桌面上留下了痕迹。

桌面上净是些小瘪坑。有的坑儿挺深，像个洞眼，蚂蚁爬到那儿，得停一下，迟疑片刻，最后绕过去……细细瞧吧，还满是划痕呢，横竖歪斜，有的深，如一道沟；有的轻浅，还有的比蛛丝还细。这细细的印痕，是不是当初刮铅笔尖留下的？那一条条长长的道道儿，是不是随意用指甲划上去的？那儿黑乎乎的一块儿，是不是过年做灯笼，烤弯竹条时碰倒了蜡烛烧的？分辨不清了，原因不明了，全搅在一起了；这中间还混着许多字迹，钢笔的、铅笔的、墨笔的，还有用什么硬东西刻上去的。也有画上去的形象，有的完整，有的破碎——一只靴子啦，枪啦，一张侧面脸啦，这是不是我的自画像？年深日久，早都给磨得模糊一片。痕迹斑驳的桌面，有如一块风化得相当厉害、漫漶不清的碑石。

但我从中细心查辨，也能认出某些痕迹的来由，想起这里边包含着的、只有我才知道的故事，并联想到与此有关或无关的、早已融进往昔岁月中的童年生活。

为此，我很少用湿布去拭抹它。

只有一次例外。那是我上小学四年级时。我前排坐着一个女同学，十分瘦弱。她年龄与我一般大，个子却比我矮一头。两条短短的黄辫儿，简直是两根麻绳头。一天，上语文课，我没听讲，却悄悄把眼前的两条黄辫子拴在这女同学的椅子背上。正巧老师叫她回答问题，她一起身，拴住的辫子扯得她头痛得大叫。我的语文老师姓李，瘦削的脸满是黑胡楂，连脸颊上都是。一副黑边的近视镜遮住他的眼神，使我头次见到他时以为他挺凶，其实他温和极了。他对我们调皮的忍耐限度比别的老师都大。但不知为什么，那天他好厉害，把我一把拉到课堂前，叫我伸出双手，狠狠打了十多板子。他真生气呢！气呼呼地直喘，什么话也说不出来了，只指着门瞪圆眼对我吼道："走！快走！"我离开了课堂，一路跑回家。我手疼倒没什么，但当众挨打受罚，我的自尊心受不了。于是，我眼泪汪汪地在桌上写了"李老师是狗！"几个字。我写得那么痛快和解气，好像这几个字给我报了什么"仇"似的。这几个字就相当威风地在我桌上保留了好长时间。

在表的嘀嗒声中，在上下课的铃声中，在雨和雪轮番交替地敲打窗子声中，我长大起来，事也懂得多了。桌上那几个字却不那么神气了。反而怕被人瞧见，似乎成了一种不光彩，甚至是耻辱的污迹，我带着一种说不清是对李老师，还是对长大后再也遇不到那个瘦弱的女同学的愧疚心情，用手巾尖儿蘸些水使劲把这几个字抹下去。

真奇怪！字抹掉了，好像心里干净了一些。

我上了中学，毕业了，参加了工作。我的许多事，写信、写文章、画画、吃东西，做些什么零七八碎的事都在这桌上，它一直伴随着我。

但它在我长大起来的身躯前，渐渐显得矮小，不合用了；而且用久了，愈来愈破旧，在后来买进来的新家具中间，显得寒碜和过时。它似乎老了，早完成了使命，在人世间物换星移的常规里等待着接受取代。

有一天我画画。画幅大，桌面小。不得不把一半画纸垂到桌下，先画铺在桌面上的一半；待画得差不多时，再拉上纸来画另一半。这样就很难照顾到画面的整体感，我画得那么别扭，真急了，止不住愤愤地骂道：

"真该死，这破桌子！"

它听着，不吭一声。等我画好了画，张挂起来；画面却意外地好。我十分快活，早把桌子忘在一旁。它呢？依然默默旁立。它就是这样与我为伴，好像我不抛掉它，它就一心而从无二意地跟随着我。是不是由于它仅仅是无生命的物品，我从未把它作为一只小猫、小鸟、小兔那样的伴侣？但是，小兔死了，小猫跑了，小鸟飞了，它却不声不响地有心地记下我生活经历过的许多酸甜苦辣，并顺从地任我做任何有损于它的事。当一次，我听说自己遭遇不幸，是因为被一位多年来与我非常要好的朋友出卖时，我忍受不住，发疯似的猛地一拍桌面：

"啪！"

桌面上出现一条长长的裂缝；我那颗初入社会纯真的心上，也暗暗出现一条裂痕。它竟同我一样。

从此，我便不觉地爱护起它来了。

我有过一个女朋友。她是一只快乐的小鸟——那早晨站在沾着露水的枝头抖动翅膀、在阳光里飞来飞去、在烟囱上探头探脑的小鸟。她总笑。她整天似乎除去快乐什么也不知道。她在任何一群人中出现，都能极快地把快乐通过笑、通过活泼的目光、通过喜气洋洋的俊俏的小脸儿、通过率真的动作，传染给每一个人。我说她的快乐是照眼的、悦耳的、香喷喷的，是魔术。我称她为"快乐女神"。

她一双腿长长的。爱穿一条淡蓝色的短裙。她一进屋来，常常是一蹦就坐到小书桌上——这或许是她还带着些孩子气；或许她腿长，桌子矮，坐上去正合适。

我呢？过去吻她高矮也正好。我吻她，她不让。一忽儿把脸甩向左边，一忽儿又甩到右边，还调皮地笑着。她那光滑的短发像穗子一样在我笨拙的嘴唇上蹭来蹭去。

以后，由于挺复杂的原因，她终于说："我们的爱没有物质土壤，幻想的种子连幻想也结不出来了。"这句话，她说了许多遍，一次比一次肯定，最后她无可奈何又断然地离去了。

稀奇的是，那快乐女神始终与我这哑巴桌子连在一起。每当我的目光碰到桌沿，就会幻觉出她当初坐在桌上的样子。浅蓝色的短裙扇状地铺开，一双直直又顺溜的长腿垂下来，两只小巧的脚交叉地别着。这时她那动听的笑声好似又在桌上的空间里发出来。

我需要记着的，这桌儿都给我记着了。而那女神与我临别时掉在桌上的泪滴，却一点痕迹也没留下。大概那不是泪，而是水滴。

桌上唯有一处大硬伤。那是——那天，一群穿绿服装、臂套红色袖章的男女孩子闯进我家来。每人拿一把斧头，说要"砸烂旧世界"，我被迫站在门口表示欢迎，并木然地瞅着他们在顷刻间，把我房间里的一切胡乱砸一通。其中有个姑娘，模样挺端正，但她的眼神叫我害怕。她不吵不闹，砸起东西来异乎寻常地细致。她在屋里转来转去，把尚且完整的东西翻出来，一件件有条不紊地敲得粉碎。然后，她翻出我一本相册，把里面的照片一张张抽出来，全都撕成两半。她做这些事时，脸上没有任何表情。

她忽然把一张照片面对我，问：

"这是谁？"

这是我那"快乐女神"的。我说：

"一个朋友。"

她微微现出一种冷笑，一双秀气的眼睛直盯着我，两只白白的手把这照片撕成细小的碎片。我至今不明白，在那时为什么一些女孩子干这种事时，反比男孩子们干得更彻底、更狠心、更无情。相册中所有女人的照片——我姐姐、妻子、母亲的，她撕得尤其凶，"唰、唰、唰"地响。仿佛此刻她心里有什么受不了的情感折磨着她，迫使她这样做。

最后，她临去时，一眼瞥见我的书桌。大约这书桌过于破旧，开始时并没引起他们的兴趣。此刻在一堆碎物中间，反而惹眼了。她撇向一边的薄薄的唇缝里含着一种讥讽：

"你还有这么个破玩意儿！"

随手一斧子，正砍在桌角上。掉下一块挺大的木碴儿。

就这样，我过去生活的一切，无论是快乐和幸福的，还是忧愁和不幸的，都留在桌上了。哪怕我忘了，它会无声地提醒我。

它就摆在我窗前。从窗子透进的光笼罩着它。我窗外是一棵大槐树的树冠。这树冠摇曳婆娑的影子总是和阳光一起投照在我这小小的桌面上。

每当这树冠的枝影间满是小小的黑点时，那是春天；黑点点则是大槐树初发的芽豆豆。这期间，偶尔还有一种俗名叫作"绿叶儿"的候鸟，在枝间伶俐地蹦跳的影子出现在桌面上。夏天来了，树影日浓，渐渐变成一块荫凉，密密实实地遮盖住我的小桌。等到那块厚厚的荫凉破碎了，透现出一些晃动着的阳光的斑点时，秋风还会把一两片变黄的叶子吹进窗；像几只金色的小船，落在我这如同无风的水面一般平光光的桌面上。随后该关窗子了，玻璃蒙上了薄薄的水蒸气。那片叶无存、光秃秃、只剩下枝丫的树影，便像一张朦胧模糊的大网，把我的小桌罩住……

我常常被这些情景弄得发呆。谁说它丑？它无用？它应当被丢弃？它有着任何华贵的物品都无法代替的风韵和诗意。在它的更深处，甚至还潜藏着思想。

尤其是在阴雨的日子里，乌云像拉上的厚帘子把窗户遮暗了，小桌变成黑影，很像一块浓雾里的礁石，黑黝黝的，沉默无语。忽然一道闪电把它整个照亮，它那桌面上反射着可怕的蓝色的电光。但在这一瞬间的强光里，它上边的一切痕迹都清晰地显现出来，留在这中间的往事一下子全都复活了……

我闭上眼，情愿被再现在幻觉中的往事深深地感动着。

我终于失去了它。

在地震中，塌落下来的屋顶把它压垮。我的孩子正好躲在桌下，给它保护住了生命。它才是真正地为我献出了一切呢！等我从废墟中把它找出来，只是一堆碎木板、木条和木块了。我请来一个能干的木匠，想把它复原。木匠师傅瞅着它，抽着烟，最后摇了摇头，并且莫名其妙地瞧了我一眼，显然他不明白我何以有此意图——又不是复原一件破损的稀世古物。

它就这样在我的生活中没了。

我需要书桌，只得另买一张。新买的桌子宽大、实用，漆得锃亮，高矮也挺合适。我每每坐在这崭新却陌生的大书桌前，就觉得过去的一切像那不能再生的书桌一样，烟消云散，虚无缥缈，再也无从抓住似的……

我因此感到隐隐的忧伤。不由得想起几句话，却想不起是谁说的了：

"呵，生活，你真迷人……哪怕是久已过去的，也叫人割舍不得；哪怕是不幸的，也渐渐能化为深沉的诗。"

花脸

做孩子的时候，盼过年的心情比大人来得迫切，吃穿玩乐花样都多，还可以把来拜年的亲友塞到手心里的一小红包压岁钱都积攒起来，做个小富翁。但对孩子们来说，过年的魅力还有一层更深的缘故，便是我要写在这几张纸上的。

每逢年至，小闺女们闹着戴绒花、穿红袄，嘴巴涂上浓浓的胭脂团儿；男孩子们的兴趣都在鞭炮上，我则不然，最喜欢的是买个花脸戴。这是种纸浆轧制成的面具，用掺胶的彩粉画上戏里边那些有名有姓、威风十足的大花脸。后边拴根橡皮条，往头上一套，自己俨然就变成那员虎将了。这花脸是依脸形轧的，眼睛处挖两个孔，可以从里边往外看。但鼻子和嘴的地方不通气儿，一戴上，好闷，还有股臭胶和纸浆的味儿；说出话来，声音变得低粗，却有大将威武不凡的气概，神气得很。

一年年根儿，舅舅带我去娘娘宫前的年货集市上买花脸。过年时人都分外有劲，挤在人群里好费力，终于从挂满在一条横竿上的花花绿绿几十种花脸中，惊喜地发现一个。这花脸好大，好特别！通面赤红，一双墨眉，眼角雄俊地吊起，头上边凸起一块绿包头，长巾贴脸垂下，脸下边是用马尾做的很长的胡须。这花脸与那些愣头愣脑、傻头傻脑、神头鬼脸的都不一样。虽然毫不凶恶，却有股子凛然不可侵犯的庄重之气，咄咄逼人，叫我看得直缩脖子，要是把它戴在脸上，管叫别人也吓得缩脖子。我竟不敢用手指它，只是朝它扬下巴，说："我要那个大红脸！"

卖花脸的小罗锅儿，举竿儿挑下这花脸给我，龇着黄牙笑嘻嘻说："还是这小少爷有眼力，要做关老爷！关老爷还得拿把青龙偃月刀呢！我给您挑把顶精神的！"就着从戳在地上的一捆刀枪里，抽出一柄最漂亮的大刀给我。大红漆杆，金黄刀面，刀面上嵌着几块闪闪发光的小镜片，中间画一条碧绿的小龙，还拴一朵红缨子。这刀！这花脸！没想到一下得到两件宝贝。我高兴得只是笑，话都说不出。舅舅付了钱，坐三轮车回家时，我就戴着花脸，倚着舅舅的大棉袍执刀而立，一路引来不少人瞧我，特别是那些与我一般大的男孩子投来艳羡的目光时，使我快活至极。舅舅给我讲了许多关公的故事，过五关、斩六将、温酒斩华雄。边讲边说："你好英雄呀！"好像在说我的光荣史。当他告诉我这把青龙偃月刀重八十斤时，我简直觉得自己力大无穷。舅舅还教我用京剧自报家门的腔调说：

"我——姓关，名羽，字云长。"

到家，人人见人人夸，妈妈似乎比我更高兴。连总是厉害地板着脸的爸爸也含笑称我"小关公"。我推开人们，跑到穿衣镜前，横刀立马地一照，呀，哪里是小关公，我是大关公啊！

这样，整个大年三十我一直戴着花脸，谁说都不肯摘，睡觉时也戴着它，还是睡着后妈妈轻轻摘下放在我枕边的，转天醒来头件事便是马上戴上，恢复我这"关老爷"的本来面貌。

大年初一，客人们陆陆续续来拜年，妈妈喊我去，好叫客人们见识见识我这关老爷。我手握大刀，摇晃着肩膀，威风地走进客厅，憋足嗓门叫道："我——姓关，名羽，字云长。"

客人们哄堂大笑，都说："好个关老爷，有你守家，保管大鬼小鬼进不来！"

我愈发神气，大刀呼呼抡两圈，摆个张牙舞爪的架势，逗得客人们笑个不停。只要客人来，妈妈就喊我出场表演。妈妈还给我换上只有三十夜拜祖宗时才能穿的那件青缎金花的小袍子。我成了全家过年的主角。连爸爸对我也另眼看待了。

我下楼一向不走楼梯。我家楼梯扶手是整根的光亮的圆木。下楼时便一条腿跨上去，"哧溜"一下滑到底。这时我就故意躲在楼上，等客人来时突然由天而降，叫他们惊奇，效果会更响亮！

初一下午，来客进入客厅，妈妈一喊我，我跨上楼梯扶手飞骑而下，呜呀呀大叫一声闯进客厅，大刀上下一抡，谁知用力过猛，脚底没根，身子栽出去，"叭"的巨响，大刀正砍在花架上一尊插桃枝的大瓷瓶上，哗啦啦粉粉碎，只见瓷片、桃枝和瓶里的水飞得满屋，一个瓷片从二姑脸旁飞过，险些擦上了；屋内如淋急雨，所有人穿的新衣裳都是水渍；再看爸爸，他像老虎一样直望着我，哎哟，一根开花的小桃枝迎面飞去，正插在他梳得油光光的头发里。后来才知道被我打碎的是一尊祖传的乾隆官窑百蝶瓶，这简直是死罪！我坐在地上吓傻了，等候爸爸上来一顿狠狠地揪打。妈妈的神情好像比我更紧张，她一下想不到办法救我，瞪大眼睛等待爸爸的爆发。

就在这生死关头，二姑忽然破颜而笑，拍着一双雪白的手说道：

"好呵，好呵，今年大吉大利，岁（碎）岁（碎）平安呀！哎，关老爷，干吗傻坐在地上，快起来，二姑还要看你耍大刀呢！"

谁知二姑这是使什么法术，绷紧的气氛霎时间就松开了。另一位姨婆马上应和说："旧的不去，新的不来，不除旧，不迎新。您等着瞧吧，今年非抱个大金娃娃不成，是吧！"她满脸欢笑朝我爸爸说，叫他应声。其他客人也一拥而上，说吉祥话，哄爸爸乐。

这些话平时根本压不住爸爸的火气，此刻竟有神奇的效力，迫使他不乐也得乐。过年乐，没灾祸。爸爸只得嘿嘿两声，点头说：

"呵，好，好，好……"

尽管他脸上的笑纹明显含着被克制的怒意，我却奇迹般地因此逃脱开一次严惩。妈妈对我丢了眼色，我立刻爬起来，拖着大刀，狼狈而逃。身后还响着客人们着意的拍手声、叫好声和笑声。

往后几天里，再有拜年的客人来，妈妈不再喊我，节目被取消了。我躲在自己屋里很少露面，那把大刀也掖在床底下，只是花脸依旧戴着，大概躲在这硬纸后边再碰到爸爸时有种安全感。每每从眼孔里望见爸爸那张阴沉含怒的脸，不再觉得自己是"关老爷"，而是个可怜虫了！

过了正月十五，年就算过去了。我因为和妹妹争吃撤下来的祭灶用的糖瓜，被爸爸抓着腰提起来，按在床上死揍了一顿。我心里清楚，他是把打碎花瓶的罪过加在这件事上一起清算，因为他盛怒时，向我要来那把惹祸的大刀，用力折成段，大花脸也撕成碎片片。

从这事，我悟到一个祖传的概念：一年之中唯有过年这几天是孩子们的自由日，在这几天里无论怎样放胆去闹，也不会立刻得到惩罚。这便是所有孩子都盼望过年深层的缘故。当然那被撕碎的花脸也提醒我，在这有限的自由里可得勒着点自己，当心事后加倍地算账。

歪
儿

那个暑假，天刚擦黑，晚饭吃了一半，我的心就飞出去了。因为我又听到歪儿那尖细的召唤声："来玩踢罐电报呀——"

"踢罐电报"是那时男孩子们最喜欢的游戏。它不单需要快速、机敏，还带着挺刺激的冒险滋味，它的玩法又简单易学，谁都可以参加。先是在街中央用白粉粗粗画一个圈儿，将一个空洋铁罐儿摆在圈儿里，然后大家聚拢一起"手心手背"分批淘汰，最后剩下一个人坐庄。坐庄可不易，他必须极快地把伙伴们踢得远远的罐儿拾回来，放到原处，再去捉住一个乘机躲藏的孩子顶替他，才能下庄；可是就在他四处去捉那些藏身的孩子时，冷不防从什么地方会蹿出一人，"叭"地将罐儿丁零当啷踢得老远，倒霉，又得重新开始……一边要捉人，一边还得防备罐儿再次被踢跑，这真是个苦差事，然而最苦的还要算是歪儿！

歪儿站在街中央，寻着空铁罐儿左顾右盼，活像一个蒸熟了的小红薯。他细小，软绵绵，歪歪扭扭；眼睛总像睁不开，薄薄的嘴唇有点斜，更奇怪的是他的耳朵，明显的一大一小，像是父子俩。他母亲是苏州人，四十岁才生下这个有点畸形的儿子，取名叫"弯儿"。我们天天都能听到她用苏州腔呼唤儿子的声音，却把"弯儿"错听成"歪儿"。也许这"歪儿"更像他的模样。由于他身子歪，跑起来就打斜，玩踢罐电报便十分吃亏。可是他太热爱这种游戏了，他宁愿坐庄，宁愿徒自奔跑，宁愿一直累得跌跌撞撞……大家玩的罐儿还是他家的呢！

只有他家才有这装芦笋的长长的铁罐儿，立在地上很得踢，如果没有这宝贝罐儿，说不定大家嫌他累赘，不带他玩了呢！

我家刚搬到这条街上来，我就加入踢罐电报的行列，很快成了佼佼者。这游戏简直就是为我发明的——我的个子比同龄的孩子高一头，腿也几乎长一截，跑起来真像骑摩托送电报的邮差那样风驰电掣，谁也甭想逃脱我的追逐。尤其我踢罐儿那一脚，"叭"的一声过后，只能在远处朦胧的暮色里去听它丁零当啷的声音了，要找到它可费点劲呢！这时，最让大家兴奋的是瞅着歪儿去追罐儿那样子，他一忽儿斜向左，一忽儿斜向右，像个脱了轨而瞎撞的破车，逗得大家捂着肚子笑。当歪儿正要发现一个藏身的孩子时，我又会闪电般冒出来，一脚把罐儿踢到视线之外，可笑的场面便再次出现……就这样，我成了当然的英雄，得意非凡；歪儿怕我，见到我总是一脸懊丧。天天黄昏，这条小街上充满着我的迅猛威风和歪儿的疲于奔命。终于有一天，歪儿一屁股坐在白粉圈里，怏怏无奈地痛哭不止……他妈妈跑出来，操着纯正的苏州腔朝他叫着骂着，扯他胳膊回家。这愤怒的声音里似乎含着对我们的谴责。我们都感觉自己做了什么不好的事，默默站了一会儿才散。

歪儿不来玩踢罐电报了。他不来，罐儿自然也变了，我从家里拿来一种装草莓酱的小铁罐儿，短粗，又轻，不但踢不远，有时还踢不上，游戏的快乐便减色许多。那么失去快乐的歪儿呢？我望着他家二楼那扇黑黑的玻璃窗，心想他正在窗后边眼巴巴瞧着我们玩吧！这时忽见窗子一点点开启，跟着一个东西扔下来。这东西掉在地上的声音那么熟悉、那么悦耳、那么刺激，原来正是歪儿那长长的罐儿。我的心头一次感到被一种内疚深深地刺痛了。我迫不及待地朝他招手，叫他来玩。

歪儿回到了我们中间。

一切都奇妙又美好地发生了变化。大家并没有商定什么，却不约而同，齐心合力地等待着这位小伙伴了。大家尽力不叫他坐庄；有时他"手心手背"输了，也很快有人情愿被他捉住，好顶替他。大家相互配合，心领神会，作假成真。一次，我看见歪儿躲在一棵大槐树后边正要被发现，便飞身上去，一脚把罐儿踢得好远好远，解救了歪儿，又过去拉他，急忙藏进一家院内的杂物堆里。我俩蜷缩在一张破桌案下边，紧紧挤在一起，屏住呼吸，却互相能感到对方的胸脯急促起伏，这紧张充满异常的快乐呵！我忽然见他那双眯缝的小眼睛竟然睁得很大，目光兴奋、亲热、满足，并像晨星一样光亮！原来他有这样一双又美又动人的眼睛。是不是每个人都有这样一双眼睛，就看我们能不能把它点亮？

捅马蜂窝

爷爷的后院虽小，它除去堆放杂物，很少人去，里边的花木从不修剪，快长疯了！枝叶纠缠，阴影深浓，却是鸟儿、蝶儿、虫儿们生存和嬉戏的一片乐土，也是我儿时的乐园。我喜欢从那爬满青苔的湿漉漉的大树干上，取下一只又轻又薄的蝉衣，从土里挖出筷子粗肥大的蚯蚓，把团团飞舞的小蟒虫赶到蜘蛛网上去。那沉甸甸压弯枝条的海棠果，个个都比市场买来的大。这里，最壮观的要数爷爷窗檐下的马蜂窝了，好像倒垂的一只大莲蓬，无数金黄色的马蜂爬进爬出，飞来飞去，不知忙些什么，大概总有百十只之多，以致爷爷不敢开窗子，怕它们中间哪个冒失鬼一头闯进屋来。

"真该死，屋子连透透气儿也不能，哪天请人来把这马蜂窝捅下来！"奶奶总为这个马蜂窝生气。

"不行，要蜇死人的！"爷爷说。

"怎么不行？头上蒙块布，拿竹竿一捅就下来。"奶奶反驳道。

"捅不得，捅不得。"爷爷连连摇手。

我站在一旁，心里却涌出一种捅马蜂窝的强烈欲望。那多有趣！当我给这个淘气的欲望鼓动得难以抑制时，就找来妹妹，乘着爷爷午睡的当儿，悄悄溜到从走廊通往后院的小门口。我脱下褂子蒙住头顶，用扣上衣扣儿的前襟遮盖下半张脸，只需一双眼。又把两根竹竿接绑起来，作为捣毁马蜂窝的武器。我和妹妹约定好，她躲在门里，把住关口，待我捅下马蜂窝，赶紧开门放我进来，然后把门关住。

妹妹躲在门缝后边，眼瞧我这非凡而冒险的行动。我开始有些迟疑，最后还是好奇战胜了胆怯。当我的竿头触到蜂窝的一刹那，好像听到爷爷在屋内呼叫，但我已经顾不得别的，一些受惊的马蜂轰地飞起来，我赶紧用竿头顶住蜂窝使劲地摇撼两下，只听"咚"，一个沉甸甸的东西掉下来，跟着一团黄色的飞虫腾空而起，我扔掉竿子往小门那边跑，谁料到妹妹害怕，把门在里边插上，她跑了，将我关在门外。我一回头，只见一只马蜂径直而凶猛地朝我扑来，好像一架燃料耗尽、决心相撞的战斗机。这复仇者不顾一死而拼命的气势使我惊呆了。瞬间只觉眉心像被针扎似的剧烈地一疼，挨蜇了！我下意识地用手一拍，感觉我的掌心触到它可怕的身体。我吓得大叫，不知道谁开门把我拖到屋里。

当夜，我发了高烧。眉心处肿起一个枣大的疙瘩，自己都能用眼瞧见。家里人轮番用醋、酒、黄酱、万金油和凉手巾拔，也没能使我那肿疮迅速消下来。转天请来医生，打针吃药，七八天后才渐渐复愈。这一下好不轻呢！我生病也没有过这么长时间，以致消肿后的几天里不敢到那通向后院的小走廊上去，生怕那些马蜂还守在小门口等着我。

过了些天，惊恐稍定，我去爷爷的屋子，他不在，隔窗看见他站在当院里，摆手召唤我去，我大着胆子去了。爷爷手指窗根处叫我看，原来是我捅掉的那个马蜂窝，却一只马蜂也不见了，好像一只丢弃的干枯的大莲蓬头。爷爷又指了指我的脚下，一只马蜂！我惊吓得差点叫起来，慌忙跳开。

"怕什么，它早死了！"爷爷说，"这就是蜇你的那只马蜂，可能被你那一拍，拍死的。"

仔细瞧，噢，原来是死的。仰面朝天躺在地上，几只黑蚂蚁在它身上爬来爬去。

"马蜂就是这样，你不惹它，它不蜇你。"爷爷说。

"那它干吗还要蜇我呢，这样它自己不也完了吗？"

"你毁了它的家——那是多大一个家呀！它当然要跟你拼命的！"爷爷说。

我听了心里暗暗吃惊。一只小虫竟有这样的激情和勇气。低头再瞧瞧那只马蜂，微风吹着它，轻轻颤动，好似活了一般。我不禁想起那天它朝我猛扑过来时那副生死不顾的架势，与毁坏它们生活的人拼出一切，真像一个英雄……我面对这壮烈牺牲的小飞虫的尸体，似乎有种罪孽感沉重地压在我的心上。

那一窝马蜂呢，被我扰得无家可归的一群呢，它们还会不会回来重建家园？我甚至想用胶水把那只空空的蜂窝粘上去。

这一年，我经常站在爷爷的后院里，始终没有等来一只马蜂。

转年开春，有两只马蜂飞到爷爷的窗檐下，落到被晒暖的木窗框上，然后还在过去的旧巢的残迹上爬了一阵子，跟着飞去而不再来。空空又是一年。

第三年，风和日丽之时，爷爷忽叫我抬头看，隔着窗玻璃看见窗檐下几只赤黄色的马蜂忙来忙去。在这中间，我忽然看到，一个小巧的、银灰色的第一间蜂窝已经筑成了。

于是，我和爷爷面对面开颜而笑，笑得十分舒心。我不由得暗暗告诉自己，再不做一件伤害旁人的事。

日历

我喜欢用日历，不用月历。为什么？

厚厚一本日历是整整一年的日子。每扯下一页，它新的一页——光亮而开阔的一天便笑嘻嘻地等着我去填满。我喜欢日历每一页后边的"明天"的未知，还隐含着一种希望。"明天"乃是人生中最富魅力的字眼儿。生命的定义就是拥有明天。它不像"未来"那么过于遥远与空洞。它就守候在门外。走出了今天便进入了全新的明天。白天和黑夜的界线是灯光；明天与今天的界线还是灯光。每一个明天都是从灯光熄灭时开始的。那么明天会怎样呢？当然，多半还要看你自己的。你快乐它就是快乐的一天，你无聊它就是无聊的一天，你匆忙它就是匆忙的一天；如果你静下心来就会发现，你不能改变昨天，但你可以决定明天。有时看起来你很被动，你被生活所选择，其实你也在选择生活，是不是？

每年元月元日，我都把一本新日历挂在墙上。随手一翻，光溜溜的纸页花花绿绿滑过手心，散发着油墨的芬芳。这一刹那我心头十分快活。我居然有这么大把大把的日子！我可以做多少事情！前边的日子就像一个个空间，生机勃勃，宽阔无边，迎面而来。我发现时间也是一种空间。历史不是一种空间吗？人的一生不是一个漫长又巨大的空间吗？一个个"明天"，不就像是一间间空屋子吗？那就要看你把什么东西搬进来。可是，时间的空间是无形的，触摸不到的。凡是使用过的日子，立即就会消失，抓也抓不住，而且了无痕迹。也许正是这样，我们便会感受到岁月的匆匆与虚无。

有一次，一位很著名的表演艺术家对我讲她和她丈夫的一件事。她唱戏，丈夫拉弦。他们很敬业。天天忙着上妆上台，下台下妆，谁也顾不上认真看对方一眼，几十年就这样过去了。一天老伴儿忽然惊讶地对她说："哎哟，你怎么老了呢！你什么时候老的呀？我一直都在你身边怎么也没发现呢！"她受不了老伴儿脸上那种伤感的神情。她就去做了美容，除了皱，还除去眼袋。但老伴儿一看，竟然流下泪来。时针是从来不会逆转的。倒行逆施的只有人类自己的社会与历史。于是，光阴岁月，就像一阵阵呼呼的风或是闪闪烁烁的流光，它最终留给你的只有无奈而频生的白发和消耗中日见衰弱的身躯。为此，你每扯去一页用过的日历时，是不是觉得有点像扯掉一个生命的页码？

我不能天天都从容地扯下一页。特别是忙碌起来，或者从什么地方开会、活动、考察、访问归来，看见几页或十几页过往的日子挂在那里，黯淡、沉寂和没用；被时间掀过的日历好似废纸。可是当我把这一沓用过的日子扯下来，往往不忍丢掉，而把它们塞在书架的缝隙或夹在画册中间。就像从地上拾起的落叶。它们是我生命的落叶！

别忘了，我们的每一天都曾经生活在这一页一页的日历上。

记得一九七六年唐山大地震那天，我住在长沙路思治里十二号那个顶层上的亭子间被彻底摇散，震毁。我一家三口像老鼠那样找一个洞爬了出来。当我双腿血淋淋地站在洞外，那感觉真像从死神的指缝里侥幸地逃脱出来。转过两天，我向朋友借了一架方形铁盒子般的海鸥牌相机，爬上我那座狼咬狗啃废墟般的破楼，钻进我的房间——实际上已经没有屋顶。我将自己命运所遭遇的惨状拍摄下来，我要记下这一切。我清楚地知道这是我个人独有的经历。这时，突然发现一堵残墙上居然还挂着日历——那蒙满灰土的日历的日子正是地震那一天：一九七六年七月二十八日，星期三，丙辰年七月初二。我伸手把它小心地扯下来。如今，它和我当时拍下的照片，已经成了我个人生命史刻骨铭心的珍藏了。

由此，我懂得了日历的意义。它原是我们生命忠实的记录。从"隐形写作"的含义上说，日历是一本日记。它无形地记载我每一天遭遇的、面临的、经受的，以及我本人的应对与所作所为，还有改变我的和被我改变的。

然而人生的大部分日子是重复的——重复的工作与人际，重复的事物与相同的事物都很难被记忆。所以我们的日历大多页码都是黯淡无光。过后想起来，好似空洞无物。于是，我们就碰到一个非常重要的关于人本话题——记忆。人因为记忆而厚重、智慧和变得理智。更重要的是，记忆使人变得独特。因为记忆排斥平庸。记忆的事物都是纯粹而深刻个人化的。所有个人都是一个独特的"个案"。记忆很像艺术家，潜在心中，专门刻画我们自己的独特性。你是否把自己这个"独特"看得很重要？广义地说，精神事物的真正价值正是它的独特性。无论是一个人，还是一种文化。记忆依靠载体。一个城市的记忆留在它历史的街区与建筑上，一个人的记忆在他的照片上、物品里、老歌老曲中，也在日历上。

然而，人不能只是被动地被记忆，我们还要用行为去创造记忆。我们要用情感、忠诚、爱心、责任感，以及创造性的劳动去书写每一天的日历。把这一天深深嵌入记忆里。我们不是有能力使自己的人生丰富、充实以及具有深度和分量吗？

所以我写过：

"生活就是创造每一天。"

我还在一次艺术家的聚会中说：

"我们今天为之努力的，都是为了明天的回忆。"

为此，每每到了一年最后的几天，我都不肯再去扯日历。我总把这最后几页保存下来。这可能出于生命的本能。我不愿意把日子花得精光。你一定会笑我，并问我这样就能保存住日子吗？我便把自己在今年日历的最后一页上写的四句诗拿给你看：

岁月何其速，

哎呀又一年，

花叶全无迹，

存世唯诗篇。

正像保存葡萄最好的方式是把葡萄变为酒，保存岁月最好的方式是致力把岁月变为永存的诗篇或画卷。

现在我来回答文章开始时那个问题：为什么我喜欢日历？因为日历具有生命感，或者说日历叫我随时感知自己的生命并叫我思考如何珍惜它。

除夕情怀

除夕是一年最后一天，最后一个夜晚，是一岁中剩余的一点短暂的时光。时光是留不住的，不管我们怎么珍惜它，它还是一天天在我们的身边烟消云散。古人不是说过"黄金易得，韶光难留"吗？所以在这一年最后的夜晚，要用"守岁"，也就是不睡觉，眼巴巴守着它，来对上天恩赐的岁月时光以及眼前这段珍贵的生命时间表示深切的留恋。

除夕是中国人最具生命情感的日子。所以此时此刻一定要和自己有着血缘关系的亲人团聚一起。首先是生养自己的父母。陪伴老人过年，有如依偎着自己生命的根与源头，再有便是和同一血缘的一家人枝叶相拥，温习往昔，尽享亲情。记得有人说："过年不就是一顿鸡鸭鱼肉的年夜饭吗？现在天天鸡鸭鱼肉，年还用过吗？"其实过年并不是为了那一顿美餐，而是团圆。只不过先前中国人太穷，便把平时稀罕的美食当作一种幸福，加入这个人间难得的团聚中。现在鸡鸭鱼肉司空见惯了，团圆却依然是人们的愿望年的主题。腊月里到火车站或机场去看看声势浩大的春运吧。世界上哪个国家会有一亿人同时返乡，不都要在除夕那天赶到家去？他们到底为了吃年夜饭还是为了团圆？

此刻，我想起关于年夜饭的一段往事。

一年除夕，家里筹备年夜饭，妻子忽说："哎哟，还没有酒呢。"我说："我忙的都是什么呀，怎么把最要紧的东西忘了！"

酒是餐桌上的仙液。这一年一度的人间的盛宴哪能没有酒的助兴、没有醉意？我忙披上棉衣，围上围巾，蹬上自行车去买酒。家里人平时都不喝酒，一瓶葡萄酒，哪怕是果酒也行。

车行街上，天完全黑了，街两旁高高低低的窗子都亮着灯。一些人家开始吃年夜饭了，性急的孩子已经噼噼啪啪点响鞭炮。但是商店全上了门板，无处买到酒，我却不死心，无论如何也不能让这顿年夜饭没有酒。车子一路骑下去，一直骑到百货大楼后边那条小街上，忽见道边一扇小窗亮着灯，里边花花绿绿，分明是个家庭式的小杂货铺。我忙跳下车，过去扒窗一瞧，里边的小货架上天赐一般摆着几瓶红红的果酒，大概是玫瑰酒吧。踏破铁鞋终于找到它了！我赶紧敲窗玻璃，里边出现一张胖胖的老汉的脸，他不开窗，只朝我摇手；我继续敲窗，他隔窗朝我叫道："不卖了，过年了。"我一急，对他大叫："我就差一瓶酒了。"谁料他听罢，怔了一下，唰地拉开小小的窗子，里边热乎乎混着炒菜味道的热气扑面而来，跟着一瓶美丽的红酒梦幻般地摆在我的面前。

我付了钱，对他千恩万谢之后，把酒揣在怀里贴身的地方，我怕把酒摔了，然后飞快地一口气骑车到家。刚才把酒揣进怀里时酒瓶很凉，现在将酒从怀间抽出时，光溜溜的酒瓶竟被身体焐得很温暖。

当晚这瓶廉价的果酒把一家人扰得热乎乎，我却还在感受着刚才那位老汉把酒"啪"地放在我面前的感觉。他怎么知道我那时为年夜饭缺一瓶酒时急切的心情？很简单——那是人们共有的年的情怀。

于是我又想起，一年的年根儿在火车站上。车厢里人满为患，连走道上也人贴着人地站着。从车门根本挤不上去，有人就从车窗往里爬。我看一个年轻人，半个身子已经爬进车窗，车里的熟人往里拉他，站台上工作人员往外拽他。双方都在使劲，这年轻人拼命地往车里挣扎。就在这时候，忽然站台上的人不拉了，反倒笑嘻嘻把他推上去。我想，要是在平时，站台的工作人员决不会把他推上去，但此时此刻为什么这样做？为了帮他回家过年。

年，真的是太美好的节日、太好的文化了。在这种文化氛围里，人人无须沟通，彼此心灵相应。正为此，除夕之夜千家万户燃起的烟花，才在寒冷的夜空中交相辉映，呈现出普天同庆的人间奇观。也正为此，那风中飘飞的吊钱儿，大门上斗大的福字，晶莹的饺子，感恩于天地与先人的香烛，风雪沙沙吹打的灯笼和人人从心中外化出来的笑容，才是这除夕之夜最深切的记忆。

除夕是中国人用共同的生活理想创造出来并以各自的努力实现的现实。

摸书

名叫莫拉的这位老妇人嗜书如命。她认真地对我说：

"世界上所有的一切都在书里。"

"世界上没有的一切也在书里。把宇宙放在书里还有富余。"我说。

她笑了，点点头表示同意，又说：

"我收藏了四千多本书，每天晚上必须用眼扫一遍，才肯关灯睡觉。"

她真有趣。我说：

"书，有时候不需要读，摸一摸就很美，很满足了。"

她大叫："我也这样，常摸书。"她愉快地虚拟着摸书的动作。烁烁目光真诚地表示她是我的知音。

谈话是个相互寻找与自我寻找的过程。这谈话使我高兴，因为既找到知己，又发现自己有一个美妙的习惯，就是摸书。

闲时，从书架上抽下几本新新旧旧的书来，或许是某位哲人文字的大脑，或许是某位幻想者迷人的呓语，或许是人类某种思维兴衰全过程的记录——这全凭一时兴趣，心血来潮。有的书早已读过，或再三读过，有的书买来就立在架上；此时也并非想读，不过翻翻、看看、摸摸而已。未读的书是一片密封着的诱惑人的世界，里边肯定有趣味更有智慧；打开来读是种享受，放在手中不轻易去打开也是一种享受；而凡是读过的书，都成为有生命的了，就像一个个朋友，我熟悉它们的情感与情感方式，它们每个珍贵的细节，包括曾把我熄灭的思想重新燃亮的某一句话……翻翻、看看、摸摸，回味、重温、再体验，这就够了。何必再去读呢？

当一本古旧书拿在手里，它给我的感受便是另一般滋味。不仅它的内容，一切一切，都与今天相去遥远。那封面的风格，内页的版式，印刷的字体，都带着那时代独有的气息与永难回复的风韵，并从磨损变黄的纸页中生动地散发出来。也许这书没有多少耐读的内涵，也没有多少经久不衰的思想价值，它在手中更像一件古旧器物。它的文化价值反成为第一位的了，这文化的意味无法读出来，只要看看、摸摸，就能感受到。

莫拉说，她过世的丈夫是个书虫子，她的藏书及其嗜好，一半来自她丈夫。她丈夫终日在书房里，读书之外，便是把那些书搬来搬去，翻一翻、看一看、摸一摸。每每此时，"他像醉汉泡在酒缸里，这才叫真醉了呢！"她说。她的神情好似看到了过去一幅迷人的画。

我忽然想到一句话："人与书的境界是超越读。"但我没说，因为她早已懂得。

墓地

死亡并非凄惨，并非一片空茫。死亡也是诗，是生命化入永恒的延续，这是使我每逢到国外，路经一处墓地，必要进去流连一番的缘故。它与中国坟地不同，毫无凄凉萧瑟之感，甚至像公园，但不是活人游乐而是死人安息的地方，处处树木幽深，花草葳蕤，一座座坟墓都是优美的石雕，有的称得上艺术杰作。在德国我见过一座墓，墓石两边浮雕一双巨大的耳朵。死者长眠地下，还要倾听世间的万籁，这才叫不甘寂寞。这一双大耳线条浑厚而洗练，和胖墩墩墓石谐调为一个浑厚的整体。墓碑上刻着一行字："我带不走的只有爱。"

看来这雕刻家像死者的朋友一样了解他。

漫步墓地间，浏览在那些树影深处、花草丛中各式各样的坟墓，真比在安特卫普的雕塑公园享受更多也感受更多。因为这里永远沉睡着无数连梦也没有、绝对安宁的灵魂。他们曾经是一个个活生生有血有肉有声有色的人。此时，每一个墓穴里安葬着一个故事。小说家的故事是虚构的，他们的故事却是真实的。他们的容貌、个性、过失、业绩、命运以及真切的内心无从得知，只有任你去猜，一大片人生的想象构成墓地无限的空白。仅有的提示，便是墓碑上的铭言。我最喜欢伫立在这些陌生人的墓前，默然读着这些碑文。墓碑上很少"树碑立传"和"歌功颂德"，大多只有生卒年月，还有一句或几句话，大多是死者留下的遗言，或是他的亲友对其最后的馈赠。有几个碑文至今依然记得：

"所有的事我都快乐，包括这一次。"

"我是个酒鬼，现在才真醉了。"

"忘掉这个人的过失，记着他的好处。"

"你不认识我，我从未成功过；我的朋友都牢记我，凡事我都认真地做过。"

常常见到墓碑前斜放着一枝鲜艳的玫瑰，或是一大束死者生前喜欢的花。那是饶有诗意的想念。

在英国一处墓地，深秋天气，我见到一个老年妇女在地上拾落叶。她把精心选择到的最美最红的叶子一片片轻轻放在一座坟墓碑的石板上。她做得好虔诚，又好像在享受着什么。我在公墓绕一圈回来，她不见了，只有墓穴上盖一大片秋叶。太阳静静晒着，好像愈晒愈红……

欧洲宗教说死者要进天堂，中国佛教说死者要进地狱。进天堂快活而安详，因此西方的葬礼没有闹丧。幻想的形象是天使，不是阎罗小鬼牛头马面；祭奠用鲜花而不用瘆人的纸花。西方宗教思想讲出世，中国的儒家讲入世之道，对死的想象紧紧联系着生存现实，每到祭日便要烧纸钱纸衣纸车纸马，如今还烧纸电视纸洗衣机。中国人重实际，这也是中西方文化传统的区别。

夏威夷的一片墓地给我的印象独特。在山顶一片平荡荡绿茵地上，放着上千块距离相等的方石板，大约一本杂志大小，这是小小石棺，是埋葬骨灰用的。据说凡是参加第二次世界大战的人都可以埋葬在这里，石板上只有号码，埋葬好，就按号码把死者名字刻在前方一堵青色的墙上。这地方风景极美丽，每时每刻都有潮湿的海风轻轻吹拂，清爽而透亮。石棺是统一规格的，不论死者身份，不分大小粗细，完全相等。我猛然想起雨果在巴尔扎克墓前的一句话："死亡是伟大的平等，也是伟大的自由。"

　　当然，凡是对死的寄语，都是对生存世界的追求。

年意

年意一如春意或秋意，时深时浅时有时无。然而，春意是随同和风、绿色、花气和嗡嗡飞虫而来，秋意是乘载黄叶、凉雨、瑟瑟天气和凋残的风景而至，那么年意呢？

年意不像节气那样——宇宙的规律，大自然的变化，都是外加给人的……它很奇妙！比如伏天挥汗时，你去看那张传统而著名的木版年画《大过新年》，画面上风趣地描绘着大年夜合家欢聚的种种情景，你呢？最多只为这民俗的意蕴和稚拙的版味儿所吸引，并不被打动。但在腊月里，你再去瞅这花花绿绿的画儿，感觉竟然全变了。它变得亲切、鲜活、热烈、火爆，一下子撩起你过年的兴致。它分明给了你以年意的感染。但它的年意又是哪儿来的呢？倘若含在画中，为何夏日里你却从中丝毫感受不到？

年年一喝那杂米杂豆熬成的又黏又甜味道独特的腊八粥，便朦胧看到了年，好似彼岸那样在前面一边诱惑一边等待了。时光通过腊月这条河，一点点驶向年底。年意仿佛大地寒冬的雪意，一天天簇密和深浓。你想一想，这年意究竟是怎样不声不响却日日加深的？谁知？是从交谈中愈来愈多说到"年"这个字，是开始盘算如何购置新衣、装点房舍、筹办年货……还是你在年货市场挤来挤去时，受到了人们要把年过好那股子高涨的生活热情的传染？年货，无论是吃的、玩的、看的、使的，全都火红碧绿艳紫鲜黄，亮亮堂堂，生活好像一下子点满灯。那些年年此时都要出现的图案，一准全冒出来——松菊、蝙蝠、鹤鹿、老钱、宝马、肥猪、刘海、八仙、喜鹊、聚宝盆，谁都知道它们暗示着富贵、长寿、平安、吉利、好运与兴旺……它们把你围起来，掀动你的热望，鼓舞你的欲求，叫你不知不觉把心中的祈望也寄托其中了。祖祖辈辈不管今年的希望明年是否落空，不管老天爷的许诺是否兑现，他们照样活得这样认真、虔诚、执着与热情。唯有希望才使生活充满魅力……

当窗玻璃外冷冽的风撩动红纸吊钱儿敲打着窗户，或是性急的小孩子提前零落地点响爆竹，或是邻人炖肉煮鸡的芬芳飘入你的鼻孔，大年将临，甚至有种逼迫感。如果此时你还欠缺几样年货未有齐备，少四头水仙或二斤大红苹果，不免会心急不安，跑到街上转来转去，无论如何也要把这必备的年货买齐。圆满过年，来年圆满。年意原来竟如此深厚，如此强劲！如果此时你身在异地，急切回家，那一列列火车被返乡度年的人满满实实挤得变了形，你生怕误车而错过大年夜的团圆，也许会不顾挨骂、撅着屁股硬爬进车窗。年意还是一种着魔发疯的情绪！

不管一年里你有多少失落与遗憾，自艾自怨。但在大年三十晚上坐在摆满年饭的桌旁，必须笑容满面。脸上无忧，来年无愁。你极力说着吉祥话和吉利话，极力让家人笑，家人也极力让你笑；你还不自觉地让心中美好的愿望膨胀起来，热乎乎填满你的心怀。哎，这时你是否感觉到，年意其实不在任何其他地方，它原本就在你的心里，也在所有人的心里。年意不过是一种生活的情感、期望和生机。而年呢？就像一盏红红的灯笼，一年一度把它迷人地照亮。

白发

人生入秋，便开始被友人指着脑袋说：

"呀，你怎么也有白发了？"

听罢笑而不答。偶尔笑答一句："因为头发里的色素都跑到稿纸上去了。"

就这样，嘻嘻哈哈、糊里糊涂地翻过了生命的山脊，开始渐渐下坡来，或者再努力，往上登一登。

对镜看白发，有时也会认真起来：这白发中的第一根是何时出现的？为了什么？思绪往往会超越时空，一下子回到少年时——那次同母亲聊天，母亲背窗而坐，窗子敞着，微风无声地轻轻掀动母亲的头发，忽见母亲的一根头发被吹立起来，在夕照里竟然银亮银亮，是一根白发！这根细细的白发在风里柔弱摇曳，却不肯倒下，好似对我召唤。我第一次看见母亲的白发，第一次强烈地感受到母亲也会老，这是多可怕的事啊！我禁不住过去扑在母亲怀里。母亲不知出了什么事，问我，用力想托我起来，我却紧紧抱住母亲，好似生怕她离去……事后，我一直没有告诉母亲这究竟为了什么。最浓烈的感情难以表达出来，最脆弱的感情只能珍藏在自己心里。如今，母亲已是满头白发，但初见她白发的感受却深刻难忘。那种人生感，那种凄然，那种无可奈何，正像我们无法把地上的落叶抛回树枝上去……

当妻子把一小酒盅染发剂和一支扁头油画笔拿到我面前，叫我帮她染发时，我心里一动，怎么，我们这一代生命的森林也开始落叶了？我瞥一眼她的头发，笑道："不过两三根白头发，也要这样小题大做？"可是待我用手指撩开她的头发，我惊讶了，在这黑黑的头发里怎么会埋藏这么多的白发！我竟如此粗心大意，至今才发现才看到。也正是由于这样多的白发，才迫使她动用这遮掩青春衰退的颜色。可是她明明一头乌黑而清香的秀发呀，究竟怎样一根根悄悄变白的？是在我不停歇的忙忙碌碌中、侃侃而谈中，还是在不舍昼夜的埋头写作中？是那些年在大地震后寄人篱下的茹苦含辛的生活所致？是为了我那次重病内心焦虑而催白的？还是那件事……几乎伤透了她的心，一夜间骤然生出这么多白发？

黑发如同绿草，白发犹如枯草；黑发像绿草那样散发着生命诱人的气息，白发却像枯草那样晃动着刺目的、凄凉的、枯竭的颜色。我怎样做才能还给她一如当年那一头美丽的黑发？我急于把她所有变白的头发染黑。她却说："你是不是把染发剂滴在我头顶上了？"

我一怔。赶忙用眼皮噙住泪水，不叫它再滴落下来。

一次，我把剩下的染发剂交给她，请她也给我的头发染一染。这一染，居然年轻许多！谁说时光难返，谁说青春难再，就这样我也加入了用染发剂追回岁月的行列。谁知染发是件愈来愈艰难的事情。不仅日日增多的白发需要加工，而且这时才知道，白发并不是由黑发变的，它们是从走向衰老的生命深处滋生出来的。当染过的头发看上去一片乌黑青黛，它们的根部又齐刷刷冒出一茬雪白。任你怎样去染，去遮盖，它还是茁茁涌现。人生的秋天和大自然的春天一样顽强。挡不住的白发呵！

开始时精心细染，不肯漏掉一根。但事情忙起来，没有闲暇染发，只好任由它花白。染又麻烦，不染难看，渐而成了负担。

这日，邻家一位老者来访。这老者阅历深，博学又健朗，鹤发童颜，很有神采。他进屋，正坐在阳光里。一个画面令我震惊——他不单头发通白，连胡须眉毛也一概全白；在强光的照耀下，蓬松柔和，光明透彻，亮如银丝，竟没有一根灰黑色，真是美极了！我禁不住说，将来我也能修炼出您这一头漂亮潇洒的白发就好了，现在的我，染和不染，成了两难。老者听了，朗声大笑，然后对我说：

"小老弟，你挺明白的人，怎么在白发面前糊涂了？孩童有稚嫩的美，青年有健旺的美，你有中年成熟的美，我有老来冲淡自如的美。这就像大自然的四季——春天葱茏，夏天繁盛，秋天斑斓，冬天纯净。各有各的美感，各有各的优势，谁也不必羡慕谁，更不能模仿谁，模仿必累，勉强更累。人的事，生而尽其动，死而尽其静。听其自然，对！所谓听其自然，就是到什么季节享受什么季节。哎，我这话不知对你有没有用，小老弟？"

我听罢，顿觉地阔天宽，心情快活。摆一摆脑袋，头上花发来回一晃，宛如摇动一片秋光中的芦花。

空屋

好像家里人谁也不肯说，为什么后院那间小屋一直空着，锁着，甚至连院子也很少人去。这空屋便常常隐在几株大梧桐深幽的、湿漉漉的阴影里，红砖墙几乎被苔涂绿，黝黑的檐下总是挂着一些亮闪闪的大蜘蛛网。一入秋，大片大片黄黄的落叶就粘在蜘蛛网上，片片姿态都美，它们还把地面铺得又厚又软，奇怪的是很少有鸟儿飞到这院里来，这便在它的荒芜中加进一点阴森的感觉；影影绰绰，好像听说这屋闹鬼——空屋里常有人走动，还有女人咯咯笑，茶壶自己竟会抬起来斟水……弄不清这是从哪个鬼故事里听来的，还就是这空屋里发生过的令人毛骨悚然的事。那时我小，儿时常把真假混记在一起。

一个夏夜，我隔窗清晰听到后院这空屋突然发出"叭"的一声，好像谁用劲把一根棍子掰断，分明有人！鬼？当时，只觉得自己身子缩得很小很小，眼睛瞪得老大老大，脖子不敢也不能转动了。母亲以为我得了什么急病，问我，我不敢说，最可怕的事都是怕说出来的。

从这次起我连通往后院的小门都不敢接近，以致一穿过那段走廊，两条胳膊的鸡皮疙瘩马上全鼓起来。但上楼梯必须横穿过这走廊，每次都是慌慌张张连蹿带跳冲过去，不止一次滑倒跌跤，还跌断过一颗门牙，做了半年多的"没牙佬"。在我的童年里，这空屋是我的一个阴影、威胁、精神包袱和各种可怕的想象与噩梦的来源。

后来，长大一些，父亲叫我随他去后院这空屋里拿东西，我慑于父亲的威严，被迫第一次走进这"鬼"的世界。

我紧贴在父亲的身后，胆战心惊地左右瞅这屋，竟然和我向来对它所有猜想都截然不同。没有骷髅、白骨、血手印和任何怪物，而是一间静得要死的素雅的小书房；几架子书，一个书桌，一张小床，一个带椭圆形镜子的小衣柜。屋里的主人好像突然在某一个时候离去——桌上的铜墨盒打开着，床上的被子没叠，地上的果核也没清扫，便被时间的灰尘一层层封闭了。我从来没见过哪一间屋子有这么厚的尘土，积在玻璃杯里的灰尘足有半寸厚，杯子外边的灰尘也同样厚，一切物品都陷没并凝固在逝去的岁月里。灰蒙蒙的，看上去像一幅淡淡而又冷漠的水墨画。

灰尘是时间的物质。它隔离人与物，今与昔，但灰尘下边呢？什么东西暗暗相连？

一间房子里如果有人住，虽然天天使用房中的一切，它们反而不会损坏，这大概是由于人的精神照射在这些物品上，它们带着活人的气息，与人的生命有光、有色、有声、有机地混合一起；但如果这房子久无人住，它们便全死了，待在那儿自己竟然会开裂、脱落、散架、坏掉……奇怪吗？不不，人创造的一切因人而在。人旺而物荣，人灭而物毁。只见这书桌前的座椅已经散成一堆木棍，有如零落的尸骨；

蚊帐粉化了，依稀还有些丝缕耷拉在床架上，好像吹口气便化成一股烟；头顶上双股灯线断了一根，灯儿带着伞状的灯罩斜垂着；迎面的几个书架最惨，木框大多脱开，上边的书歪歪斜斜或成堆地掉落在尘埃里……忽然，吓我一跳！什么东西在动？那椭圆镜子里的自己？鬼！我看见了一个人！我的叫声刚到嗓子眼儿，再瞧，原来是墙上旧式镜框里一个陌生的男青年的照片——他隔着尘污的玻璃炯炯望着我，目光直视，冷冷的，有点怕人。他是谁？这空屋原先的主人吗？我可从来没见过这个梳中分头、穿西装、领口系黑色蝴蝶结的人！他早死了吗？空屋里那些吓人的动静莫非就是他的幽灵作祟？

　　父亲拿了一盏台灯和字典，把那铜墨盒和铜笔架放在我手里。我抢在父亲前面赶快走出这空屋。经我再三追问，母亲才告诉我——

　　墙上那照片里的青年确实早已死去。他竟是我的堂兄！他在上大学时，被他痴爱的女友抛弃，从此每当上哲学课，就对一位不相干的教哲学的女教师嘿嘿傻笑，这才知道他疯了。那女友与他分手时送给他一枝双朵的芭兰花。那是用细铁丝拧成的双叉的小叉子，把一对芭兰花插在上边。他便天天捏着这对花忽笑忽哭，直到花儿烂掉，没了，他依旧举着这光光的小叉子用鼻子闻，后来大概他意识到没有花了，就把小叉子往鼻孔里插，常常鼻孔被插出血来。终于一天，他把这小叉子插在电插座上，结束了痛苦绝望的人生。据说那一瞬间，我家电闸的保险丝断了，所有灯齐灭，全楼一片漆黑。

　　我那时还不懂爱情这东西如此厉害，但它的刺激性全部感受到了。虽然我对这位堂兄全无印象，他是在我三岁时去世的，可随着我渐渐长大，就一点点悟出我这同胞灵魂中曾经承受和不能承受的是些什么。对鬼的幻觉与惧怕也就随之消失，但我仍不肯再走进这空屋。在我那同胞与世决绝之时，这空屋里的一切都不曾给他一点牵挂与挽留呵！这是个无情的空间，一如漠漠人生。我讨厌那屋里所有东西，似乎都是冰冷的、不祥的，像一堆尸骨。我不明白父亲为什么要用那台灯、墨盒和笔架。尤其当那台灯在父亲的书案上亮起，一看这惨白清冷的灯光，我心里便禁不住打个寒噤。世界上所有台灯的灯光都有一种温情呵！

我认定自己终生不会再走进这空屋，但第二次进去却是另一种更加意想不到的感受。

"文革"初的一天，突如其来，我家被彻底捣毁，父亲被弄到屋顶上批斗，他随时可能被推下来或者自己跳下来；母亲给拉到大街上，被迫和几个挨整的妇女跪着赛跑。许多陌生人围在门外喊口号，一个老邻居家的孩子带领红卫兵用棍棒斧头把我家扫荡得粉粉碎，直到天黑他们才退去。我一家人坐在被砸毁的成堆成堆的破烂东西上，战战兢兢，不知何时会有人闯进来，再发生什么祸事。这世界变得无法无天，无论谁都可以对我们构成致命的威胁。更深夜半时，近处和远处还在响着喊斗呼打声，我们不敢开灯，不敢出声，黑夜有如恐怖，无边地、紧紧地包裹着我……

后来，疲惫不堪的父母和妹妹卧在地上睡着了，不知为什么，我独自起身悄悄穿过走廊和后院，走进那一向被我拒绝的空屋。脚一踏入，那是怎样一个异样宁静的空间呵！

我先在屋中央，月光射入的银白照眼的一块地上蹲下来，瞅着一片片清晰而如墨的梧桐叶影；四周，透过黑色透明的空气，书架家具一件件朦朦胧胧地显现出来。随之而来的是一种很奇怪的感觉，屋中这些陌生的、无生命的、本来被我看作无情无义的死东西，此刻对我反而都是这世上独有的无伤害和保护的了。一切有关的都不安全，一切无关的才最安全。隐隐约约，黑乎乎的墙上，我那疯了并死了的堂兄正冷冷地瞅着我；镜框可能被抄家的人打歪，堂兄的脸也歪着，更添一种活生生的神情，我丝毫不怕，却很想他能像鬼那样走下来，和我说话，反倒会驱散现实压在我心上非常具体的恐怖。我紧紧盯着他，等他，盼他的鬼魂出现……不知不觉进入一种从未体验过的境界：安慰、逃脱与超然。

　　整整一夜，我享受着这空屋。

小动物

人类最早和所有动物混在一起生活，一同享受着大自然的赐予：阳光、风、水和果子。当然也互相残害为食。动物间相互为食者，称作天敌，比如猫与鼠。人类就曾以捕杀动物为主。但自从人类脱离茹毛饮血进入文明阶段，与动物的关系发生了变化。许许多多曾受人类伤害的动物，进入了诗、画与童话，成为亲切可爱的形象，构成和谐美好的生存境界，抚慰人的心灵。

使我惊讶的是，在海外，这些小动物不用到郊外的风景区寻找，大城市中心也常常见到它们。阿姆斯特丹最繁华的沿河街道上空盘旋着雪白的海鸥，我曾用照相机拍下一个镜头——一个金发女郎骑车到桥头，忽然停下来打背包里掏出一把碎面包，一扬手，就有许多海鸥"扑喇喇"疾降下来，争啄她手心的面包渣。她好高兴，好像在体味着这些海鸥与她亲昵的情感。手里的面包渣没了，再向包里掏，直把包掏空，便和海鸥们摆摆手，骑车走了。

在伦敦、旧金山、布鲁塞尔、芝加哥那些高楼林立间的绿地，只要你拿些米一扬手，就有鸽子飞来，还有许多机灵的麻雀和各色小鸟混夹其间。它们都不怕人，有时会在你胳膊上站成一排，甚至踩在你的头顶、肩头或耳朵上。这原因很简单：没人捉它们，吃它们，在西方没有"炸铁雀"下酒。你不曾伤害它，它对你便无警惕。害怕都是由损害所致。无论是人与动物，还是人与人。

这些生活在城市中的小动物，我最喜欢的是松鼠。在北美一些小城市街上走时，它们时常会从道边浓绿的树丛中钻出来，轻灵地拧动着身子，用略带惊讶的神气瞧你。直立起来时两只前爪拱在胸前，像作揖，跑起来背部向上一拱，把尾巴高高一撅，看上去好似毛茸茸流动的小波浪。一次我躺在艾奥瓦河边长椅子上晒太阳，睡着了，忽然觉得有人拨弄我头发，醒来一看是两只小松鼠。我口袋里正好有些花生，喂它们。它们吃东西时嘴巴扭动得很可爱。我把花生一抛，它们竟去追。我离开时，它们居然边跑边停跟了我一段路，好似送我一程。

孩子们最爱和小松鼠玩，时常可以看到小孩子们把自己的糖棒送给小松鼠吃。那次在安大略游乐场的大戏篷里看加拿大皇家芭蕾舞团演出《睡美人》时，忽然有几只松鼠在顶篷粗电线上跑来跑去追着玩。剧场里所有孩子都看松鼠，引得大人们也看。最后演员也不得不抬头看看究竟什么角色夺了他们的戏。

小松鼠机灵却冒失，有时蹿到公路上，汽车车速很快，行车时来不及刹车，就被轧死。但后面的车看见前头一只被轧死的松鼠，都错过车轱辘，不忍再轧。看到这情景会为小动物的不幸感到痛惜，同时被人们的善良所感动。

西方保护动物的组织很多。在伦敦我参观过一个"保护弃猫委员会"。谁家不愿养的猫，可以送给这组织去养。杀害动物会受到这些组织的控告。人类爱护动物究竟会使自己得到什么益处？爱，首先使人们自己善良。

美国电影《豹人》中有句话："动物成为人之前，相互残杀。"反过来说，文明的标志是避免相互伤害。

逛娘娘宫

一

　　那时，像我们这些生长在天津的男孩子，只要听大人们一提到娘娘宫，心里就仿佛有只小手抓得怪痒痒的。尤其大年前夕，娘娘宫一带是本地的年货市场，千家万户预备过年用的什么炮儿啦，灯儿啦，画儿啦，糕儿啦等，差不多都是从那里买到的。我猜想这些东西在那里准堆成一座座花花绿绿的小山似的。我多么盼望能去娘娘宫玩一玩！但一直没人带我去，大概那时我家好歹算个富户，不便出没于这种平民百姓的集聚之地。我有个姑表哥，他爸爸早殁，妈妈有疯病，日子穷窘；他是个独眼——别看他独眼，他反而挺自在。他那仅剩下单独一只的、又小又细、用来看世界的右眼，却比我的一双黑黑的、正常的大眼睛视野更广，福气更大，行动也更自由——像什么钓鱼逮蟹、到鸟市上听说书、捅棋、买小摊上便宜又好玩的糖稀吃等等，他样样能做，我却不能。对于世上的快乐与苦恼，大人和孩子的标准往往不同。大人们是属于社会的，孩子们则属于大自然，这些话不必多说，就说我这独眼表哥吧！他不止一次去过娘娘宫，听他描绘娘娘宫的情景，看耍猴呀，抖空竹呀，逛炮市呀等，再加上他口沫横飞、扬扬得意的神情，我真有私逃出家、随他去一趟的念头。此刻饭菜不香，糖不甜，手边的玩具顷刻变得索然无味了。我妈妈立刻猜到我的心事，笑眯眯对我说："又惦着逛娘娘宫了吧！"

说也怪，我任何心事她都知道。

二

我的妈妈是我的奶妈。

我娘生下我时，没有奶，便坐着胶皮车到估衣街的老妈店去找奶妈。我这奶妈是武清县（今天津市武清区）落垡人，刚生过孩子，乡下连年闹灾荒没钱花，她就撇下自己正吃奶的孩子，下到天津卫来做奶妈。我娘一眼就瞧上了她，因为她在一群待用的奶妈中十分惹眼，个子高大，人又壮实，一双大脚，黑里透红、亮光光的一张脸，看上去"像个男人"，很健康——这些情形都是后来听大人们说的。据说她的奶很足，我今天能长成个一米九零的大汉，大概就是受了她奶汁育养之故。

她姓赵。我小名叫"大弟"。依照天津此地的习惯，人们都叫她"大弟妈"。我叫她"妈妈"。

在我依稀还记得的童年的那些往事中，不知为什么，对她的印象要算最深了。几乎一闭眼，她那样子就能穿过厚厚的岁月的浓雾，清晰地显现在眼前。她是个尖头顶、扁长的大嘴、一头又黑又密的头发的女人，每天早上都对着一面又小又圆的水银镜子，把头发放开，篦过之后，涂上好闻的刨花油，再重新绾到后颈，卷成一个乌黑油亮、像个大烧饼似的大抓髻，外边套上黑线网；只在两鬓各留一绺头发，垂在耳前。这是河北武清那边妇女习惯的发型。她的脸可真黑，嘴唇发白，而且在脸色的对比下显得分外地白。大概这是她爱喝醋的缘故。人们都说醋吃多了，就会脸黑唇白。她可真能喝醋！每次吃饭，必喝一大碗醋，有时菜也不吃，一碗饭加一碗醋，吃得又香又快。她为什么这样爱喝醋呢？有一次，我见她吃喝正香，嘴唇咂咂直响，不觉嘴里发馋，非向她要醋喝不可，她把醋碗递给我，叫我抿一小口，我却像她那样喝了一大口。天哪！真是酸死我了。从此，我一看她吃饭，听到她吮咂着唇上醋汁的声音，立即觉得两腮都收紧了。

再有，便是她上楼的脚步异乎寻常地轻快。她带着我住在三楼的顶间，每天楼上楼下不知要跑多少趟，很少歇憩，似有无穷精力。如果她下楼去拿点什么，几乎一转眼就回到楼上。直到现在，我还没有遇见过第二个人把上下楼全然不当作一回事呢。

那时，我并不常见自己的父母。他们整天忙于应酬，常常在外串门吃饭。只是在晚间回来时，偶尔招呼她把我抱下楼看看、逗逗、玩玩，再给她抱上楼。我自生来日日夜夜都是跟随着她。据说，本来她打算我断了奶，就回乡下去。但她一直没有回去，只是年年秋后回去看看，住上十天半个月就回来。每次回来都给我带一些使我醉心的东西，像装在草棍编的小笼子里的蝈蝈啦，金黄色的小葫芦啦，村上卖的花脸和用麻秆做柄的大刀啦……她一走，我就哭，整天想她；她呢？每次都是提前赶回来，好像她的家不在乡下，而在我家这里。在我那冥顽无知稚气的脑袋里，哪里想得到她留在我家，全然是为了我。

我在家排行第三，上边是两个姐姐。我却算作长子。每当我和姐姐们发生争执，她总是明显地、气呼呼地偏袒于我。有人说她"以为照看人家的长子就神气了"，或者说她这样做是"为了巴结主户"。她不以为意，我更不懂得这种家庭间无聊的闲话。我是在她怀抱里长大的。她把我当作自己亲生孩子那样疼爱，甚至溺爱；我从她身上感受到的气息反比自己的生母更为亲切。

每每夏日夜晚，她就斜卧在我身旁，脱了外边的褂子，露出一个大红布的绣着彩色的花朵和叶子的三角形兜肚儿，上端有一条银亮的链子挂在颈上。这时她便给我讲起故事来，像什么《傻子学话》《狼吃小孩》《烧火丫头杨排风》等等。这些故事不知讲了多少遍，不知为什么每听起来依然津津有味。她一边讲，一边慢慢摇着一把大蒲扇，把风儿一下一下地凉凉快快扇在我身上。伏天里，她常常这样扇一夜，直到我早晨醒来，见她眼睛困倦难张，手里攥着蒲扇，下意识地，一歪一斜地、停停住住地摇着……

如果没有下边的事，对于一个八岁的孩子，所能记下的某一个人的事情也只能这些了。但下边的事使我记得更清楚，始终忘不了。

一年的年根儿底下，厨房一角的灶王龛里早就点亮香烛，供上又甜又脆、粘着绿色蜡纸叶子的糖瓜。这时，大年穿戴的新装全都试过，房子也扫打扫过了，玻璃擦得好像都看不见了。里里外外，亮亮堂堂。大门口贴上一副印着披甲戴盔、横眉立目的古代大将的画纸。妈妈告诉我那是"门神"，有他俩把住大门，大鬼小鬼进不来。楼里所有的门板上贴上"福"字，连垃圾箱和水缸也都贴了，不过是倒着贴的，借着"到"和"倒"的谐音，以示"福气到了"之意。这期间，楼梯底下摆一口大缸，我和姐姐偷偷掀开盖儿一看，全是白面的馒头、糖三角、豆馅包和枣卷儿，上边用大料蘸着品红色点个花儿，再有便是左邻右舍用大锅烧炖年菜的香味，不知从哪里一阵阵悄悄飞来，钻入鼻孔；还有些性急的孩子等不及大年来到，就提早放起鞭炮来。一年一度迷人的年意，使人又一次深深地又畅快地感受到了。

独眼表哥来了。他刚去过娘娘宫，带来一包俗名叫"地耗子"的土烟火送给我。这种"地耗子"只要点着，就"刺刺"地满地飞转，弄不好会钻进袖筒里去。他告诉我这"地耗子"在娘娘宫的炮市上不过是寻常之物，据说那儿的鞭炮烟火少说有上百种。我听了，再也止不住要去娘娘宫一看的愿望，便去磨我的妈妈。

我推开门，谁料她正撩起衣角抹泪。她每次回乡下之前都这样抹泪，难道她要回乡下去？不对，她每次总是大秋过后才回去呀！

她一看见我，忙用手背抹干眼角，抽抽鼻子，露出笑容，说：

"大弟，我告诉你一件你高兴的事。"

"什么事？"

"明儿一早，我带你去逛娘娘宫！"

"真的?!"心里渴望的事突然来到眼前，反叫我吃惊地倒退两步，"我娘叫我去吗？"

"叫你去！"她眯着笑眼说，"我刚对你娘打了包票，保险丢不了你，你娘答应了。"

我一下子扑进她的怀抱。这怀抱里有股多么温暖、多么熟悉的气息呵！就像我家当院的几株老槐树的气味，无论在外边跑了多么久，多么远，只要一闻到它的气味，就立即感到自己回到最亲切的家中来了。

可这时，我感到有什么东西"啪、啪"落在我背上，还有一滴落在我后颈上，像大雨点儿，却是热的。我惊奇地仰起面孔，但见她泪湿满面。她哭了！她干吗要哭？我一问，她哭得更厉害了。

"孩子，妈今年不能跟你过年了。妈妈乡下有个爷们，你懂吗？就像你爸和你娘一样。他害了眼病，快瞎了，我得回去。明儿早晌咱去娘娘宫，后晌我就走了。"

我仿佛头一次知道她乡下还有一些与她亲近的人。

"瞎了眼，不就像独眼表哥了？"我问。

"傻孩子，要是那样，他还有一只好眼呢！就怕两眼全瞎了。妈就……"她的话说不下去了。

我也哭起来。我这次哭，比她每次回乡下前哭得都凶，好像预感到她此去就不再来了。

我哭得那么伤心、委屈、难过，同时忽又想到明儿要去逛娘娘宫，心里又翻出一个甜甜的小浪头。谁知我此时此刻心里是股子什么滋味？

三

我们一进娘娘宫以北的宫北大街，就像两只小船被卷入来来往往的、颇有劲势的人流里，只能看见无数人的前胸和后背。我心里有点紧张，怕被挤散，才要拉紧妈妈的手，却感到自己的小手被她的大手紧紧握着了。人声嘈杂得很，各种声音分辨不清，只有小贩们富于诱惑的吆喝声，像鸟儿叫一样，一声声高出众人嗡嗡杂乱的声音之上，从大街两旁传来：

"易德元的吊钱儿呵，眼看要抢完了，还有五张！"

"哪位要皇历，今年的皇历可是套片精印的，整本道林纸。哎，看看节气，找个黄道吉日，家家缺不了它呵！"

"哎、哎、哎，买大枣，一口一个吃不了……"

但什么也瞧不见，人们都是前胸贴着后背，偶有人缝，便花花绿绿闪一下，逗得我眼睛发亮。忽然，迎面一人手里提着一个五彩缤纷的盒子，盒子上印着两个胖胖的人儿，笑嘻嘻挤在一起，煞是有趣，可是没等我细瞧，那人却往斜刺里去了。跟着听到一声粗鲁的喝叫："瞧着！"我便撞在一个软软的、热乎乎的、鼓鼓囊囊的东西上。原来是一个人的大肚子。这人祖敞着棉袄，肚子鼓得好大，以至我抬头看不见他的脸。这时，只听到妈妈的怨怪声：

"你这么大人，怎么瞧不见孩子呢，快，别挤着孩子呀！"

那人嘟囔几声什么。说也好笑，我几乎在他肚子下边，他怎么看得见我？这时，只觉得这人在我前面左挪右挪，大肚子热烘烘蹭着我的鼻尖，随后像一个软软的大肉桶，从我右边滑过去了。我感到一阵轻松畅快，就在这一瞬，对面又来了一个老头，把一个大金鱼灯举过头顶；这是条大鲤鱼，通身鲜红透明，尾巴翘起，伸着须，眼睛是两个亮晃晃，又圆又鼓的大金球儿……

"妈妈，你看……"我叫着。

妈妈扭头，大金鱼灯却不见了。

又是无数人的前胸和后背。

我真担心娘娘宫里也是如此，那就什么也看不见了。

"妈妈，我要看，我什么也瞧不见哪！"

"好！我抱你到上边瞧！"

妈妈说着，把我抱起来往横处挤了几步，撂在一个高高的地方。

呀！我真又惊又喜，还有点傻了！好像突然给举到云端，看见了一个无法形容的、灿烂辉煌、热闹非凡的世界。我首先看到的是身前不远的地方有两根旗杆，高大无比，尖头简直碰到天。我对面是一座戏台，上边正在敲锣打鼓，唱戏的人正起劲儿地叫着，台下一片人头攒动。我再扭身一看，身后竟是一座美丽的大庙。在这中间，满是罩棚，满是小摊儿，满是人。各种新奇的东西和新奇的景象，一下子闯进眼帘，我好像什么也看不清了。在这之后，我才明白自己站在庙前一个石头砌的高台上……

"妈妈，妈，这就是娘娘宫吗？"我叫着。

"可不是嘛！"妈妈笑眯眯地说。每逢我高兴之时，她总是这样心花怒放地笑着。她说："大弟，你能在这儿站着别动吗？妈到对面买点东西。那儿太挤，你不能去。你可千万别离开这儿。妈去去就来。"

我再三答应后，她才去。我看着她挤进一家绒花店。

这时，我才得以看清宫门前的全貌。从我们走来的宫北大街，经过这庙前，直奔宫南大街，千千万万小脑袋蠕动着，街的两旁全是店铺，张灯结彩，悬挂着五色大旗，写着"大年减价""新年连市"等字样，一直歪歪斜斜、蜿蜒地伸向锅店街那边，好像一条巨大的鳞光闪闪的巨蟒，在地上，慢慢摇动它笨拙的身躯，真是好看极了。我禁不住双腿一蹦一蹦，拍起手来。

"当心掉下来！"有人说着并抓住我的腰。

原来妈妈来了，她喜笑颜开，手里拿着一个方方的花纸盒，鬓上插着一朵红绒花。这花如此艳丽，映着她的脸，使她显得喜气洋洋，我感到她从来没有像今天这样好看。

"妈，你好看极了！"

"胡说!"妈羞笑着说,"快下来,咱们到娘娘宫里去看看。"

我随她跨进了多年日思夜想的娘娘宫,心里还掠过一种自豪与得意之情,心想,回头我也能像独眼表哥那样对别人讲讲娘娘宫的事了,而我的姐姐们还没有我今天这种好福气呢!

庙里好热闹,楼宇一处连一处,香烟缭绕,到处是棚摊。这宫院里和外边一样,也成了年货集市。小贩、香客、游人挤成一团,各色各样的神仙图画挂满院墙,连几株老树上也挂得满满的。

一束束红蓝黄绿的气球高过人头,在些许的微风里摇颤着,仿佛要摆脱线的牵扯,飞上碧空……宫院左边是卖金鱼的,右边的摊上多卖空竹。内中有一个胖子,五十多岁,很大一顶灰兔皮帽扣在头上。四四方方一张红脸,秤砣鼻子,鼻毛全支出来,好像废井中长出的荒草。他上身穿一件紧身元黑罩衫,显出胖大结实的身形,正中一行黄布裹成的疙瘩扣,排得很密,像一条大蜈蚣爬在他当胸上。下边是肥大黑裤,青布缠腿,云字样的靴头。他挽着袖管,抖着一个脸盆大小的空竹。如此大的空竹真是世所罕见。别看他身胖,动作却不迟笨,胳膊一甩,把那奇大的空竹抖得精熟,并且顺着绳子,一忽儿滚到左胳膊上,一忽儿滚到右胳膊上,一忽儿猫腰俯背,让转动的空竹滚背而过,一忽儿又把这沉重的家伙抛上半空,然后用手里的绳子接住。这时他面色十分神气。那空竹发出的声音也如牛吼一般。他的货摊上悬着一个朱红漆牌,写着三个金字"空竹王",旁边有行小字"乾隆老样"。摊上的空竹所贴的红签上,也都印着这些字样,并有"认清牌号,谨防假冒"八个字。他的货摊在同行中显得很阔绰,大大小小的空竹,式样不一,琳琅满目,使得左右的邻摊显得寒碜、冷落和可怜。他一边抖着空竹,一边嘴里滔滔不绝,说他的空竹是祖传的。他家历来不但精于制作，又善于表演空竹。他祖宗曾进过宫，给乾隆爷表演过，乾隆爷看得"龙颜大悦"，赐给他祖宗黄金百两、白银一千，外加黄马褂一件，据说那是他祖祖祖祖爷爷的事。后来他家又有人进宫给慈禧太后表演空竹，便是他祖祖爷爷的事了。祖辈的那黄马褂没有留下，却传下这只巨型的空竹……说到这儿，他把空竹用力抖两下，嘴里的话锋一转，来了生意经，开始夸耀自家空竹的种种优长，直说得嘴角溢出白沫。本来他的空竹不错，抖得也蛮好，不知为什么，这样滔滔不绝地自夸和炫耀，尤其他那股彪悍和霸气劲儿反叫人生厌。这时，他大叫一声，猛一用力，把空竹再次抛上半空，随着脑袋后仰过猛，头上那顶大兔皮帽被抛掉身后，露出一个青皮头顶，见棱见角，并汗津津冒着热气，好似一只没有上锅的青光光的蟹盖儿，大家忍不住笑了。我妈妈笑了一下，便领我到邻处小摊上，买了一个小号的空竹给我。那摊贩对妈妈十分客气，似有感激之意。妈妈为什么不买"空竹王"那里漂亮的空竹，而偏偏买这小摊上不大起眼的东西？这事一直像个谜存在我心里，直到我入了社会，经事多了，才打开这积存已久的谜。

四

大庙里的气氛真是神秘、奇异、恐怖。那气氛是只有庙堂里才有的。到处黑洞洞的，到处又闪着辉煌的亮光；到处是人，到处是神。一处处庙堂，一尊尊佛像，有的像活人，有的像假人，有的逗人发笑，有的瞪眼吓人，有的莫名其妙。妈妈在我耳边轻轻告诉我，哪个是娘娘，哪个是四大门神，哪个是关帝，还有雷公、火神、疙瘩刘爷、傻哥和张仙爷。给我印象最突出的要算这张仙爷了。他身穿蓝袍，长须飘拂，张弓搭箭，斜向屋角，既威武又洒脱。妈妈告诉我，民人住宅常有天狗从烟囱钻进来，兴妖作怪，残害幼儿。张仙爷专除天狗，见了天狗钻进民宅就将弓箭射去，以保护孩童。故此，人都称他为"射天狗的张仙爷"……

在我不自觉地望着这护佑儿童们的泥神时，妈妈向一个人问了几句话，就领着我穿过两重热热闹闹的小院，走到一座庙堂前。她在门口花了几个小钱买了一把香，便走进去。里边一团漆黑，烟雾弥漫，香的气味极浓。除去到处亮着的忽闪忽闪的烛火，别的什么都看不见。我才要向前迈步，妈妈忽把我拉住，我才发现眼前有几个人跪伏着，随后脑袋一抬，上身直立，跟着又俯身叩首做拜伏状。这些人身前是张条案，案上供具陈列，一尊乌黑的生铁香炉插满香，香灰撒落四边，四座烛台都快给烛油包上了……就在这时，从条案后的黑黝黝的空间里，透现出一个胖胖的、端庄的、安详的妇女的面孔。珠冠绣衣，粉面朱唇，艳美极了。缭绕的烟缕使她的面孔忽隐忽现，跳动的烛光似乎使她的表情不断变化着，忽而严肃，忽而慈爱，忽而冷峻，忽而微笑。她是谁？如何这样妄自尊崇，接受众人的叩拜？我想到这儿时，已然发现她也是一尊泥塑彩画的神像。为什么许多人要给这泥人烧香叩头呢？我拉拉妈妈的衣袖，想对她说话，她却不搭理我。我抬头看她时，只见妈妈脸上郑重又虔诚，一双眼呆呆的，散发出一种迟缓又顺从的光来。我真不懂妈妈何以做出如此怪异的神情。但不知为什么，我忽然不敢出声，不敢随意动作，一股庄重不阿的气氛牢牢束缚住我。心里升起一种从未有过的敬畏的感觉，不觉悄悄躲到妈妈的身后。

在条案一旁，立着一个老头，松形鹤骨，神情肃穆，穿黄袍子。

我一直以为也是个泥人。此刻他却走到妈妈身前，把妈妈手里的香接过去，引烛火点着，插在香炉内。这时妈妈也像左右的人那样屈腿伏身，叩头作揖。只剩下我直僵僵地站着。这当儿，一个新发现竟使我吓得缩起脖子：原来条案后那泥神身上满是眼睛，总有几十只，只只眼睛都比鞋子还大，眼白极白，眼球乌黑，横横竖竖，好像都在瞧着我。我一惊之下，忙蹲下来，躲在妈妈背后，双手捂住了脸。后来妈妈起了身，拉着我走出这吓人的庙堂。我便问：

"妈妈，那泥人怎么浑身都是眼睛呀！"

"哎哟，别胡扯，那是千眼娘娘，专管人得眼病的。"

我听了依然莫解，但想到妈妈给她叩头，是为了她丈夫的病吧！我又想发问，却没问出来，因为她那满是浅细皱纹的眼皮中间似乎含着泪水。我之所以没再问她，是因为不愿意勾起她心中的烦恼和忧愁，还是怕她眼里含着的泪流出来，现在很难再回想得清楚，谁能弄清楚自己儿时的心理？

五

在宫南大街，我们又卷在喧闹的人流中。声音愈吵，人们就愈要提高嗓门，声音反倒愈响。其实如果大家都安静下来，小声讲话，便能节省许多气力，但此时、此刻、此地谁又能压抑年意在心头上猛烈的骚动？

宫南大街比宫北大街更繁华，店铺挨着店铺，罩棚连着罩棚，五行八作，无所不有。最有趣的是年画店，画儿贴满四壁，标上号码，五彩缤纷，简直看不过来。还有一家画店，在门前放着一张桌，桌面上码着几尺高的年画，有两个人，把这些画儿一样样地拿给人们看，一边还说些为了招徕主顾而逗人发笑的话，更叫人好笑的是这两个人，一般高，穿着一样的青布棉袍，驼色毡帽，只是一胖一瘦，一个难看，一个顺眼，很像一对说相声的。我爱看的《一百单八将》《百子闹学》《屎壳郎堆粪球》等等，这里都有。

由此再往南去，行人渐少，地势也见宽阔。沿街多是些小摊儿，更有可怜的，只在地上放一块方形的布，摆着一些吊钱儿、窗花、财神图、全神图、彩蛋、花糕模子、八宝糖盒等零碎小物。这些东西我早都从妈妈嘴里听到过，因此我都能认得。还有些小货车，放着日用的小百货，什么镜儿、膏儿、粉儿、油儿的。上边都横竖几根杆子，拴着女孩子们扎辫子用的彩带子，随风飘摇，很是好看；还有的竖立一根粗粗的麻秆，上面插满各样的绒花，围在这小车边的多是些妇女和姑娘。在这中间，有一个卖字的老人的表演使我入了迷。一张小木桌，桌上一块大紫石砚，一把旧笔，一捆红纸，还立着一块小木牌，写着"鬻字"。这老人瘦如干柴，穿一件土黄棉袍，皱皱巴巴，活像一棵老人参。天冷人老，他捉着一支大笔，翘起的小拇指微微颤抖。但笔道横平竖直，宛如刀切一般。四边闲着的人都怔着，没人要买。老人忽然左手也抓起一支大笔，蘸了墨，两手竟然同时写一副对联。两手写的字却各不相同。字虽然没有单手写得好，观者反而惊呼起来，争相购买。

看过之后，我伸手一拉妈妈：

"走！"

她却摆胳膊。

"走——"我又一拉她。

"哎，你这孩子怎么总拉人哪？！"

一个陌生的爱挑剔的女人尖厉的声音传来。我抬头一看，原来是一位矮小的黄脸女人，怀里抱着一篓鲜果。她不是妈妈！我认错人了！妈妈在哪儿？我慌忙四下一看，到处都是生人，竟然不见她了！我忙往回走。

"妈妈，妈妈……"我急急慌慌地喊，却听不见回答，只觉得自己喉咙哽咽，喊不出声来，急得要哭了。

就在这当口，忽听"大弟"一声。这声简直是肝肠欲裂、失魂落魄的呼喊。随后，从左边人群中钻出一人来，正是妈妈。她张大嘴，睁大眼，鬓边那两绺头发直条条耷拉着，显出狼狈与惊恐的神色。她一看见我，却站住了，双腿微微弯曲下来，仿佛要跌在地上。手里那绒花盒也捏瘪了。然后，她一下子扑上来把我紧紧抱住，仿佛从五脏里呼出一声：

"我的爷爷，你是不想叫我活了！"

这声音，我现在回想起来还那样清晰。

我终于看见了炮市，它在宫南大街横着的一条胡同里。胡同中有几十个摊儿，这摊儿简直是一个个炮堆。"双响"都是一百个盘成一盘。最大的五百个一盘，像个圆桌面一般大。单说此地人最熟悉的烟火——金人儿，就有十来种。大多是鼓脑门、穿袍拄杖的老寿星，药捻儿在脑顶上。这里的金人儿高可齐腰，小如拇指。这些炮摊儿的幌子都是用长长的竹竿挑得高高的一挂挂鞭炮。其中一个大摊儿，用一根杯口粗的竹竿挑着一挂雷子鞭，这挂大鞭有七八尺，下端几乎擦地，把那竹竿压成弓形。上边粘着一张红纸条，写了"足数万头"四个大字。这是我至今见到的最威风的一挂鞭。不知怎样的人家才能买得起这挂鞭。

为了防止火灾，炮市上绝对不准放炮。故此，这里反而比较清静，再加上这条胡同是南北方向，冬日的朔风呼呼吹过，顿感身凉。像我这样大小的男孩子见了炮都会像中了魔一样，何况面对着如此壮观的鞭炮的世界，即使冻成冰棍也不肯看几眼就离开的。

"掌柜的，就给我们拿一把双响吧！"妈妈和那卖炮的说起话来，"多少钱？"

妈妈给我买炮了。我多么高兴！

我只见她从怀里摸出一个旧手巾包儿，打开这包儿，又是一个小手绢包儿，手绢包里还有一个快要磨破了的毛头纸包儿，再打开，便是不多的几张票子，几枚铜币。她从这可怜巴巴的一点钱中拿出一部分，交给那卖炮的，冷风吹得她的鬓发扑扑地飘。当她把那把"双响"买来塞到我手中时，我感到这把炮像铁制的一般沉重。

"好吗？孩子！"她笑眯着眼对我说，似乎在等着我高兴的表示。

本来我应该是高兴的，此刻却是另一种硬装出来的高兴。但我看得出，我这高兴的表示使她得到了多么大的满足啊！

六

我就是这样有生以来第一次难忘地逛过了娘娘宫。那天回到家，急着向娘、姐姐和家中其他人，一遍又一遍讲述在娘娘宫的见闻，直说得嘴巴酸疼，待吃过饭，精神就支撑不住，歪在床上，手里抱着妈妈给买的那把"双响"和空竹香香甜甜地睡了。懵懵懂懂间觉得有人拍我的肩头，擦眼一看，妈妈站在床前，头发梳得光光，身上穿一件平日用屁股压得平平的新蓝布罩衫，臂肘间挎着一个印花的土布小包袱，她的眼睛通红，好像刚哭过，此刻却笑眯着眼看我。原来她要走了！屋里的光线已经变暗了。我这一觉睡得好长啊，几乎错过了与她告别的时刻。

我扯着她的衣襟，送她到了当院。她就要去了，我心里好像塞着一团委屈似的，待她一要走，我就像大河决口一般，索性大哭出来。家里人都来劝我，一边向妈妈打手势，叫她乘机快走，妈妈却抽抽噎噎地对我说：

"妈妈给你买的'双响'呢？你拿一个来，妈妈给你放一个；崩崩邪气，过个好年……"

我拿一个"双响"给她。她把这"双响"放在地上，然后从怀里摸出一盒火柴划着火去点药捻儿。院里风大，火柴一着就灭，她便划着火柴，双手拢着火苗，凑上前，猫下腰去点药捻儿。哪儿知这药捻儿着得这么快。不知是谁叫了一声"当心！"，这话音才落，嗵！嗵！连着两响，烟腾火苗间，妈妈不及躲闪，炮就打在她脸上。她双手紧紧捂住脸。大家吓坏了，以为她炸了眼睛。她慢慢直起身，放下双手，所幸的是没炸坏眼，却把前额崩得一大块黑。我哭了起来。

妈妈拿出块帕子抹抹前额，黑烟抹净，却已鼓出一个栗子大小的硬疙瘩。家里人忙拿来"万金油"给她涂在疙瘩处，那疙瘩便愈发显得亮而明显了。妈妈眯着笑眼对我说：

"别哭，孩子，这一下，妈妈身上的晦气也给崩跑了！"

我看得出这是一种勉强的、苦味的笑。

她就这样去了。挎着那小土布包袱、顶着那栗子大小的鼓鼓的疙瘩去了。多年来，这疙瘩一直留在我心上，一想就心疼，挖也挖不掉。

　　她说她"过了年就回来"，但这一去就没再来。听说她丈夫瞎了双眼，她再不能出来做事了。从此，一面也不得见，音讯也渐渐寥寥。我十五岁那年，正是大年三十，外边鞭炮正响得热闹，屋里却到处能闻到火药燃烧后的香味。家里人忽叫我到院里看一件东西。我打着灯笼去看，挨着院墙根放着一个荆条编的小箩筐。家里人告诉我，这是我妈妈托人从乡下捎给我的。我听了，心陡然地跳快了，忙打开筐盖，用灯一照，原来是个又白又肥的大猪头，两扇大耳，粗粗的鼻子，脑门上点了一个枣儿大的红点儿，可爱极了……看到这里，我不觉抬起头来，仰望着在万家灯火的辉映中反而显得黯淡了的寒空，心好像一下子从身上飞走，飞啊，飞啊，飞到我那遥远的乡下的老妈妈的身边，扑在她那温暖的怀中，叫着：

　　"妈妈，妈妈，你可好吗？"

往事如「烟」

从家族史的意义上说，抽烟没有遗传。虽然我父亲抽烟，我也抽过烟，但在烟上我们没有基因关系。我曾经大抽其烟，我儿子却决不沾烟，儿子坚定地认为不抽烟是一种文明。看来个人的烟史是一段绝对属于自己的人生故事。而且在开始成为烟民时，就像好小说那样，各自还都有一个"非凡"的开头。

记得上小学时，我做肺部的 X 光透视检查。医生一看我肺部的影像，竟然朝我瞪大双眼，那神情好像发现了奇迹。他对我说："你的肺简直跟玻璃的一样，太干净太透亮了。记住，孩子，长大可绝对不要吸烟！"

可是，后来步入艰难的社会。我从事仿制古画的单位被"文革"的大锤击碎。我必须为一家塑料印刷的小作坊跑业务，天天像沿街乞讨一样，钻进一家家工厂去寻找活计。而接洽业务，打开局面，与对方沟通，先要敬上一支烟。烟是市井中一把打开对方大门的钥匙。可最初我敬上烟时，却只是看着对方抽，自己不抽。这样反而有些尴尬。敬烟成了生硬的"送礼"。于是，我便硬着头皮开始了抽烟的生涯。为了敬烟而吸烟。应该说，我抽烟完全是被迫的。

儿时，那位医生叮嘱我的话，那句金玉良言，我至今未忘。但生活的警句常常被生活本身击碎。因为现实总是至高无上的，甚至还会叫真理甘拜下风。当然，如果说起我对生活严酷性的体验，这还只是九牛一毛呢！

古人以为诗人离不开酒，酒后的放纵会给诗人招来意外的灵感；今人以为作家的写作离不开烟，看看他们写作时脑袋顶上那纷纭缭绕的烟缕，多么像他们头脑中翻滚的思绪呵。但这全是误解！好的诗句都是在清明的头脑中跳跃出来的，而"无烟作家"也一样写出大作品。

他们并不是为了写作才抽烟。他们只是写作时也要抽烟而已。

真正的烟民全都是无时不抽的。

他们闲时抽，忙时抽；舒服时抽，疲乏时抽；苦闷时抽，兴奋时抽；一个人时抽，一群人更抽；喝茶时抽，喝酒时抽；饭前抽几口，饭后抽一支；睡前抽几口，醒来抽一支。右手空着时用右手抽，右手忙着时用左手抽。如果坐着抽，走着抽，躺着也抽，那一准是头一流的烟民。记得我在自己烟史的高峰期，半夜起来还要点上烟，抽半支，再睡。我们误以为烟有消闲、解闷、镇定、提神和助兴的功能，其实不然。对烟民来说，不过是这无时不伴随着他们的小小的烟卷，参与了他们大大小小一切的人生苦乐罢了。

我至今记得父亲挨整时，总躲在屋角不停地抽烟。那个浓烟包裹着的一动不动的蜷曲的身影，是我见到过的世间最愁苦的形象。烟，到底是消解了还是加重了他的忧愁和抑郁？

那么，人们的烟瘾又是从何而来？

烟瘾来自烟的魅力。我看烟的魅力，就是在你把一支雪白和崭新的烟卷从烟盒抽出来，性感地夹在唇间，点上，然后深深地将雾化了的带着刺激性香味的烟丝吸入身体而略感精神一爽的那一刻，即抽第一口烟的那一刻。随后，便是这吸烟动作的不断重复。而烟的魅力在这不断重复的吸烟中消失。

其实，世界上大部分事物的魅力，都在最初接触的那一刻。

我们总想去再感受一下那一刻，于是就有了瘾。所以说，烟瘾就是不断燃起的"抽上一口"，也就是第一口烟的欲求。这第一口之后再吸下去，就成了一种毫无意义的习惯性的行为。我的一位好友张贤亮深谙此理，所以他每次点上烟，抽上两三口，就把烟按死在烟缸里。有人说，他才是最懂得抽烟的。他抽烟一如赏烟。并说他是"最高品位的烟民"。但也有人说，这第一口所受尼古丁的伤害最大，最具冲击性，所以笑称他是"自残意识最清醒的烟鬼"。但是，不管怎么样，烟最终留给我们的是发黄的牙和夹烟卷的手指，熏黑的肺，咳嗽和痰喘，还有难以谢绝的烟瘾本身。

父亲抽了一辈子烟。抽得够凶。他年轻时最爱抽英国老牌的"红光"，后来专抽"恒大"。"文革"时发给他的生活费只够吃饭，但他还是要挤出钱来，抽一种军绿色封皮的最廉价的"战斗"牌纸烟。如果偶尔得到一支"墨菊""牡丹"，便像今天中了彩那样，立刻眉开眼笑。这烟一直抽得他晚年患"肺气肿"，肺叶成了筒形，呼吸很费力，才把烟扔掉。

十多年前，我抽得也凶，尤其是写作中。我住在北京人民文学出版社写长篇时，四五个作家挤在一间屋里，连写作带睡觉。我们全抽烟，天天把小屋抽成一片云海。灰白色厚厚的云层静静地浮在屋子中间。烟民之间全是有福同享。一人有烟大家抽，抽完这人抽那人。全抽完了，就趴在地上找烟头。凑几个烟头，剥出烟丝，撕一条稿纸卷上，又一支烟。可有时晚上躺下来，忽然害怕桌上烟火未熄，犯起了神经质，爬起来查看查看，还不放心。索性把新写的稿纸拿到枕边，怕把自己的心血烧掉。

烟民做到这个份儿，后来戒烟的过程必然十分艰难。单用意志远远不够，还得使出各种办法对付自己。比方，一方面我在面前故意摆一盒烟，用激将法来捶打自己的意志；一方面在烟瘾上来时，又不得不把一支不装烟丝的空烟斗叼在嘴上。好像在戒奶的孩子的嘴里塞上一个奶嘴，致使来访的朋友们哈哈大笑。

只有在戒烟的时候，才会感受到烟的厉害。

最厉害的事物是一种看不见的习惯。当你与一种有害的习惯诀别之后，又找不到新的事物并成为一种习惯时，最容易出现的便是返回去。从生活习惯到思想习惯全是如此。这一点也是我在小说《三寸金莲》中"放足"那部分着意写的。

如今我已经戒烟十年有余。屋内烟消云散，一片清明，空气里只有观音竹细密的小叶散出的优雅而高逸的气息。至于架上的书，历史的界线更显分明：凡是发黄的书脊，全是我吸烟时代就立在书架上的；此后来者，则一律鲜明夺目，毫无污染。今天，写作时不再吸烟，思维一样灵动如水，活泼而光亮。往往看到电视片中出现一位奋笔写作的作家，一边皱眉深思，一边吞云吐雾，我会哑然失笑。并庆幸自己已然和这种糟糕的样子永久地告别了。

一个边儿磨毛的皮烟盒，一个老式的有机玻璃烟嘴，陈放在我的玻璃柜里。这是我生命的文物。但在它们成为文物之后，所证实的不仅仅是我做过烟民的履历，它还会忽然鲜活地把昨天生活的某一个画面唤醒，就像我前边描述的那种种的细节和种种的滋味。

去年，我去北欧。在爱尔兰首都都柏林的一个小烟摊前，忽然一个圆形红色的形象跳到眼中。我马上认出这是父亲半个世纪前常抽的那种英国名牌烟"红光"。一种十分特别和久违的亲切感拥到我的身上。我马上买了一盒。回津后，在父亲祭日那天，用一束淡雅的花衬托着，将它放在父亲的墓前。这一瞬竟叫我感到了父亲在世一般的音容，很生动，很贴近。这真是奇妙的事！虽然我明明知道这烟曾经有害于父亲的身体，在父亲活着的时候，我希望彻底撤掉它。但在父亲离去后，我为什么又把它十分珍惜地自万里之外捧了回来？

我明白了，这烟其实早已经是父亲生命的一部分。

从属于生命的事物，一定会永远地记忆着生命的内容，特别是在生命消失之后。我这句话是广义的。

物本无情，物皆有情，这两句话中间的道理便是本文深在的主题。

马年的滋味

龙年颂龙，猴年夸猴，牛年赞牛，马年呢？友人说，你脱脱俗套说点真实的吧，你属马，也最知马年的滋味。

我回头一看，倏忽已过了五个马年。咀嚼一下，每个本命年的滋味竟然全不一样。

我的第一个马年是一九四二年，我出生。本来母亲先怀一个孩子，不料小产了，不久就怀上我，倘若那孩子——据说也是个男孩子——"地位稳固"，便不会有我。我的出生乃是一种幸中之幸。第一个马年里我一落地，就是匹幸运之马。

第二个马年是一九五四年，我十二岁。这一年天下太平。世界上没有大战争，吾国没有政治运动。我一家人没病没灾没祸没有意外的不幸。今天回忆起那个马年来，每一天都是笑容。我则无忧无虑地踢球、钓鱼、捉蟋蟀、爬房、画画，钻到对门大院内去偷摘苹果。并且第一次感觉到邻桌的女孩有种动人的香味。这个马年我是快乐之马。

第三个马年是一九六六年，我二十四岁。这年大地变成大海。黑风白浪，翻天覆地。我的家被红卫兵占领四十天，占领者每人执一木棒或铁棍，将我的一切，包括我的理想与梦想全都捣个粉碎。那一年我看到了生活的反面，人的负面，并发现只有漆黑的夜里才是最安全的。我还有三分钟的精神错乱。这个马年我是受难之马。

　　第四个马年是一九七八年，我三十六岁。这一年我住在北京的人民文学出版社里写小说。第一次拿到了散发着油墨香味的自己的书《义和拳》。但我真正走进文学还是因为投入了当时思想解放的洪流。到处参加座谈会，每个会都是激情洋溢，人人发言都有耀眼的火花。那是个热血沸腾的时代。作家们都为自己的思想而写作。我"胆大妄为"地写了伤痕文学《铺花的歧路》。这小说原名叫《创伤》，由于书稿在人民文学出版社引起激烈争论，误了发表，而卢新华的《伤痕》出来了，便改名为《铺花的歧路》。这情况直到十一月才有转机。一是由于茅盾先生表示对我的支持，二是被李小林要走，拿到刚刚复刊的《收获》上发表。我便一下子站到当时文学的"风口浪尖"上。这个马年对于我，是从挣扎之马到脱缰之马。

　　第五个马年是一九九〇年，我四十八岁。我的创作出现困顿，无人解惑，便暂停了写作。打算理一理自己的脑袋，再走下边的路。在迷惘与焦灼中重拾画笔，却意外地开始了阔别久矣的绘画生涯。世人不知我的"前身"为画家，吃惊于我；我却不知这些年竟积累如此深厚的人生感受，万般情境，挥笔即来，我也吃惊于自己。在艺术创作中最美好的感觉莫过于叫自己吃惊。于是发现，稿纸之外还有一片无涯的天地，心情随之豁然。这一年的我，可谓突围之马。

　　回首五个马年才知，这马年的滋味，酸甜苦辣，驳杂种种。何况本命年只是人生的驿站。各站之间长长的十二年的征程中，还有说不尽的曲折婉转。我不知别人的本命马年是何滋味，反正人生况味，都是五味俱全。五味之中，苦味为首。那么，在这个将至的马年里，我这匹马又该如何？

前几天，请友人治印两方，皆属闲文。一方是"一甲子"，一方是"老骥"。这"老骥"二字，不过是乘一时之兴，借用曹操的诗，以寓志在千里罢了。可是反过来，我又笑自己不肯甘守寂寞，总用种种近忧远虑来折磨自己。看来这一年我注定是奔波之马了？

花巷

头一次来到杭州市的我，只认得她。

还有，诗里书里照片里常见的那湿蒙蒙的风景。

以前，一想到她——她的形影总是混在这片朦胧又柔和的风景里。

这是一种想象。想象总比现实美，会不会有比想象更美的现实？

女人最善于用想象创造现实。因此她第一次伴我游览西湖，选择晚间到苏堤上漫步。她的轮廓常常恍恍惚惚地消融在黑黑的夜色里，又一下子给月光照亮的湖水清晰地映衬出来。她的脸模糊得像一团雾，目光却像远处的灯光那样忽然灿然一闪……一直走到堤上无人，月在中天。她约我明天傍晚去她家，然后告诉我一条街道的名字。我问她门牌号数，她说在一条巷子里。我又问这巷子的名称。

她神秘地说："你闻到空气里有什么气味吗？"

我吸一吸鼻子说："闻到了，是一种花香，挺特别，很清淡，不过又很浓厚……"

她绽开笑容说，好了，只要你在那条街上闻到这种花味，就是我的巷子。巷子尽头的一个小门，就是我的家。

第二天傍晚，我找到那条街，便开始寻昨夜那香味。我忽然有点紧张，好像把那香味忘了。我向一群孩子打听，孩子们都笑了。他们说这街上有好多巷子，每条巷子都开满花，都香，你说的是哪种花？什么味儿？

我更茫然。似乎把那花连同她一起丢掉了。原来用鼻子记事这么不可靠。

我从街这端一直走到那端，来回两遍。街上竟有这么多巷子，每条巷子都像花的甬道。一条红、一条黄、一条紫或一条雪白。我在每条巷口都吸一吸鼻子。花的种类不一样，不同的花喷溢出不同的香味，把我的嗅觉完全搞乱了。

直到天暗下来，万物消形，没了色彩。我疲惫不堪地坐在路边道沿上，失去信心，只是还不甘心返回旅店。忽然……一种淡淡的熟悉的香味，从背后飘来，好似蹑手蹑脚到我身后，轻轻将我拢住。我一回头，一阵浓烈的芬芳扑在我脸上。这就是属于我的那花香呀。我眼前渐渐出现一条幽蓝幽蓝深长的巷子，巷子两边，白晃晃，满是花，正是她的巷子！

奇怪，为什么刚刚来回几次都没闻到这花香？难道它像夜来香那样，入夜才散放芳香？难道它只有等着你苦苦寻求时，才悄悄出现？

我走进巷子，蓝色的夜凉如水，从我面颊和臂膀旁滑溜溜地流过。我整个身子融入这深巷，也就融入这浓得化不开的芬芳里。我记得她的话——巷子尽头是她家。我一直往里走，感觉自己像一只蜜蜂，钻进一个巨大、柔美、香喷喷的花蕊里……渐渐地，我一点点看见，巷子尽头站着一个人，浅浅一条长裙。她大概在这里默立许久，却相信我一定会来。

这是太久太久的事了。对于这条花巷以及那特有的香味，偶尔还会动心地想起。但我不会再来，因为世上不会再有那样的女孩了。

艺术人生

平山郁夫曾一语道出我有过"宋画的磨炼",这说明他很有眼光。我的画里没有黄公望与石涛的基因,只有郭熙与马远的影子。正像我的小说没有昆德拉和塞林格,只有巴尔扎克、屠格涅夫、蒲松龄、冯梦龙、鲁迅,还间接有一点马尔克斯。

小说的眼睛

绘画有眼，小说呢？

在我痴迷于绘画的少年时代，有一次老师约我们去他家画模特儿。走进屋才知道，模特儿是一位清瘦羸弱的老人。我们立即被他满身所显现出的皱纹迷住了。这皱纹又密又深，非常动人。我们急忙找好各自的角度支起画板，有的想抓住这个模特儿浓缩得干巴巴的轮廓，有的想立即准确地画出老人皮肤上条条清晰的皱纹，有的则被他干枯苍劲、骨节突出的双手所吸引。面对这迷人的景象，我握笔的手也有些颤抖了。

我们的老师——一位理解力高于表现力因而不大出名的画家叫道：

"别急于动笔！你们先仔细看看他的眼睛，直到从里边看出什么来再画！"

我们都停了下来，用力把瞬间涌起的盲目的冲动压下去，开始注意这老人的眼睛。这是一双在普通老人脸上常见的、枯干的、褪尽光泽的眼睛。何以如此？也许是长年风吹日晒、眼泪流干、精力耗尽的缘故。然而我再仔细观察，这灰蒙蒙的眼睛并不空洞，里面有一种镇定沉着的东西，好像大雾里隐约看见的山，跟着愈看愈具体：深谷、巨石、挺劲的树……这眼里分明有一种与命运抗衡的个性，以及不可摧折的刚毅素质。我感到生活曾给予这老人许多辛酸苦辣，却能被他强有力的性格融化了。他那属于这生命特有的冷峻的光芒，不正是从这双淡灰色的眸子里缓缓放射出来的吗？

顿时，这老人身上的一切都发生了奇妙的变化。他皮肤上的皱纹，不再是一位老人那种被时光所干缩的皱纹，而是命运之神用凿子凿上去的。每条皱纹里都藏着曲折坎坷而又不肯诉说的故事。在他风烛残年、弱不禁风的躯体里，包裹的绝不是一颗衰老无力的心脏，而是饱经捶打、不会弯曲的骨架。当我再一次涌起绘画冲动时，就不再盲目而空泛，而是具体又充实了。我觉得，这老人满身的线条都因他这眼神而改变，我每一笔画上去，连笔触的感觉都不一样了。笔笔都像听他这眼神指挥似的，眨眼间全然一变。

人的眼睛仿佛汇集着人身上的一切，包括外在和内在的。你只要牢牢盯住这眼睛，就甚至可以找到它隐忍不言的话，或是藏在谎言后面的真情。一个人的气质、经验、经历、智能，也能凝聚在这里面，而又有意无意地流露出来。因此，作家、医生、侦探都留意人的眼睛。从此，我再画模特儿，总要先把他的眼睛看清楚，看清了，我就找到了打开模特儿之门的钥匙。

绘画有眼，诗有"诗眼"，戏有"戏眼"。小说呢？是否也有一个聚积着作品的全部精神，并可从中解开整个艺术堂奥的眼睛呢？

小说的眼睛大有点石成金之妙

在短篇小说中，其眼睛有时是一个情节。比如邓友梅的《寻访"画儿韩"》。"画儿韩"邀来古董行的朋友，当众把骗他上当的"假画"泼酒烧掉，恐怕是小说一连串戏剧性冲突中最惊心动魄的一幕。邓友梅把小说里的情节全都归结于此。这是小说的悬念，也是作品情节的真正开始。这个情节就是这篇小说的眼睛。而这之后故事的发展，都是由这个情节"逼"出来的。读罢小说，不能不再回味"烧假画"这个情节，由此，对作品的内涵和人物的性灵，也会理解得更为深刻了。

再有便是普希金的《射击》和蒲松龄的《鸽异》。前一篇是普希金为数不多的短篇小说中最有故事情节性的。其中最令人惊诧的情节，是受屈辱的神枪手挑选了对手度蜜月的时刻去复仇。在那个获得了人间幸福的对手的哀求下，他把子弹打进了墙上的枪洞里。后一篇《鸽异》是个令人沉思的故事。养鸽成癖的张公子好不容易获得两只奇异的小白鸽。后来，他又将这对珍爱的小白鸽赠送给高官某公，以为这样珍贵的礼物才与某公的地位相称。不料无知的某公并不识货，把神鸽当作佳肴下了酒。这个某公吃掉神鸽的情节，就是小说的眼睛。它与前一篇中神枪手故意把子弹射进墙上的枪洞的那个情节一模一样，都给读者留下余味，引起无穷的联想。

这三篇都以精彩情节为眼睛的小说，却又把不同的眼睛安在不同的地方：邓友梅把眼睛安在中间，普希金和蒲松龄则把眼睛安在结尾。把眼睛安在中间的，使故事在发展中突然异向变化；而把眼睛安在结尾的，则是以情节结构小说创作的惯技。这样的小说，大多是作家先有一个巧妙的结尾，并把全篇的"劲儿"都捺在这里，再为结尾设置全篇，包括设置开头。

眼睛不管放在哪里，作为小说眼睛的情节，都必须是特殊的、绝妙的、新颖的、独创的。因为整个故事的所有零件，都将精巧地扣在这一点上，所有情节都是为它铺垫，为它安排，为它取舍。这才是小说眼睛的作用。如果去掉这只眼睛，小说也就不复存在了。如果换一只眼睛，便是假眼，成为一个无精神、无光彩、无表情的玻璃球，小说也成了盲人一样。

另一种是把细节当作小说的眼睛，这也是常见的。莫泊桑的《项链》中的假项链；欧·亨利的《最后一片叶子》中的画在树上的藤叶；杰克·伦敦的《一块排骨》中所缺少而又不可缺少的那块排骨，都是很好的例子。再如在契诃夫的《哀伤》中，老头儿用雪橇送他的老伴儿到县城医院去治病，在纷纷扬扬的大雪里，他怀着内疚的心情自言自语诉说着自己如何对不起可怜的老伴儿，发誓要在她治好病后，再真正地爱一爱自己一生中唯一的伴侣，然而他发现，落在老伴儿脸上的雪花不再融化——老伴儿已经死了！这是一个多么令人战栗的细节！于是，他一路的内疚、忏悔和誓言，都随着这一细节化成一片空茫茫的境界；可是一个冰冷的浪头，有力地拍打在你的心头上。

试想，如果拿掉雪花落在老太婆脸上不再融化这一细节，这篇小说是否还强烈地打动你？这细节起的是点石成金的作用！

因此，这里所说的细节，不是一般含意上的细节，哪怕是非常生动的细节。好小说几乎都有一些生动的细节，譬如《孔乙己》中曲尺形的柜台，茴香豆，写着欠酒债人姓名的粉板，等等。但是，当作眼睛的细节，是用来结构全篇小说的。就像《项链》中那条使主人公为了一点空幻的虚荣而茹苦含辛十年的假项链，它绝不是人物身上可有可无的附加物，而应该是必不可少的。莫泊桑在这篇作品中深藏的思想、人物不幸的命运与复杂的内心活动，都是靠这条假项链揭示出来的。这样的细节会使一篇作品成为精品。只有短篇小说才能这样结构；也只有这样的结构，才具有短篇小说的特色。

当然，在生活中这样的细节是可遇而不可求的，但如果作者不善于像蚌中取珠那样提取这样的细节，以高明的艺术功力结构小说，那么，即使有了这样珍贵的细节，恐怕也会从眼前流失掉。就像收音机没有这个波段，把许多优美旋律的电波无声无息地放掉了。

各种各样的小说眼睛

我曾经找到过一个小说的眼睛，就是《高女人和她的矮丈夫》中的伞。

我在一次去北京的火车上遇到一对夫妻，由于女人比男人高出一头，受到车上人们的窃笑。但这对夫妻看上去却有种融融气息，使我骤然心动，产生了创作欲。以后一年间，我的眼前不断浮现起这对高矮夫妻由于违反习惯而有点怪异的形象，断断续续为他们联想到许多情节片段，有的情节和细节想象得还使我自己也感动起来。但我没有动笔，我好像还没有找到一个能凝集起全篇思想与情感的眼睛。

后来，我偶然碰到了——那是个下雨天，我和妻子出门。我个子高，自然由我来打伞。在淋淋的春雨里，在笼罩着我们两人的这个遮雨的伞下边，我陡然激动起来。我找到它了，伞！一把把两人紧紧保护起来的伞！有了这伞，我几乎是一瞬间就轻而易举地把全篇故事想好了。我一时高兴得把伞塞给妻子，跑回去马上就写。

我是这样写的：高矮夫妻在一起时，总是高个子女人打伞更方便些。往后高女人有了孩子，逢到日晒雨淋的天气，打伞的差事就归矮丈夫了。但他必须把伞半举起来，才能给高女人遮雨。经过一连串令人心酸的悲剧过程，高女人死了，矮丈夫再出门打伞还是习惯地半举着，人们奇妙地发现，伞下有长长一条空间，空空的，世界上任何东西也补不上……

对于这伞，更重要的是伞下的空间。

我想，这伞下的空间里藏着多少苦闷、辛酸与甜蜜？它让周围的人们渐渐发现世界上最珍贵的东西——纯洁与真诚就在这里。这在斜风细雨中孤单单的伞，呼唤着不幸的高女人，也呼唤着人们以美好的情感去填补它下面的空间。

我以为，有的小说要造成一种意境。

比如王蒙的《海的梦》，写的就是一种意境。意境也是一种眼睛，恐怕还是最感人的一种眼睛。

也许我从事过绘画，我喜欢使读者能够在小说中看见一个画面，就像这雨中的伞。

有时一个画面，或者一个可视的形象，也会是小说的眼睛。比如用衣帽紧紧包裹自己的"伞中人"（契诃夫《装在套子里的人》），比如拿梳子给美丽的豹子梳理毛发的画面（巴尔扎克《沙漠里的爱情》）。

作家把小说中最迷人、最浓烈、最突出的东西都给了这画面，使读者心里深深刻下一个可视的形象，即使故事记不全，形象也忘不掉。

我再要谈的是：一句话，或者小说中人物的一句话，也可以成为小说的眼睛。

《爱情故事》几次在关键时刻重复一句话："爱，就是从来不说对不起的。"这句话，能够一下子把两个主人公之间特有的感情提炼出来，不必多费笔墨再做任何渲染。这篇小说给读者展现的悲剧结局并不独特，但读者会给这句独特的话撞击出同情的热泪。

既然有丰富复杂的生活，有全然不同的人物和故事，有手法各异的小说，就有各种各样的眼睛。这种用一句话作为眼睛的小说名篇就很多，譬如冈察尔的《永不掉队》、都德的《最后一课》等。这里不一一赘述。

年轻的习作者们往往只想编出一个生动的故事来，而不能把故事升华为一件艺术品，原因是缺乏艺术构思。小说的艺术，正体现在虚构（由无到有）的过程中。正像一个雕塑家画草图时那样：他怎样剪裁，怎样取舍，怎样经营；哪里放纵，哪里夸张，哪里含蓄；怎样布置刚柔、曲直、轻重、疏密、虚实、整碎、争让、巧拙等艺术变化；给人怎样一种感受、刺激、情调、感染、冲击、渗透、美感等等，都是在这时候考虑的。没有独到、高明、自觉的艺术处理，很难使作品成为一种真正的艺术佳作。小说的构思应当是艺术构思，而不是什么别的构思。在艺术宝库里，一件非艺术品是不容易保存的。

结构是小说全部艺术构思中重要而有形的骨架。不管这骨架多么奇特繁复，它中间都有一个各种力量交叉的中心环节，就像爆破一座桥要找那个关键部位一样。一个高水平的小说欣赏者能从这里看到一篇佳作的艺术奥秘，就像戏迷们知道一出戏哪里是"戏眼"。而它的制作者就应当比欣赏者更善于把握它和运用它。

谈到运用，就应当强调：切莫为了制造某种戏剧性冲突，或是取悦于人的廉价效果，硬造出这只眼睛来。它绝不像侦探小说中故意设置的某一个关键性的疑点。小说的眼睛是从大量生活的素材积累中提炼出来的，是作家消化了素材、融合了感情后的产物，它为了使作品在给人以新颖的艺术享受的同时，使人物得以更充分地开掘，将生活表现得更深刻而又富于魅力。它是生活的发现，又是艺术的发现。

当然，并非每篇小说都能有一只神采焕发的眼睛。就像思念故乡的可怜的小万卡最后在信封上写："乡下，我的祖父亲收。"或像《麦琪的礼物》中的表链与发梳，或像《药》结尾那夏瑜坟上的花圈那样。

小说的眼睛就像人的眼睛。

它忽闪忽闪，表情丰富。它也许是明白地告诉你什么，也许要你自己去猜去想去悟。它是幽深的、多层次的，吸引着你层层深入，绝不会一下子叫你了然大白。

这，就是小说的眼睛最迷人之处。

还有一种闭眼的小说

是否所有的小说都可以找到这只眼睛？

许多小说充满动人的细节、情节、对话、画面，却不一定可以找出这只眼睛来。因为有些作品它不是由前边所说的那种明显的眼睛来结构小说的。例如《祥林嫂》中祥林嫂，结婚撞破脑袋，阿毛被狼叼去，鲁四爷不叫她端供品……它是由几个关键情节支撑起来的，缺一不可。那种内心独白或情节淡化、散文化、日记体的小说，它的眼睛往往化成了一种诗情、一种感受、一种情绪、一种基调，作家借以牢牢把握全篇。甚至连每一个词的分寸，也要受它的制约。小说的眼睛便躲藏在这一片动人的诗情或感受的后面。如果小说任何一个细节，一段文字，离开这情绪、感觉、基调，都会成为败笔。

还有一种小说，明明有眼睛，却要由读者画上去。这是那种意念（或称哲理）小说。作家把哲理深藏在故事里，它展开的故事情节，是作为向导引你去寻找。就像一个闭着眼说话的人，你看不见他的眼珠，却一样能够猜到他的性格和心思。这是一种闭眼小说。手段高明的作者总是把你吸引到故事里去，并设法促使你从中悟出道理（或称哲理）。《聊斋》中许多小说都是这样的。如果作者低能，生怕读者不解其意，急得把眼睛睁开，直说出道理来，反而索然无味了。这个眼睛就成了无用的废物。

前边说，小说得需要那样的眼睛，这里又说小说不需要这样的眼睛。两者是一个意思，都是为了使小说更接近或成为艺术品，更富于艺术魅力。

文化眼光

文化是一种无形的存在。有人能看到，有人看不到，这就需要文化眼光。

何谓文化眼光？这要先弄清何谓文化。

文化一词多义。大致有三：

一是把它视为一种教育状况或知识程度。比方说某某人"有文化没文化""文化高或文化低"。

二是作为一种考古学术用语。如仰韶文化、大汶口文化、良渚文化。

三是人类所创造的总财富。主要指精神财富。

长久以来，对文化的普遍解释多是第一种。而一个阶段，还把文化单一地、生硬地、干瘪地当作意识形态，那时的社会生活变得多么空虚与空洞！这种解释，贻害殊深，很少有人把人类生活视为一种文化。生活便只剩下赤裸裸的生存需要，文化退到生活之外，成了可有可无。可以说，文化一直在狭义中存在。而对文化广义上的解释不过是近些年的事。一些有识之士为了改变世人对文化的偏狭的成见，区别以往的文化定义，便创造出一个词来，叫作"大文化"。

大文化像猢狲，从身上拔一把毫毛，吹一口气，变成千万种文化。从燕赵文化齐鲁文化吴越文化岭南文化巴蜀文化中原文化长江文化黄河文化海洋文化，到城市文化山水文化商业文化农业文化企业文化佛教文化道教文化民俗文化民居文化服饰文化案头文化药文化食文化酒文化茶文化，再到钱币文化武林文化兵刃文化京剧文化风筝文化生肖文化祭祀文化电视文化咖啡文化牛仔文化年文化鞋文化性文化鬼文化梦文化……于是，不断听到惊呼："什么都成了文化，难道上厕所也是文化吗？"差不多，这里又有一个"厕所文化"的概念出现。

只要用文化眼光来看，文化便无所不在，对事物也会产生新的认识与发现。比如对于酒，用先前那种非文化的眼光来看，不过是一种佐餐助兴的饮料而已，最多能以酒浇愁，一醉方休；倘若换个文化眼光来看，则必然还要关注酒的历史、酒的制造、酒的储藏、饮酒方式、售酒方式、酒器酒具、酒曲酒令、酒的诗与画，以及酒和地域、民俗、气候的关系……那就会发现还有一个比酒本身大得多的酒文化。由于酒一直处在这历史的、民族的、地域的、人文的等等环境中，必然浸入这些因素，成了一种文化载体，具有认知和享用这些文化的价值。那么，酒于我们，不只是清香醉人的佳酿，还是醇厚醉心的文化汁液。所以，聪明的酒厂老板，都是一边靠酒一边靠酒文化发财。如果进一步，我们用这样的眼光来看生活的一切，才会真正感受到中华文化的博大、丰实与深邃。

然而，生活文化以两种状态存在着。

一是活着的状态，一是历史的状态。

活着的状态是一种生活，历史的状态才是一种完完全全的文化。

当一种特殊的生活方式被时代淘汰，消失了，它的精神便转移到曾经共存的物品上和环境中。过一段时间，人们就从这器物和环境中了解、感受与认识昔日生活的形态与精神了。这样，器物与环境便发生了质变，在"活着"的时候，它们是实用性的生活物品与生活环境；入"历史"之后，就变成纯精神的文化物品与人文环境了。同一件事物，它们本身并没有文化，还是原来模样，这变化究竟是怎样产生的？其实它是人们的一种认识，也就是人们用文化的眼光看出来的。

文化眼光不是一般目光，它必须具有文化意识和文化素养。

眼光，也就是眼力。一般人没有这种眼光，所以，当这些环境与器物由"活着的状态"转变为"历史的状态"时，常常被当作无用的东西丢弃了。昔日器物被当作破盆破罐，旧时房舍一样被当作危房陋屋。看来这眼光中还有更重要的一个内容，就是面对这一切，人们只是从现实的角度而不是从将来的角度来看的。

一个相反的例子，能够做最好的说明：

当柏林墙拆除时，世界上许多博物馆都派人跑到德国，去争购那些涂满图画与文字的墙体碎块。出价之高，惊骇一时。他们几乎在同一时间觉悟到，这座被时代淘汰的墙恰恰是一种过往不复的珍贵的历史象征。德国政府被惊动了，于是决定那一段尚未拆除的柏林墙不拆了，保护起来，永世珍存。

这种眼光说明了什么？它说明——

有些事物的历史文化价值，必须站在未来才能看到。文化，不仅是站在现在看未来，更重要的是站在明天看现在。

那么，文化眼光不只是表现为一种文化素养，一种文化意识，更是一种文化远见和历史远见。

话说中国画

中国画在世界上是独一无二的。这不仅因其历史深厚久远，大师巨匠如满天星斗，传世名作无以数计，更重要的是它异常独特，且具鲜明的民族个性。中华民族独有的宇宙观、哲学观、艺术观、审美观，顽强地表现其间；把其他任何民族的绘画与其放在一起，都迥然殊别，立时可见；中国画独放异彩。

中国画自它诞生之日始，就不以追慕自然形态为能事，而把表现物象的精神作为目的。在形与神的关系上，认为"论画以形似，见与儿童邻"（苏轼语），主张"以形写神"（顾恺之语）。哪怕所画的形态在"似与不似之间"（齐白石语），也要把内在的精神表现出来，这就使中国画家的注意力始终投射在事物内在的、深层的、本质的层面上。唐宋两代，繁盛迷人的社会生活征服了画家，严谨认真写实的画风因之盛行一时，但捕捉物象精神仍是绘画的最高追求。同时一些修养渊深的文人介入绘画，他们强调情感抒发与个性张扬，绘画的精神内涵得到进一步充实与开拓。文人们还主张"诗是无形画，画是有形诗"，提倡"书画同源"，这样就把诗的深刻境界与书法的审美品格带入绘画，促使独具魅力的中国画艺术特征的形成。

诗对画的首要影响，是使画家不受自然物象的时空局限，凝练升华，联想自由，去构造更加动人和感人的艺术境界。诗的洗练、隽永、含蓄和韵味，使绘画更注重"虚"的成分，更讲究"空白"的运用，更致力笔墨的精炼与意趣。文学中常见的象征、比喻、夸张、拟人等手法，被带入绘画后，绘画的表现力更大大地增强。这也是明清以来大写意画的主要艺术手法。

书法是中国特有的、纯形式的艺术。在书法中，整体的布局，字的形态与架构，乃至一点一画，无不充溢着形式感；笔的疾缓、刚柔、巧拙、藏露，墨的枯润、饱渴、轻重、浓淡，一方面直抒作者的情感与思绪，一方面传达审美的精神与理想。中国的绘画与书法都使用毛笔，中国画又是以线造型，线条是画面的骨架，书法的笔墨便自然而然地过渡到绘画中来，不仅提高了绘画用笔的技法和能力，也丰富了绘画的笔情墨趣和形式美。尤其通过苏轼、文同、赵孟頫等人的努力，将书法引入绘画，使元以来绘画的面貌幡然一变，全然改观了。

元朝以来的中国画，还兴起在画面上题写诗文。画面既是绘画作品，也是书法作品，又是可读的文学作品，再加上篆刻印章，所谓"诗、书、画、印"一体，构成中国画独具的形式美。这对画家的修养也有了更高和更全面的要求。画家多是工诗善书，兼精治印的"通才"。

中国画的主要工具材料是纸、笔、墨。最早的中国画大多画在绢上，宋元以来渐渐搬到纸上来。纸的种类很多，大致分为生熟两类，熟宣纸类是用矾水刷过的，不渗水，适于画精整而细致的工笔画；生宣纸吸水性强，不易掌握，但把水墨铺展上去，变幻无穷，故宜于挥洒淋漓多趣的写意画。笔的种类更是不可胜数，粗分可分作三类，一是笔锋刚健的狼毫类，二是锋毛柔软的羊毫类，三是兼用狼毫与羊毫混制而成，笔性刚柔相济的兼毫类。画家根据所要画的物象的形态和质感选择不同毛笔，往往一幅画要用多种类型的笔。一支毛笔锋毫的散聚，含水蘸墨的多少，全由画家根据需要控制；使用笔锋的不同部位——中锋、侧锋、逆锋等，效果全然不同。每个画家都有自己习惯的用笔方法，这也是构成画家风格的重要因素。中国画上最主要的颜色是黑色。中国画说"墨分五色"，即用浓淡不同的墨色作画，常常不附加其他颜色，也一样可以表现物象的丰富性。中国画家在用墨上积累很多经验，有的画家以独到的墨法自成一家。有时，画面加入其他颜色。早期的中国画所用颜色多为矿物质原料，如朱砂、石青、石绿、石黄、赭石、铅粉等，覆盖性强，色彩浓艳，经久不变，故当时中国画多为单线平涂，画面具有强烈的装饰效果。后来，渐多采用植物性颜料，如花青、藤黄、胭脂、朱磦等，能被水溶解，互相调配，色泽接近自然，并能与墨结合，相辅相成，色调典雅；偶有画面，只用颜色，不用墨色，谓之"没骨"。骨即墨色，可见墨在中国画中至关重要、无可替代的位置。可以说，没有墨就没有中国画。

中国画的分类非常繁杂，名称极多。从题材内容上，习惯分为人物、山水、花鸟、楼台、走兽、博古等；从画面笔墨繁简的程度上分为写意、工笔、大写意、半工半写等；从设色上分为青绿、金碧、浅绛、水墨等；从技法上分为白描、双钩、单线平涂、泼墨等。中国画在画成之后，要经过装裱工序。一经裱褙，绫托锦衬，高贵大方，并具有很强的赏玩性。中国画的装裱十分考究，款式繁多，一般分为卷轴、镜片、扇面、斗方、册页等，卷轴画中又分为中堂、条幅、对屏、通景等。中国画常常把装裱款式上的分类作为第一位的。

现今留下的最早的绘画，是画在山岩峭壁上，距今五千年以上；后来渐渐移到绢素上，成为单纯观赏性的艺术。开头是无名的工匠为之，此后才有专业绘画的画家出现，此时距今也有两千年了。中国绘画历经许多朝代，在历史江河的百转千折中，涌现出无数照耀古今的杰出画家和啸傲一时的流派。时风的变迁，致使绘画的面貌不断翻新更新；名家大师们独来独往、各立一帜，又使画坛千姿百态，形成了举世皆知、漫长悠远、异彩纷呈的中国绘画历史。

致大海

今天是给您送行的日子，冰心老太太！

我病了，没去成，这也许会成为我终生的一个遗憾。但如果您能听到我这话，一准会说："是你成心不来！"那我不会再笑，反而会落下泪来。

十点整，这是朋友们向您鞠躬告别的时刻，我在书房一片散尾竹的绿影里跪伏下来，向着西北方向——您遥远的静卧的地方，恭敬地磕了三个头。然后打开音乐，凝神默对早已备置在案前的一束玫瑰。当然，这就是面对您。本来心里缭乱又沉重，但渐渐地我那特意选放的德彪西的《大海》发生了神奇的效力，涛声所至，愁云扩散。心里渐如海天一般辽阔与平静。于是您往日那神气十足的音容笑貌全都呈现出来，而且愈来愈清晰，一直逼近眼前。

我原打算与您告别时，对您磕这三个头。当然，绝大部分人一定会诧异于我何以非要行此大礼。他们哪里知道这绝非一种传统方式，一种中国人极致的礼仪，而是我对您特殊的爱的方式，这里边的所有细节我全部牢牢记得。

八十年代末，一个您生命的节日——十月五日。我在天津东郊一位农人家中，听说他家装了电话，还能挂长途，便抓起话筒拨通了您家。我对着话筒大声说：

"老太太，我给您拜寿了！"

您马上来了幽默。您说："你不来，打电话拜寿可不成。"您的口气还假装有点生气。但我却知道在电话那端，您一定在笑，我好像看见了您那慈祥的并带着童心的笑容。

为了哄您高兴。我说："我该罚，我在这儿给您磕头了！"

您一听果然笑了，而且抓着这个笑话不放，您说："我看不见。"

我说："我旁边有人，可以做证。"

您说："他们和你都是一伙的，我不信。"

本来我想逗您乐，却被您逗得乐不可支。谁说您老，您的机敏和反应力能超过任何年轻人。我只好说："您把这笔账先记在本子上。等我和您见面时，保证补上。"

这便是磕头的来历，对不对？从此，它成了每次见面必说的一个玩笑的由头。只要说说这个笑话，便立即能感受到与您之间那种率真、亲切，又十分美好的感觉。

大约是一九九二年年底，我在中国美术馆举办画展期间，和妻子顾同昭，还有三两朋友一同去看您。那天您特别爱说话，特别兴奋，特别精神；您一向底气深厚的嗓音由于提高了三度，简直洪亮极了。您说，前不久有一位大人物来看您，说了些"长寿幸福"之类的吉祥话。您告诉他，您虽长寿，却不总是幸福的。您说自己的一生正好是

"酸甜苦辣"四个字。跟着您把这四个字解释得明白有力，铮铮作响。

您说，您的少时留下许多辛酸——这是酸；青年时代还算留下一些甜美的回忆——这是甜；中年以后，"文革"十年，苦不堪言——这是苦；您现在老了，但您现在却是——"姜还是老的辣"。当您说到这个"辣"字时，您的脖子一梗。我便看到了您身上的骨气。老太太，那一刻您身上真是闪闪发光呢！

这话我当您的面是不会说的。我知道，您不喜欢听这种话，但我现在可以说了。

记得那天，您还问我："要是碰到大人物，你敢说话吗？"没等我说，您又进一步说道："说话谁都敢，看你说什么。要说别人不敢说又非说不可的话。冯骥才，你拿的工资可是人民给的，不是领导给的。领导的工资也是人民给的。拿了人民的钱就得为人民说话，不要怕！"

说完您还着意地看了我一眼。

老太太，您这一眼可好厉害。您似乎要把这几句话注入我的骨头里。但您知道吗？这也正是我总愿意到您那里去的真正缘故。

我喜欢您此时的样子，很气概，很威风，也很清晰。您吐字和您写字一样，一笔一画，从不含糊。您一生都明达透彻，思想在脑海里如一颗颗美丽的石子沉在清亮见底的水中。您享受着清晰，从来不委身于糊涂。

再说那天，老太太！您怎么那么高兴。您把我妻子叫到跟前，您亲亲她，还叫我也亲亲她。大家全笑了。您把天堂的画面搬到大家眼前，融融的爱意使每一个人的心情都充满美好。于是在场朋友们说，冯骥才总说给冰心磕头拜寿，却没见过真的磕过头。您笑嘻嘻地说我："他是个口头革命派！"

我听罢，立即趴在地上给您磕了三个头。您坐在轮椅上无法阻拦我，但我听见您的声音："你怎么说来就来。"等我起身，见您被逗得正在止不住地笑，同时还第一次看到您挺不好意思的表情。我可不愿意叫您发窘。我说："照老规矩，晚辈磕头，得给红包。"

您想了想，边拉开抽屉边说："我还真的有件奖品给你。今年过生日时，有人给我印了一种寿卡，凡是朋友来拜寿，我就送一张给他做纪念。我还剩点儿，奖给你一张吧！"

粉红色的卡片精美雅致，名片大小，上边印着金色的寿字，还有您的名字与生日。卡片的背面是您手书自己的那句座右铭："有了爱便有了一切。"

您说，这寿卡是有编号的，限数一百。您还说，这是他们为了叫您长命百岁。

我接过寿卡一看，编号 77，顺口说："看来我既活不到您这分量，也活不到您这岁数了。"

您说："胡说。你又高又大，比我分量大多了。再说你怎么知道自己不长寿？"

我说："编号一百是百岁，我这是 77 号，这说明我活七十七岁。"

您嗔怪地说："更胡说了。拿来——"您要过我手中的寿卡，好像想也没想，拿起桌上的圆珠笔在编号每个"7"字横笔的下边勾了半个小圈儿，马上变成 99 号了！您又写上一句"骥才万寿，冰心，1992-12-20"。

大家看了大笑，同时无不惊奇。您的智慧、幽默、机敏，令人折服。您的朋友都常常为此惊叹不已！尽管您坐在轮椅上，您的思维之神速却敢和这世界上任何人赛跑。但对于我，从中更深的感动则来自一种既是长者又是挚友的爱意。可使我一直不解的是，您历经那么多时代的不幸，对人间的诡诈与丑恶的体验较我深切得多，然而，您为何从不厌世，不避世，不警惕世人，却对人们依然始终紧拥不弃，痴信您那句常常会使自己陷入被动的无限美好的格言"有了爱便有了一切"？这到底是为了一种信念，还是一种天性使然？

我想到一件更远的事。

那时吴文藻先生还在世。那天是您和吴先生的金婚纪念日。我和楚庄、邓伟志等几位文友去看您。您那天新裤新褂，容光焕发；您总是这么神采奕奕，叫人家无论碰到怎样的打击也无法再垂头丧气。

那天聊天时，没等我们问您就主动讲起当年结婚时的情景。您说，您和吴文藻度蜜月，是相约在北京西山的一个古庙里。

您当时的神情真像回到了五十年前——

您说，那天您在燕京大学讲完课，换一件干净的蓝旗袍，把随身用品包一个方方正正的小布包，往胳肢窝里一夹就去了。到了西山，吴文藻还没来——说到这儿，您还笑一笑说："他就这么糊涂！"

您等待时间长了，口渴了，便在不远的农户那儿买了几根黄瓜，跑到井边洗了洗，坐在庙门口高高的门槛上吃黄瓜，一时引得几个农家的女人来到庙前瞧新媳妇。这样直等到您的新郎吴文藻姗姗而来。

您结婚的那间房子是庙里后院的一间破屋，门关不上，晚上屋里经常跑大耗子，桌子有一条腿残了，晃晃荡荡。"这就是我们结婚的情景。"说到这儿，您大笑，很快活，弄不清您是自嘲，还是为自己当年的清贫又洒脱而扬扬自得。这时您话锋一转，忽问我："冯骥才，你怎么结的婚？"

我说："我还不如您哪。我是'文革'高潮时结的婚！"

您听了一怔，便说："那你说说。"

我说那时我和未婚妻两家都被抄了，结婚没房子，街道赤卫队队长人还算不错，给我们一间几平方米的小屋。结婚那天，我和我爱人的全家去了一个小饭馆吃饭。我父亲关在牛棚，母亲的头发被红卫兵铰了，没能去。我把劫后仅有的几件衣服叠了叠，放在自行车后架上，但在路上颠掉了，结婚时两手空空。由于我们都是被抄户，更不敢说"庆祝"之类的话，大家压低嗓子说："祝贺你们！"然后不出声地碰一下杯子。

饭后我们就去那间小屋。屋里空荡荡，四个房角，看得见三个。床是用砖块和木板搭的。要命的是，我这间小屋在二楼，楼下是一个红卫兵"总部"。他们得知楼上有两个"狗崽子"结婚，虽然没上来搜查盘问，却不断跑到院里往楼上吹喇叭，还一个劲儿打手电，电光就在我们天花板上扫来扫去。我们便和衣而卧。我爱人吓得靠在我胸前哆嗦了一个晚上。"这就是我们的新婚之夜。"我说。

我讲述这件事时，您听得认真又紧张。我想完事您一定会说出几句同情的话来，可是您却微笑又严肃地对我说："冯骥才，你可别抱怨生活，你们这样的结婚才能永远记得，大鱼大肉的结婚都是大同小异，过后是什么也记不住的。"

您的话使我出其不意。

一下子，您把我的目光从一片荆棘的困扰中引向一片大海。

哎哎，您没有把我送给您那幅关于海的画带走吧？

那幅画我可是特意为您画得那么小，您的房间太窄，没有挂大画的墙壁。但是您告诉我："只要是海，都是无边的大。"

我把您那本译作《先知》的封面都翻掉了。因此我熟悉您这种诗样的语言所裹藏的深邃的寓意。我送给您一幅画，您送给我这一句话。

我在那幅蓝色的画里，给您画了许多阳光；您在这个短句中，给了我无尽的放达的视野。

在与您的交往中，我懂得了什么是"大"。大，不是目空一切，不是做宏观状，不是超然世外，或从权力的高度俯视天下。人间的事物只要富于海的境界都可以既博大又亲近，既辽阔又丰盈。那便是大智，大勇，大仁，大义，大爱，与正大光明。

德彪西的《大海》全是画面。

被狂风掀起的水雾与低垂的阴云融成一片，雪色的排天大浪迸溅出的全是它晶莹透明的水珠。一束夕照射入它蓝幽幽的深处，加倍反映出夺目的光芒。瞬息间，整个世界全是细密的迷人的柔情的微波。大海中从无云影，只有阳光。这因为，它不曾有过瞬息的静止；它永远跃动不已的是那浩瀚又坦荡的生命。

这也正是您的海。我心里的您！

我忽然觉得，我更了解您。

我开始奇怪自己，您在世时，我不是对您已经十分熟悉与理解了吗？但为什么，您去了，反倒对您忽有所悟，从而对您认识更深，感受也更深呢？无论是您的思想、气质、爱，甚至形象，还有您的意义。这真是个神奇的感觉！于是，我不再觉得失去了您，而是更广阔又真切地拥有了您；我不再觉得您愈走愈远，却感到您从来没有像此刻这样地贴近。远离了大海，大海反而进入我的心中。我不曾这样为别人送行过。我实实在在是在享受着一种境界，并不知不觉在我心里响起少年时代记忆得刻骨铭心的普希金那首长诗《致大海》的结尾：

再见吧，大海！我永远不会忘记你庄严的容光，

我将久久地久久地听着

你黄昏时分的轰响；

我的心将充满了你，

我将把你的山岩，你的海湾，

你的光和影，你浪花的喋喋，

带到森林，带到寂寞的荒原。

天籁

你仰头，仰头，耳朵像一对空空的盅儿，去承接由高无穷尽的天空滑落下来的声音。然而，你什么也听不到。人的耳朵不是听天体而是听取俗世的，所以人们说茫茫宇宙，寥廓无声。

这宇宙天体，如此浩瀚，如此和谐，如此宁静，如此透明，如此神奇，它一定有一种美妙奇异、胜过一切人间的音乐的天籁。你怎样才能听到它，你乞灵于谁？

你仰着头，屏住气，依然什么也没听到，却感受了高悬头顶的天体的博大与空灵。在这浩无际涯、通体透彻的空间里，任何一块云彩都似乎离你很近，而它们距离宇宙的深处却极远极远。天体中从来没有阴影，云彩的影子全在大地山川上缓缓行走，而真正的博大不都是这样无藏于任何阴暗的吗？

当乌云汇集，你的目光从那尚未闭合的云洞穿过极力望去，一束阳光恰好由那里直射下来，和你的目光金灿灿地相撞，你是否听到这种激动人心的灿烂的金属般的声响？当然，你没有听到任何声音，还有那涌动的浓雾、不安的流光、行走的星球和日全食的太阳，为什么全是毫无声息？而尘世间那些爬行的蝼蚁、歙动的鼻翼、轻微摩擦纸面的笔尖为什么都清晰作响？如果你不甘心自己耳朵的蒙昧，就去倾听天上那些云彩——

它们，被风撕开该有一种声音，彼此相融该有另一种声音，被阳光点燃难道没有一种声音？还有那风狂雨骤后漫天舒卷的云，个个拥着雪白的被子，你能听到这些云彩舒畅的鼾声吗？

哦，你听到了！闪电刺入乌云的腹内，你终于听到天公的暴怒！你还说空中的风一定是天体的呼吸，否则为什么时而宁静柔和时而猛烈迅疾？细密的小雨为了叫你听见它的声音，每一滴雨都把一片叶子作为碧绿的小鼓，你已经神会到雨声是一种天意！可到头来蒙昧的仍旧是你！只要人听到的、听懂的，全不是天体之声。

辽阔浩荡的天体，空空洞洞，了无内容，哪儿来的肃穆与庄严？但在它的笼罩之下，世间最大的阴谋也不过是瞬息即逝的浮尘。人类由于站在地上，才觉得地大而天小；如果飞上太空，地球不过是宇宙中一粒微小的物质。每个星球都有自己的性格，每个星球都有自己独特的声音。它们在宇宙间偶然邂逅，在相对时悄然顾盼，在独处中默然遐想，它们用怎样的语言来相互表达？多么奇异的天体！没有边际，没有中心，没有位置，没有内和外，没有苦与乐，没有生和死，没有昼与夜，没有时间的含义，没有空间的计量，不管用多巨大的光年数字，也无法计算它的恢宏……想想看，这天体运行中的旋律该是何等壮美与神奇？

你更加焦渴地仰着头——

不，不是你，是约瑟夫·施特劳斯。他一直张着双耳，倾听来自宇宙天体深处的声音，并把这声音描述下来。尽管这声音并非真实的天籁，只不过是他的想象，却叫我们深深地为之感动。从这清明空远的音响里，我们终于悟到了天体之声最神圣、最迷人的主题：永恒！

永恒，一个所有地球生命的终极追求，所有艺术生命苦苦攀缘的极顶，它又是无法企及的悲剧性的生命境界。从蛮荒时代到文明社会，人类一直心怀渴望，举首向天，祈盼神示以永恒。面对天体，我们何其渺小；面对永恒，我们又何其短暂！尽管如是，地球人类依旧努力不弃，去理解永恒和走进永恒。我们无法达到的是永恒，我们永远追求的也是永恒。

听到了永恒之声，便是听到了天籁。

水墨文字

一

兀自飞行的鸟儿常常会令我感动。

在绵绵细雨中的峨眉山谷，我看见过一只黑色的孤鸟。它用力扇动着又湿又沉的翅膀，拨开浓重的雨雾和叠积的烟霭，艰难却直线地飞行着。我想，它这样飞，一定有着非同寻常的目的。它是一只迟归的鸟儿？迷途的鸟儿？它为了保护巢中的雏鸟还是寻觅丢失的伙伴？它扇动的翅膀，缓慢、有力、富于节奏，好像慢镜头里的飞鸟。它身体疲惫而内心顽强。它像一个昂扬而闪亮的音符在低调的旋律中穿行。

我心里忽然涌出一些片段的感觉，一种类似的感觉，那种身体劳顿不堪而内心的火犹然熊熊不息的感觉。

后来我把这只鸟，画在我的一幅画中。

所以我说，绘画是借用最自然的事物来表达最人为的内涵。这也正是文人画的首要的本性。

二

画又是画家作画时的心电图。画中的线全是一种心迹。因为，唯有线条才是直抒胸臆的。

心有柔情，线则缠绵；心有怒气，线也发狂。心境如水时，一条线从笔尖轻轻吐出，如蚕吐丝，又如一串清幽的音色流出短笛。可是你有情勃发，似风骤至，不用你去想怎样运腕操笔，一时间，线条里的情感、力度乃至速度全发生了变化。

为此，我最爱画树画枝。

在画家眼里，树枝全是线条；在文人眼里，树枝无不带着情感。

树枝千姿百态，皆能依情而变。树枝可仰，可俯，可疏，可繁，可争，可倚；唯此，它或轩昂，或忧郁，或激奋，或适然，或坚忍，或依恋……我画一大片木叶凋零而倾倒于泥泞中的树木时，竟然落下泪来。而每一笔斜拖而下的长长的线，都是这种伤感的一次宣泄与加深，以至我竟不知最初缘何动笔。

至于画中的树，我常常把它们当作一个个人物。它们或是一大片肃然站在那里，庄重而阴沉，气势逼人；或是七零八落，有姿有态，各不相同，带着各自不同的心情。有一次，我从画面的森林中发现一棵婆娑而轻盈的小白桦树。它娇小、宁静、含蓄；那叶子稀少的树冠是薄薄的衣衫。作画时我并没有着意地刻画它。但此时，它仿佛从森林中走出来了。我忽然很想把一直藏在心里的一个少女写出来。

三

绘画如同文学一样，作品完成后往往与最初的想象全然不同。作品只是创作过程的结果。而这个过程却充满快感，其乐无穷。这快感包括抒发、宣泄、发现、深化与升华。

绘画比起文学有更多的变数。因为，吸水性极强的宣纸与含着或浓或淡水墨的毛笔接触时，充满了意外与偶然。它在控制之中显露光彩，在控制之外却会现出神奇。在笔锋扫过之地方，本应该浮现出一片沉睡在晨雾中的远滩，可是感觉上却像阳光下摇曳的亮闪闪的荻花，或是一抹在空中散步的闲云。有时笔中的水墨过多过浓，天上的云向下流散，压向大地山川，慢慢地将山顶峰尖黑压压地吞没。它叫我感受到，这是天空对大地惊人的爱！但在动笔之前，并无如此的想象。到底是什么，把我们曾经有过的感受唤起与激发？

是绘画的偶然性。

然而，绘画的偶然必须与我们的心灵碰撞才会转化为一种独特的画面。

绘画过程中总是充满了不断的偶然，忽而出现，忽而消失。就像我们写作中那些想象的明灭，都是一种偶然。感受这种偶然的是我们的心灵。将这种偶然变为必然的，是我们敏感又敏锐的心灵。

因为我们是写作人。我们有着过于敏感的内心。我们的心还积攒着庞杂无穷的人生感受。我们无意中的记忆远远多于有意的记忆，我们深藏心中的人生积累永远大于写在稿纸上的有限的素材。但这些记忆无形地拥满心中，日积月累，**重重叠叠**，谁知道哪一片意外形态的水墨，会勾出一串曾经牵肠挂肚的昨天？

然而，一旦我们捕捉到一个千载难逢的偶然，绘画的工作就是抓住它不放，将它定格，然后去确定它、加强它、深化它。一句话：

艺术就是将瞬间化为永恒。

四

纯画家的作画对象是他人，文人（也就是写作人）作画对象主要是自己。面对自己和满足自己。写作人作画首先是一种自言自语、自我陶醉和自我感动。

因此，写作人的绘画追求精神与情感的感染力，纯画家的绘画崇尚视觉与审美的冲击力。

纯画家追求技术效果和形式感，写作人则把绘画作为一种心灵工具。

五

一阵急雨沙沙有声落在纸上。那是我洒落在纸上的水墨。江中的小舟很快就被这阵蒙蒙雨雾所遮翳，只有桅杆似隐似现。不能叫这雨过密过紧，吞没一切。于是，一支蘸足清水的羊毫大笔挥去，如一阵风，掀起雨幕的一角，将另一只扁舟清晰地显露出来，连那个头顶竹笠、伫立船头的艄公也看得分外真切。一种混沌中片刻的清明，昏沉里瞬息的清醒。可是，跟着我又将一阵急雨似淋漓的水墨洒落纸上，将这扁舟的船尾遮蔽起来，只留下这瞬息显现的船头与艄公。

我作画的过程就像我前边文字所叙述的过程。我追求这个过程的一切最终全都保留在画面上，并在画面上能够体验到，这就是可叙述性。

写作的叙述是线性的，过程性的，一字一句，不断加入细节，逐步深化。

这里，我的《树后边是太阳》正是这样：大雪后的山野一片洁白，绝无人迹。如果没有阳光，一定寒冽又寂寥。然而，太阳并没有隐遁，它就在树林的后边。虽然看不见它灿烂夺目的本身，但它无比强烈的光芒却穿过树干与枝丫，照射过来，巨大的树影无际无涯地展开，一下子铺满了辽阔的雪原。

于是，一种文学性质需要说明白，就是我这里所说的叙述性。它不属于诗，而属于散文。那么绘画的可叙述也就是绘画的散文化。

六

最能寄情寓意的是大自然的事物。

比如前边所说树枝的线条可以直接抒发情绪。

再比如，这种种情绪还可以注入流水。无论它激扬、倾泻、奔流，还是流淌、潺缓、波澜不惊，全是一时的心绪。一泻万里如同浩荡的胸襟，骤然的狂波好似突变的心境；细碎的涟漪中夹杂着多少放不下的愁思？

至于光，它能使一切事物变得充满生命感，哪怕是逆光中的炊烟，一切逆光的树叶都胜于艳丽的花。这恐怕还是因为一切生命都受惠于太阳，生命的一切物质含着阳光的因子。比如我们迎着太阳闭上眼，便会发现被太阳照透的眼皮里那种血色，通红透明，奇美无比。

还有秋天的事物。一年四季里，唯有秋天是写不尽也画不尽的。春之萌动与锐气，夏之蓬勃与繁华，冬之萧瑟与寂寥，其实也都包括在秋天里。秋天的前一半衔接着夏天，后一半融入冬天。它本身又是大自然最丰饶的成熟期。故此，秋的本质是矛盾又斑斓，无望与超逸，繁华而短促，伤感而自足。

写作人的心境总是百感交集的。比起单纯的情境，他们一定更喜欢唯秋天才有的萧疏的静寂，温柔的激荡，甜蜜的忧伤，以及放达又优美的苦涩。

能够把一切人生的苦楚都化为一种美的只有艺术。

在秋天里，我喜欢芦花。这种在荒滩野水中开放的花，是大自然开得最迟的野花。它银白色的花有如人老了的白发，它象征着大自然一轮生命的衰老吗？如果没有染发剂，人间一定处处皆芦花。它生在细细的苇秆的上端，在日渐寒冽的风里不停地摇曳。然而，从来没有一根芦苇荻花是被寒风吹倒吹落的！还有，在漫长的夏天里，它从不开花，任凭人们漠视它，把它只当作大自然的芸芸众生，当作水边普普通通的野草。它却不在乎人们怎么看它，一直要等到百木凋零的深秋，才喷放出那穗样的毛茸茸的花来。没有任何花朵与它争艳。不，本来它的天性就是与世无争的。它无限地轻柔，也无限地洒脱。虽然它不停在风中摇动，但每一个姿态都自在，随意，绝不矫情，也不搔首弄姿。尤其在阳光的照耀下，它那么夺目和圣洁！我敢说，没有一种花能比它更飘洒、自由、多情，以及这般极致的美！也没有一种花比它更坚忍与顽强。它从不取悦于人，也从不凋谢摧折。直到河水封冻，它依然挺立在荒野上。它最终是被寒风一点点撕碎的。

在这永无定态的花穗与飘逸自由的茎叶中，我能获得多少人生的启示与人生的共鸣？

七

绘画的语言是可视的。

绘画的语言有两种。一种形式的，一种技术的。中国人叫作笔墨；现代人叫作水墨。

我更看重笔墨这种语言。

笔作用于纸，无论轻重缓急；墨作用于纸，无论浓淡湿枯——都是心情使然。

笔的老辣是心灵的枯涩，墨的溶化是情感的舒展；笔的轻淡是一种怀想，墨的浓重是一种撞击。故此，再好的肌理美如果不能碰响心里事物，我也会将它拒之于画外。

文学表达含混的事物，需要准确与清晰的语言；绘画表达含混的事物，却需要同样含混的笔墨。含混是一种视觉美，也是我们常在的一种心境。它暧昧，未明，无尽，嗫嚅，富于想象。如果写作人作画，便一定会醉心般地身陷其中。

八

我习惯写散文时，放一些与文章同种气质的音乐做背景。

那天，我在写一只搁浅于湖边的弃船在苦苦期待着潮汐。忽然，耳边听到潮汐之声骤起。当然这是音乐之声，是拉赫玛尼诺夫的音乐吧！我看到一排排长长的深色的潮水迎面而来。它们卷着雪白的浪花，来自天边，其速何疾！一排涌过，又一排上来，向着搁浅的小船愈来愈近。雨点般的水点溅在干枯的船板上，扬起的浪头像伸过来的透明而急切的手。音乐的旋律一层层如潮地拍打我的心上。我紧张地捏着笔杆，心里激动不已，却不知该怎么写。

突然，我一推书桌，去到画室。我知道现在绘画已经是我最好的方式了。

我把白宣纸像月光一样铺在画案上，满满地刷上清水。然后，用一支水墨大笔来回几笔，墨色神奇地洇开，顿时乌云满纸。跟着大笔落入水盂，笔中的余墨在盂中的清水里像烟一样地散开。我将一笔极淡的花青又窄又长地抹上去，让阴云之间留下一隙天空。随即另操起一支兼毫的长锋，重墨枯笔，捻动笔管，在乌云压迫下画出一排排翻滚而来的潮汐……笔中的水墨不时飞溅到桌上手背上；笔杆碰在盆子碟子上叮当有声。我已经进入绘画之中了。

待我画完这幅《久待》，面对画面，尚觉满意，但总觉还有什么东西深藏画中。沉默的图画是无法把这东西"说"出来的。我着意地去想，不觉拿起钢笔，顺手把一句话写在稿纸上：

"人生的大部分时间就像钓者那样守着一种美丽的空望。"

跟着，我就写了下去：

"期望没有句号。"

"美好的人生是始终坚守着最初的理想。"

"真正的爱情是始终恪守着最初的誓言。"

"爱比被爱幸福。"

于是，我又返回到文学中来。

我经常往返在文学与绘画之间，然而这是一种甜蜜的往返。

绘画是文学的梦

我曾经使用这个题目做过一次演讲，是在美国旧金山我的画展期间。我相信那一次大多数人没有弄懂我这个题目里边非常特殊的内涵。因为多数听众只是单纯对我的绘画有兴趣，抑或是我的文学读者。只有极少的人是专业人士。

我这个话题的题目听起来美，但内容却很专业，范围又很偏狭。它置身在绘画与文学两个专业之间，既非绘画的中心，又非文学的腹地。我身在两个巨大高原中间一个深邃的峡谷里。站在高原上的人无法理解我独有的感受。但我偏偏时常在这个空间里自由自在地游弋；我很孤独，也满足。现在，我就来挖掘这个空间中深藏的意义。

我之所以说"绘画是文学的梦"，而不说"文学是绘画的梦"，正表示我是站在文学的立场上来谈绘画的。一句话，我是表达一个写作人（古代称文人）的绘画观。

一

文人在写作时，使用单一的黑墨水，没有色彩，色彩都包含在字里行间；而且，他们是通过抽象的文字符号来表达心中的想象与形象。这时，文字的使命是千方百计唤起读者形象的联想，唤起读者的画面感，设法叫读者"看见"作家所描述的一切，也就是契诃夫所说的"文学就是要立即生出形象"。但是这是件很难的事。怎么才能唤起读者心中的画面？这是一个大题目，我会另写一篇大文章，来描述不同作家文字的可视性。而此时此刻，另一种艺术一定令写作人十分地向往和崇尚——这就是绘画。

所以我说，人为了看见自己的内心才画画。

我相信古代文人大都是为此才拿起画笔的。

但是，一旦拿起笔来，西方与东方却大不相同。

对西方人来说，绘画与写作的工具从来不是一种。他们用钢笔和墨水写作，用油画颜料与棕毛笔作画。如果西方的写作人想画画，他起码先要学会把握工具性能的技术和方法。尽管普希金、歌德、萨克雷、雨果等都画得一手好画，但毕竟是凤毛麟角。在西方人眼中，他们属于跨专业的全才。

可是在古代东方，绘画与写作使用的同样是纸笔墨砚。对于一个东方的写作人，只要桌有块纸，砚中余墨，便可乘兴涂抹一番。自从宋代的苏轼、米芾、文同等几位大文人挥手作画之后，文人们的亦诗亦画成了一种文化时尚。乃至元代，文人们在画坛集体登场，幡然一改唐宋数百年来院体派和纯画家的面貌，展现出前所未有的文人画风光奇妙的全新景观。

我对明人董其昌、莫是龙、孙继儒等关于文人画和"南北宗"的理论没有兴趣，我最关心的是究竟文人画给绘画带来什么。如果从表面看，可能是令人耳目一新的笔墨情趣、技术效果，还有在院体派画家笔下绝对看不到的将文字大片大片写到画面上的形式感。但文人画的意义绝不止于这些！进而再看，可能是文学手段的使用。比如象征、比喻、夸张、拟人。应该说，正是由于从文学那里借用了这些手段，才确立了中国画高超的追求"神似"的造型原则。但文人画的意义也不止于此！

文人画的意义主要是两个方面：

一是意境的追求。意境这两个字非常值得琢磨。依我看，境就是绘画所创造的可视的空间，意就是深刻的意味，也就是文学性。意境，就是把深邃的文学的意味，放到可视的空间中去。意境二字，正是对绘画与文学相融合的高度概括。应该说，正是由于学养渊深的文人进入绘画，才为绘画带进去千般意味和万种情怀。

二是心灵的再现。由于写作人介入绘画，自然会对笔墨有了与文字一样的要求，就是自我的表现。所谓"喜气与兰，怒气与竹"，"逸笔草草，不求形似，聊发胸中之逸气耳"，都表明了写作人要用绘画直接表达他们主观的情感、心绪与性灵。于是个性化和心灵化便成了文人画的本质。

绘画的功能就穿过了视觉享受的层面，而进入丰富与敏感的心灵世界。

如果我们将马远、夏圭、范宽、许道宁、郭熙、刘松年这些院体派画家放在一起，再把徐渭、梅清、倪瓒、金农、朱耷、石涛这些文人画家放在一起，相互对照和比较，就会对文人画的精神实质一目了然。前者相互的区别是风格，后者相互的区别是个性；前者是文本，后者是人本。

在中国绘画史上，文人画兴起不久，便很快成为主流。这是西方所没有的。正为此，中国画最终形成了自己独有的艺术体系与文化体系。过去我们常用南北朝谢赫的"六法论"来表述中国画的特征，这其实是很荒谬的。在南北朝时期，中国画尚处在雏形阶段；中国画的真正成熟，是在文人画成为主流之后。

因为，文人画使中国画文人化。

文人化是中国画的本质。

在绘画之中，文人化致使文学与绘画的结合；在绘画之外，则是写作人与画家身份的合二为一。

西方的写作人作画，被看作一种跨专业的全才；中国文人的"琴棋书画，触类旁通"，则是理所当然的。因而中国人常把那种技术高而文化浅的画家贬为画匠。

这是中国画一个很重要的传统。

然而，这个传统在近百年却悄悄地瓦解了。其中最重要的原因，是书写工具的西方化。我们用钢笔代替了毛笔。这样一来，写作人就离开了原先的纸笔墨砚；绘画的世界与写作人渐渐脱离，日子一久竟有了天壤之别。当然，从深远的背景来说，西方的解析性思维一点点在代替着东方人包容性的思维。西方人明晰的社会分工方式，逐渐取代了东方人的兼容并蓄与触类旁通。于是，近百年的画坛景观是文人的撤离。不管这样是耶非耶，但这是一种被人忽略的画坛史实。这个史实使得近百年的中国画非文人化了。

正因为非文人化的出现，才有近十年来颇为红火的"新文人画"

运动。但新文人画并非写作人重新返回画坛，而是纯画家们对古代文人画的一种形式上的向往。

二

我本人属于一个另类。

我在写作之前画了十五年的画。我的工作是摹制古画，主要是摹制宋代院体派的作品。恰恰不是文人画。

平山郁夫曾一语道出我有过"宋画的磨炼"，这说明他很有眼光。我的画里没有黄公望与石涛的基因，只有郭熙与马远的影子。正像我的小说没有昆德拉和塞林格，只有巴尔扎克、屠格涅夫、蒲松龄、冯梦龙、鲁迅，还间接有一点马尔克斯。

我自七十年代末与绘画分手，走上文坛，成为第一批"伤痕文学"作家。在八十年代，我几乎把绘画忘掉。那时，我曾经在《文艺报》上发表过一篇文章叫作《命运的驱使》，写我如何受时代责任所迫而从画坛跨入文坛。但当时，人们都关心我的小说，没人关心我的画。我的脑袋里也拥满了那一代人千奇百怪的命运与形象。就这样，我无名指上那个常年被画笔的笔杆磨出的硬茧也不知不觉地消退了。

到了九十年代初期，我重新思考自己下一步的创作道路，陷入苦闷。在又困惑又焦灼的那一段时间里，无意中拿起画笔，只想回到久别的笔墨天地里走一走。忽然我惊呆了。我不是发现了久违的过去，而是发现了从未见过的世界。因为，我发现心灵竟然可以如此逼真并可视地呈现在自己的面前。

但是，现在来认识自己，我并没有什么重大突破和发现，我只不过又回到文人画的传统里罢了。

三

我与古代一般的文人不同的是，我写过大量的小说。每篇小说都有许多人物。小说家总是要进入他笔下每一个人物的心中。就像演员进入角色，体验不同情境中特定的情感与心境。我相信任何小说家的内心都是巨大的情感仓库。他们对情感的千差万别都有精确入微的感受。比如感伤，还有伤感、忧虑、忧郁、忧愁、愁闷、惆怅等，它们的内涵、分量、给人的感觉，都是全然不同的。它们不是全可以化为画面吗？一旦转为画面，相互便会大相径庭。

我现在作画，已经与我二十年前作为一个纯画家作画完全不同了。以前我是站在纯画家的立场上作画，现在我是从写作人的立场出发来作画。

尽管现在，我作画中也有愉悦感，但我不是为自娱而画。绘画对于我，起码是一种情感方式或生命方式。我的感受告诉我，世界上有一些东西是只能写不能画的，还有一些东西是只能画不能写的。比如，我对"三寸金莲"的文化批判，无法以画为之；比如，我在《思绪的层次》中对大脑的思辨中那种纵横交错、混沌又清明的无限美妙的状态，只有用画面才能呈现。

尽管我对画面上水墨的感觉，对肌理效果，对色彩关系的要求，也很严格甚至苛刻，但这一切都像我的文字，必须服从我的心灵，而不是为了水墨或肌理本身。

我之所以这么注重心灵，还是写作人的观念。因为文学最高的职责是挖掘心灵。

四

关于绘画的文学性。我明确地不把诗作为追求目的。

绘画是静止的瞬间，是瞬间的静止与概括；诗用一滴海水来表现整个大海，诗是在"点"上深化与升华。所以诗与画最容易结合。在古人中，最早这样做的是王维。故此苏轼说"味摩诘之诗，诗中有画；观摩诘之画，画中有诗"。诗是中国绘画与文学的结合点与交融点。

但我不是诗人，我写散文。我的散文非常强烈地追求画面感，那么我也希望我的画散文化。尤其是对于现代人，更接近于散文而不是诗。

散文与诗的不同是，散文是一段一段，是线性的。但线性的描述可以一点点地深化情感和深化意境，同时使绘画的意境具有可叙述性。诗的意境是静止的。散文的意境是一个线性的过程。但这不是我创造的，最初给我启发的是林风眠先生，林风眠先生的画就是散文化的，还有东山魁夷的画。

说到这里，我应该承认，我的画不是纯画家的画，我在当今应是一个"另类"。应该说，在写作人基本撤离画坛的时代，我反方向地返回去，皈依文人画的传统。我愿意接受平山郁夫对我的评价，我是一种"现代文人画"。

五

现在我从梦里醒来，回到很现实的一个问题里。

今年一次在北京参加会议，忽然接到一个电话，声称是我的铁杆读者，心里憋口气，想骂骂我，为此他喝了两大杯酒，酒劲儿上头，乘兴把电话打来。我便笑道："你想说什么，尽管说吧。批评也好，骂也无妨，都没关系。"

他被酒扰昏了头，有的话来来回回说了好几遍。我却听明白了，他说我亦文亦画，又投入城市文化保护，又搞民间文化遗产抢救工程。他说："你简直是浪费自己。除去写小说，那些事都不是你干的！不写小说还称得上什么作家！你对读者不负责！"他挺粗的呼吸通过电话线阵阵撞在我的耳膜上。我只支应着，笑着，一再表示接受他的意见。我没做任何表白，因为此时不是交流的时候。

我常常遇到这样的读者，他们对我不满。怎么办？

不久前，我为既是作家又是画家的雨果写了一篇文章，叫作《神奇的左手》。里边有几句话，正是我想对我的读者说的：

"你看到过雨果、歌德、萨克雷等人的绘画吗？只有认真地读他们的书又读他们的画，你才能更整体和深刻地了解他们的心灵。我所说的了解，不是指他们的才能，而是他们的心灵。"

理性的境界

是日，做纯理性思考。思考乃一奇妙的境界。各种思维线索，有如大地江河，往来奔突，纵横交错，看上去如同乱网，实则源流有序，泾渭分明。于是一时思得心头大畅，抬手由笔筒取长锋羊毫一支，正巧砚池有墨，案桌有纸，遂将笔锋饱浸墨汁。笔随手，手随心，心无所想，更无形象，落纸却长长舒展出一根枝条来。这好似春风吹树，生机勃发，转瞬就又软又韧伸出这好长好鲜的一条呵。

一枝既出，复一枝顺势而来。由何而来，我且不管。反正腕下如行云流水，漫泻轻扬，无所阻碍。枝枝不绝，铺向满纸。不知不觉间，已浸入并尽享一种自我的丰富之中了。

然而行笔之间，渐渐有种异样的感觉。这一条条运行在纸上的墨线，多么像刚才那思维的轨迹？

有时，一条线飘逸流泻，空游无依，自由自在，真好比一种神思在随意发挥；有时，笔生艰涩，腕中较劲，线条顿挫有力，蹿枝拔节，酷似思维的层层深入；有时，笔锋疾转，陡生意外，莫不是心中腾起新的灵感？于是，真如树分两枝，一条线化成两条线，各自扬长而去，纸上的境界为之一变。

这枝条居然都成了我思维的显影。

一大片修长的枝条好似向阳生长，朝着斜上方拥去；那里却有几条劲枝逆向而下，带着一股生气与锐意，把这片丰繁而弥漫的枝丫席卷回来。思维的世界本无定式，就看哪股力量更具生命的本质。往往一枝夺目出现，顿时满树没入迷茫。而常常又在一团参差交错、乱无头绪的枝丫中，会发现一个空洞似的空间，从中隐隐透着蒙蒙的微明。这可不是一处空白，仔细看去，那里边已经有了淡淡的优雅的一枝，它多么像一声清明又鲜活的召唤！

我明白了，原来这满纸枝条，本来就是我此刻思维的图像。我第一次看见了自己的理性世界。在这往复穿插、层层叠叠的立体空间里，无数优美的思维轨迹，无数勇气的涉入与艰涩的进取，无数灵性的神来之笔，无数深邃幽远的间隙，无比地丰富、神奇、迷人！这原来都是我们的思维创造的。理性世界原来并不完全是逻辑的、界定的、归纳的、简化的；它原来比生命天地更充溢着强者的对抗，新旧的更替，生动的兴衰与枯荣；它还比感情世界更加变化无穷，流动不已，灿烂多姿和充满了创造。

我停住笔，惊讶于自己画了这样一幅没有感情色彩却使自己深深感动的画。原来人类的理性思考才是一个至美的境界。此外，大千万象，人间万物，谁能比之？

文人的书法

文人书法的历史要比文人画的历史长。

文人用毛笔、墨和宣纸写文章，很容易就对书写的审美有了兴趣。书法的艺术便蕴于其中。

文人以文章抒发心志，其书法天生具有挥洒情感、一任心灵的性质，故此文人书法是以个性为其特征。文人性格彼此迥异，有一千个擅长书法的文人，就有一千个相去千里的书法面貌。故此文人书法风格都不是刻意追求的。

但是，在篆隶时代，字体规范严格，限制了个性的发挥，文人书法未能形成。到了行草时代，字体走向自由，张扬个性的文人书法便应运而生。此后文人书家所写的篆隶，也就融进了个人的意蕴与性情。

文人的书法，向例是不拘法矩。情之所至，笔墨奋发。文字原本是表达与宣泄心灵的工具。工具缘何反过来要限制心灵？故此文人进入书法，天地突然豁朗；一无牵绊，万境俱开。

同时，文人不屑于书写别人的话语。言必己出，乃是书法之根本。每每心有难耐之语，或有灵性之句，捉笔展纸，书写出来。笔笔自然都是发自性灵的心迹，字字都是情感乃至情绪的形态。这样的书法，才是有魂的艺术。

　　历史地看，文人涉入书法，乃是文化的注入。于是，翰墨的世界，不仅奇花异卉争相开放，书法的底蕴更是走向雄厚深邃。但如今，文人著书立说的工具已经改成钢笔和圆珠笔，很多文人撤离书坛，亦文亦书者毕竟不多，文人书法该向何处去？我以为，文人书法已然历史地落到书家身上。

　　然而今之书家，是否亦有这般所思所想？

我的书法生活

我有两间工作室。一间书房，一间画室，屋门对开。写作间偶有妙思，或是佳句，旋即出书房，入画室，展白宣，运长锋，一挥而就，书法生矣！

笔墨是我的心灵器具。我不为书法而写，只为心灵而书。我的书法亦我的写作。还有一半是对笔墨美的崇尚。

故而，我从不临帖，但我读帖。我把古人当作崇高的朋友。我在与他们的神交之中，细品他们的品格、气质与精神。我不会照猫画虎地去"克隆"他们的一招一式。我以被人看出我师从何处为羞。我的书法只听命于我的精神情感。

倘有朋友约我书法，我不会提笔就写，立等就取。心无美文，情无所至，不会动笔。故而只是记住此事，慢慢等待内心的潮汐。倘若潮水忽来，笔墨随之卷入，辄必有一幅得意的书法赠予友人。

我把书法作为一己的心灵生活。故而，不喜欢别人的逼迫与勉强，不喜欢书写那种无关痛痒的名人留言；更不喜欢当众挥毫表演，似有江湖卖艺的感觉。

我不会天天不停地写，甚至一连写上三幅就会感到厌倦。我喜欢与书法的关系是一种不期而遇。那一瞬，我们彼此都会惊奇，充满新鲜与兴奋。笔与墨，一边让我熟悉，一边给我意外。只有此时，我才会感到笔墨也是有生命的。笔墨的性格是一半顺从，一半逆反；一半清醒，一半烂醉。我们的艺术创造，不是一半来自笔墨的自我发挥吗？

甲子之年，我写了一首诗，实际上是写了我的艺术观：

> 笔墨伴我一甲子，谁言劳心又劳神，
>
> 墨自含情也含爱，笔乃有骨亦有魂，
>
> 如烟岁月笔下挽，似水时光墨中存，
>
> 我书我画我文章，笔墨处处皆我人。

此诗写过，欲言尽之。

行间笔墨

在终日四处的奔波中，常常不能拒绝的事便是应人家请求，提起毛笔写几句话。想想看，人家盛情陪同，尽其所能地招待和照顾，而这些景物本来又都是自己切切关心的，待到告别之时，人家备好纸笔墨砚，请你留下"墨宝"，怎好把脸一板推掉？故而这些行间的笔墨大多在来去匆匆之间，凭着的是一时的情意与兴致，很是即兴。比方，在四川绵竹考察年画，被那里独有的"填水脚"所震惊。所谓"填水脚"，乃是每逢年根儿，画工们干完活要回去过年，顺手将颜料渣子混上水色，涂抹在印了线版的纸上。画工们人人都是才艺精绝，故而这些看似率意为之的几笔，很像中国画的大写意，立笔挥扫，神气飞扬。绵竹年画本来就像川剧，高亢辛辣，这"填水脚"更是将川地年画独有的地域气质发挥到极致。特别是绵竹年画博物馆中一对清代中期"填水脚"的门神，不过七八笔，人物跃然而生。我看得如醉如痴，不停地说："这简直是民间的八大！"

从博物馆出来，便被主人引入一间小室。桌上已摆上文房四宝。不用去想，心中已有两句话冒出来，挥笔先写道："土中大艺术"。这上一句写过，忽觉心中的下一句不甚好。下边一句应当更妙才是。此刻扭头看到窗台上有个剑南春的酒瓶。绵竹也是名酒剑南春的故乡。这一瞬，老天爷亲吻了我的脑门，妙语倏忽而至，接下去便写出来："纸上剑南春"。这一句叫主人高兴非常。

再一次更有趣的是在乐山。仰观大佛之后，在席间主人说："你总得留点纪念给我们。"我想，乐山大佛是天下佛窟中至美至上之宝，我已经是千里迢迢第二次来看大佛了，应当在这里留一幅字。有了这想法，却像得到神助那样，心中首先出现的两个字"大佛"，倒过来便是"佛大"，由是而下，一佳句油然而生——"佛大大于大佛"。下边还应有一句，自然想到"乐山"和"山乐"……于是两句绝妙好词装入胸中。待展纸书写之时，我对主人说，这幅字很难写。主人说为什么。我说其中两个字要重复两次，还有两个字要重复三次。便是：

佛大大于大佛
山乐乐似乐山

待写过这幅，放下笔一看，居然竖着读奇妙，横着读也通也奇妙，更觉得这两句不是自己脑袋想出来的，好像谁告诉我的。此种乐趣，还有谁知？

这行间的笔墨并非总是灵感迭出，若有神助。有时人马劳顿，情思壅滞，而文人书法偏偏要"言必己出"，又不能落笔平庸，往往就被盛情的主人逼入绝境。逢到此时，只好请主人留下姓名地址，回去补写后再寄来，决不勉强自己。

即使是这样，也常常会留下遗憾。比如，前些天在如皋，参观水绘园。此园曾是文人学士会集之所，又是明代名姬董小宛栖隐之处。园中景物相映，玲珑曲折，气息幽雅，世称文人图。游园时，因景生情，因情生句，待主人相邀题字时，捉笔便写了"园如书卷可捲，景似画轴当垂"两句。主人颔首称好。可是自己心里总感觉有些不妥。题字，字比词更为重要。但是，词要思量，字须推敲，时间这样仓促，被人又请又拉，怎好从细斟酌？从水绘园出来后，坐在车上，把刚刚的题词放在心中来回一折腾，忽觉应该改两个字，应是：

园如书卷半捲
景似画轴长垂

这样才好，可惜已经晚了。那幅糟糕的字留在人家那里，自己却带着遗憾直至此刻此时。

再说两件得意的事。

一次在西南某地。一位主人为他的上级领导向我索字。这也是在各地常常碰到的事。但我的笔墨从不为人帮闲，遂写了一句：

心中百姓是神仙

我想此句如使他受用，当也使他受益。

再一次是在南通小狼山的广教寺。寺中方丈请我留下笔墨。小狼山为天下最小名山，虽然仅仅一百零八米，却有一座古庙和宋塔伫立峰尖。日日晨钟暮鼓，梵声散布万家。想到此处，因题道：

> 最小山头，
> 顶大佛界。

由于宣纸劲润，笔也凑手，写得水墨淋漓，极是酣畅。

方丈合掌行礼，表示满意与谢意。我却说，这句话也是为我自己写的。此我世间的追求是也。

因之可谓，行间笔墨，其乐无穷。

我与《清明上河图》的故事

　　冥冥中我感觉《清明上河图》和我有一种缘分。这大约来自初识它时给我的震撼。一个画家敢于把一个城市画下来，我想古今中外唯有这位宋人张择端。而且它无比精确和传神，庞博和深厚，他连街头上发情的驴、打盹的人和犄角旮旯的茅厕也全都收入画中！当时我二十出头，气盛胆大，不知天高地厚，居然发誓要把它临摹下来。

　　临摹是学习中国画笔墨技术的一种传统。我的一位老师惠孝同先生是湖社的画师，也是位书画的大藏家，私藏中不少国宝；他住在北京王府井的大甜水井胡同。我上中学时逢到假期就跑到他家临摹古画。惠老师待我情同慈父，像郭熙的《寒林图》和王诜的《渔村小雪图》这些绝世珍品，都肯拿出来，叫我临摹真迹。临摹原作与印刷品是截然不同的，原作带着画家的生命气息，印刷品却平面呆板，徒具其形——此中的道理暂且不说。然而，临摹《清明上河图》是无法面对原作的，这幅画藏在故宫，只能一次次坐火车到北京故宫博物院的绘画馆去看，常常一看就是两三天，随即带着读画时新鲜的感受跑回来伏案临摹印刷品。然而故宫博物院也不是总展出这幅画。常常是一趟趟白跑腿，乘兴而去，败兴而归。

我初次临摹是失败的。我自以为习画从宋人院体派入手，《清明上河图》上的山石树木和城池楼阁都是我熟悉的画法，但动手临摹才知道画中大量的民居、人物、舟车、店铺、家具、风俗杂物和生活百器的画法，在别人画里不曾见过。它既是写意，也是工笔，洗练又精准，活脱脱活灵活现，这全是张择端独自的笔法。画家的个性愈强，愈难临摹，而且张择端用的笔是秃锋，行笔时还有些"战笔"，苍劲生动，又有韵致，仿效起来却十分之难。偏偏在临摹时，我选择从画中最复杂的一段——虹桥入手，以为拿下这一环节，便可包揽全卷。谁料这不足两尺的画面上竟拥挤着上百个人物。各人各态，小不及寸，手脚如同米粒。相互交错，彼此遮翳；倘若错位，哪怕差之分毫，也会乱了一片。这一切只有经过临摹，才明白其中无比的高超。于是画过了虹桥这一段，我便搁下笔，一时真有放弃的念头。

我被这幅画打败！

重新燃起临摹《清明上河图》的决心，是在"文革"期间。一是因为那时候除去政治斗争，别无他事，天天有大把的时间；二是我已做好充分准备。先自制一个玻璃台面的小桌，下置台灯。把用硫酸纸勾描下来的白描全图铺在玻璃上，上边敷绢，电灯一开，画面清晰地照在绢上，这样再对照印刷品临摹就不会错位了。至于秃笔，我琢磨出一个好办法，用火柴吹灭后的余烬烧去锋毫的虚尖，这种人造秃笔画出来的线条，竟然像历时久矣的老笔一样苍劲。同时对《清明上河图》的技法悉心揣摩，直到有了把握，才拉开阵势，再次临摹。从卷尾始，由左向右，一路下来，愈画愈顺，感觉自己的画笔随同张择端穿街入巷，游逛百店，待走出城门，自由自在地徜徉在那人群中……看来完成这幅巨画的临摹应无问题。可是忽然出了件意外的事——

一天，我的邻居引来一位美籍华人说要看画。据说这位来访者是位作家。我当时还没有从事文学，对作家心怀神秘又景仰，遂将临摹中的《清明上河图》抻开给她看。画幅太长，画面低垂，我正想放在桌上，谁料她突然跪下来看，那种虔诚之态，如面对上帝，使我大吃一惊。像我这样的在计划经济中长大的人，根本不知市场生活的种种作秀。当她说如果她有这样一幅画，就会什么也不要。我被深深打动，以为真的遇到艺术上的知己和知音，当即说我给你画一幅吧。她听了，那表情，好似到了天堂。

艺术的动力常常是被感动。于是我放下手中画了一小半的《清明上河图》，第二天就去买绢和裁绢，用红茶兑上胶矾，一遍遍把绢染黄染旧，再在屋中架起竹竿，系上麻绳，那条五米多长的金黄的长绢，便折来折去晾在我小小房间的半空中。我由于对这幅画临摹得正是得心应手，画起来很流畅对自己也很满意。天天白日上班，夜里临摹，直至更深夜半。嘴里嚼着馒头咸菜，却把心里的劲儿全给了这幅画。那年我三十二岁，精力充沛，一口气干下去，到了完成那日，便和妻子买了一瓶通化的红葡萄酒庆祝一番，掐指一算居然用一年零三个月！

此间，那位美籍华人不断来信，说尽好话，尤其那句"恨不得一步就跨到中国来"，叫我依然感动，期待着尽快把画给她。但不久唐山大地震来了，我家被毁，墙倒屋塌，一家人差点被埋在里边。人爬出来后，心里犹然惦着那画。地震后的几天，我钻进废墟寻找衣服和被褥时，冒险将它挖出来。所幸的是我一直把它放在一个细长的装饼干的铁筒里，又搁在书桌抽屉最下一层，故而完好无损。这画随我又一起逃过一劫。这画与我是一般寻常关系吗？

此后，一些朋友看了这幅无比繁复的巨画，劝我不要给那位美籍华人。我执意说："答应人家了，哪能说了不算？"

待到一九七八年，那美籍华人来到中国，从我手中拿过这幅画的一瞬，我真有点舍不得。我觉得她是从我心里拿走的。她大概看出我的感受，说她一定请专业摄影师拍一套照片给我。此后，她来信说这幅画已镶在她家纽约曼哈顿第五大街客厅的墙上，还是请华盛顿一家博物馆制作的镜框呢。信中夹了几张这幅画的照片，却是用傻瓜相机拍的，光线很暗，而且也不完整。

一九八五年我赴美参加艾奥瓦国际笔会，中间抽暇去纽约，去看她，也看我的画。我的画的确堂而皇之被镶在一个巨大又讲究的镜框里，内装暗灯，柔和的光照在画中那神态各异的五百多个人物的身上。每个人物我都熟悉，好似"熟人"。虽是临摹，却觉得像是自己画的。我对她说别忘了给一套照片做纪念。但她说这幅画被固定在镜框内，无法再取下拍照了。属于她的，她全有了；属于我的，一点也没有。那时，中国的画家还不懂得画可以卖钱，无论求画与送画，全凭情意。一时我有被掠夺的感觉，而且被掠得空空荡荡。它毕竟是我年轻生命中一年零三个月换来的！

现在我手里还有小半卷未完成的《清明上河图》，在我中断这幅而去画了那幅之后，已经没有力量再继续这幅画了。我天性不喜欢重复，而临摹这幅画又是太浩大、太累人的工程。况且此时我已走上文坛，我心中的血都化为文字了。

写到这里，一定有人说，你很笨，叫人弄走这样一幅大画！

我想说，受骗多半缘自一种信任或感动。但是世上最美好的东西不也来自信任和感动吗？你说应该守住它，还是放弃它？

我写过一句话：每受过一次骗，就会感受一次自己身上人性的美好与纯真。

这便是《清明上河图》与我的故事。

远方诗意

把大自然与人融为一体的是音乐与歌。所以，每当我听到阿尔卑斯山山民在歌声中那种"哎嗨——哟"的呼叫，我立刻会感到耀眼的雪山和开阔的山谷就在眼前，清新的山风还无限快意地扑在我的脸上。

奥地利的象征是什么？

任何国家都有一个或几个象征物。除去国旗、国徽、首都，这象征可能是一个建筑，一个纪念，一个文化符号，或者一种动物或植物。愈是历史悠久、文化丰富的国家，象征物愈多。比如中国的长城、天安门、阴阳八卦、龙和瓷器等等。这象征必是这个国家独自拥有、众所皆知、深具魅力、广泛认同的，那么奥地利的象征是什么？

它的斯蒂芬教堂虽然古老雄伟，但比不上德国科隆大教堂气壮如山；它的美泉宫高贵华美，但也比不上法国的凡尔赛宫更大、更繁复、更极尽奢华之能事。阿尔卑斯山上扎着颈铃的大牛为当地山民所自豪，但荷兰奶牛岂不一样的健硕和壮美？并且都不如澳大利亚的袋鼠与中国的熊猫更驰名天下。什么是奥地利所独有并且深刻迷人的呢？

一次与几位朋友在上奥州史比斯镇的小饭店便餐。人很多，又多是外国游客。有位小个子的奥地利人喝酒喝得兴奋，唱起歌来，跟着就有人随声附和，渐渐大家合唱起来，唱到兴头就跳舞，这是奥地利人的方式。许多外国旅游者也加入进来，又笑又唱又拍手，但他们不会这些歌曲，不免牵强附会。跳舞就更难了，扭来扭去，跟不上变化和节奏，显得笨手笨脚。那位小个子、好客的奥地利人灵机一动，变了歌曲，高声唱起《蓝色多瑙河》来。顿时，所有的人，不管国籍和肤色，全都同声合唱，并随同节拍，跳起优美流畅的华尔兹舞。满场兴高采烈，情绪高涨，腿脚利索，眉目传情，旋转如风，热烈的气氛似要掀去屋顶。我忽然感到《蓝色多瑙河》的伟大，奥地利人用这支曲子沟通了世界。

在维也纳，有两处天天专门演奏施特劳斯音乐的地方。一处在多瑙河边，停着一艘船。这艘船永不会开走，船舱是咖啡厅，甲板是乐池；一支轻音乐队每天定点在这里演奏施特劳斯的音乐。船头上立着一尊在维也纳人心目中像英雄一样的"圆舞曲之王"的铜塑像，这艘船就叫"施特劳斯号"。人们边饮边听，还可以欣赏两岸风光，倘若从舷窗探头俯望，多瑙河蓝色的波浪在依依漾动和粼粼闪光……另一处是市中心附近的施特劳斯公园。这座公园内，茂林繁花，绿茵清池，还有飞鸟与水禽，极是幽雅。公园一角，有一个音乐茶座很有名。它设在一片阔地上，摆满粉红色椅子和白色圆座，在公园浓郁的绿色中十分悦眼。中央是一座圆顶石亭，爬满青藤密密的绿叶，快把它包严。这里也有一支小型管弦乐队，大约二十余人，坐在亭中，天天为游人演奏施特劳斯那些叫人永不生厌的名曲。中间还有俊男秀女表演地道的华尔兹舞。每场演出的高潮都是《蓝色多瑙河》奏响的时候，听众与游人总是激动难耐，离开座席，捉对起舞。

不单在维也纳，你走遍奥地利，无论在闹市街头、酒吧餐馆，还是偏僻小镇、古巷深处，总会不期而遇地听到这支使人心醉的乐曲。

你甚至不知它是从哪里传来的。这美妙的精灵在奥地利无所不在。只要一听到它，你就会觉得四周那奥地利所特有的山川风物，原本都是它的化身。你会不知不觉把这音乐融入所有见闻，并因之长久地着了魔似的嵌入记忆。

一次，我在维也纳戒指路上观赏那些古老皇城，心为美景所动，情不自禁哼哼几句《蓝色多瑙河》的旋律，此时一位奥地利中年人正走过身边，他眼一亮，眉毛一挑，对我口中的旋律表示会意，也表示高兴、赞许与得意。因为这乐曲是他们过去、现在与将来永远为之骄傲的，这乐曲把他们心灵中的美感发挥到极致，这乐曲就是他们民族的精魂。

一支乐曲是一个国家的象征，只有奥地利，因为他们有施特劳斯，他们是音乐之国。

维也纳春天的三个画面

你一听到青春少女这几个字，是不是立刻想到纯洁、美丽、天真和朝气？如果是这样你就错了！你对青春的印象只是一种未做深入体验的大略的概念而已。青春，它是包含着不同阶段的异常丰富的生命过程。一个女孩子的十四岁、十六岁、十八岁——无论她外在的给人的感觉，还是内在的自我感觉，都绝不相同。就像春天，它的三月、四月和五月是完全不同的三个画面。你能从自己对春天的记忆里找出三个画面吗？

我有这三个画面。它不是来自我的故乡故土，而是在遥远的维也纳三次旅行中的画面定格，它们可绝非一般！在这个用音乐来召唤和描述春天的城市里，春天来得特别充分、特别细致、特别蓬勃，甚至特别震撼。我先说五月，再说三月，最后说四月，它们各有一次叫我的心灵感到过震动，并留下一个永远具有震撼力的画面。

五月的维也纳，到处花团锦簇，春意正浓。我到城市远郊的山顶上游玩，当晚被山上热情的朋友留下，住在一间简朴的乡村木屋里，窗子也是厚厚的木板。睡觉前我故意不关严窗子，好闻到外边森林的气味，这样一整夜就像睡在大森林里。转天醒来时，屋内竟大亮，谁打开的窗子？正诧异着，忽见窗前一束艳红艳红的玫瑰。谁放在那里的？走过去一看，呀，我怔住了，原来夜间窗外新生的一枝缀满花朵的红玫瑰，趁我熟睡时，一点点将窗子顶开，伸进屋来！它沾满露水，喷溢浓香，光彩照人；它怕吵醒我，竟然悄无声息地又如此辉煌地进来了！你说，世界上还有哪一个春天的画面更能如此震动人心？

那么，三月的维也纳呢？

这季节的维也纳一片空蒙。阳光还没有除净残雪，绿色显得分外吝啬。我在多瑙河边散步，从河口那边吹来的凉丝丝的风，偶尔会感到一点春的气息。此时的季节，就凭着这些许的春的泄露，给人以无限期望。我无意中扭头一瞥，看见了一个无论多么富于想象力的人也难以想象得出的画面——

几个姑娘站在岸边，她们正在一齐向着河口那边伸长脖颈，眯缝着眼，噘着芬芳的小嘴，亲吻着从河面上吹来的捎来春天的风！她们做得那么投入、倾心、陶醉、神圣，风把她们的头发、围巾和长长衣裙吹向斜后方，波浪似的飘动着。远看就像一件伟大的雕塑。这简直就是那些为人们带来春天的仙女啊！谁能想到用心灵的吻去迎接春天？你说，还有哪个春天的画面，比这更迷人、更诗意、更浪漫、更震撼？

我心中的画廊里，已经挂着维也纳三月和五月两幅春天的图画。这次恰好在四月里再次访维也纳，我暗下决心，无论如何也要找到属于四月这季节的同样强烈动人的春天杰作。

开头几天，四月的维也纳真令我失望。此时的春天似乎只是绿色连着绿色。大片大片的草地上，没有五月那无所不在的明媚的小花。没有花的绿地是寂寞的。我对驾着车一同外出的留学生小吕说：

"四月的维也纳可真乏味！绿色到处泛滥，见不到花儿，下次再来非躲开四月不可！"

小吕听了，就把车子停住，叫我下车，把我领到路边一片非常开阔的草地上，然后让我蹲下来扒开草好好看看。我用手拨开草一看，大吃一惊：原来青草下边藏了满满一层花儿，白的、黄的、紫的，纯洁、娇小、鲜亮，这么多、这么密、这么辽阔！它们比青草只矮几厘米，躲在草下边，好像只要一努劲，就会齐刷刷地全冒出来……

"得要多少天才能冒出来？"我问。

"也许过几天，也许就在明天。"小吕笑道，"四月的维也纳可说不准，一天换一个样儿。"

可是，当夜冷风冷雨，接连几天时下时停，太阳一直没露面儿。我很快就要离开这里去意大利了，便对小吕说：

"这次看不到草地上那些花儿了，真有点遗憾呢，我想它们刚冒出来时肯定很壮观。"

小吕驾着车没说话，大概也有些怏怏然吧。外边毛毛雨点把车窗遮得像拉了一道纱帘。可车子开出去十几分钟，小吕忽对我说："你看窗外——"隔过雨窗，看不清外边，但窗外的颜色明显地变了：白色、黄色、紫色，在窗上流动。小吕停了车，手伸过来，一推我这边的车门，未等我弄明白是怎么回事，便说：

"去看吧——你的花！"

迎着细密地、凉凉地吹在我脸上的雨点，我看到的竟是一片花的原野。这正是前几天那片千千万万朵花儿藏身的草地，此刻一下子全冒出来，顿时改天换地，整个世界铺满全新的色彩。虽然远处大片大片的花已经与蒙蒙细雨融在一起，低头却能清晰看到每一朵小花，在冷雨中都像英雄那样傲然挺立，明亮夺目，神气十足。我惊奇地想：它们为什么不是在温暖的阳光下冒出来，偏偏在冷风冷雨中拔地而起？小小的花居然有此气魄！四月的维也纳忽然叫我明白了生命的意味是什么？是——勇气！

这两个普通又非凡的字眼，又一次叫我怦然感到心头一震。这一震，便使眼前的景象定格，成为四月春天独有的壮丽的图画，并终于被我找到了。

拥有了这三幅画面，我自信拥有了春天，也懂得了春天。

维也纳森林的故事

维也纳人的骄傲与福气之一，是他们生活在层层叠叠的绿色包围之中。森林不单是维也纳人度假游玩的去处，平日黄昏人们也常常驱车到城市东北角的卡伦堡山上，敞开肺叶，张开嘴巴，大口吸吮林海散发出来的清新、湿润、凉意和充沛的氧气。放眼远眺，绿海无边，每一棵树都是一朵绿色的浪花，多少树才汇成这海一样无边无际的森林？维也纳人整天眼睛被城市的奇光异彩所眩惑，此刻觉得绿色真是一种净化眼睛和心灵的颜色。

所以，维也纳人喜欢绿色。绿色的家具、窗帘、墙壁、器皿都是常见的。盐溪湖一带专门烧制一种带有绿色条纹的陶瓷，是奥地利最富特色的民间工艺之一。这里的男人还爱穿绿色西服，打绿色领带，就像温暖的澳大利亚的男人们爱穿淡红色的衬衫一样。

世人只知道这片森林受益于施特劳斯的名曲《维也纳森林的故事》而名扬天下，引来千千万万旅游者，为这座城市赢得外汇，哪里知道维也纳人与这片森林生命攸关，互惠互助，相依相存，因而才给了那位"圆舞曲之王"以创作的灵感、冲动和深情。

维也纳森林到底有多大？有人说面积四十平方公里，有人说方圆百里。其实这个被称作"森林王国"的奥地利，拥有三百七十万公顷森林，整个国家土地的百分之四十四被森林所覆盖。处处森林相连，谁能找到这维也纳森林的边缘？

一出城市，到处是这样的景色：向阳的山坡上，林色鲜翠；背阳的山坡上，森森然像一片埋伏在那里披甲戴盔的兵阵。森林之间是大片大片的开满鲜花的牧草，很难看见土的颜色。维也纳森林是指维也纳城市近郊一带，地势最高不过海拔四百米，很少针叶树，多为阔叶林，榆槐桉桐等数十种树木，交相混杂，每逢春至，树上开花，小鸟欢叫，各种野生小动物奔跃其间。这感觉与南部蒂罗尔州那种高山峻岭，松柏参天，雪溪喷泻，全然两样。这里的森林清新柔和，温文尔雅，倒与维也纳这个城市的味道更相调和。

森林不单使人赏心悦目，呼吸舒畅，排除烦恼，它还神奇地调节着气温。在维也纳，无论太阳怎样灼热，只要钻到树荫里便立刻清爽宜人。这感觉异常分明。"太阳地"和"阴凉地"，好似两个季节。中午与早晚，温差非常分明。即使炎夏时节，日落之后，空气会很快凉爽下来，维也纳人在夏天夜里也要盖被子睡觉，特别是一场雨后，天气如秋，气候多变，穿衣服跟不上变化。有时风起雨过，那等候公共汽车的人群，可谓千奇百怪。有的依然穿背心光膀子，有的已经穿上毛衣和皮夹克。此种奇观，很像中国北方的"二八月乱穿衣"，但这里却是"五六月乱穿衣"了。

我在游览维也纳郊外一座皇家猎宫时，骤然风雷交加，大雨疾降，忽见大片草地冒起浓浓白烟，林间更是烟雾飞扬，很是壮观。这种景象以前很少见到。导游告诉我，这是因为森林和草地吸收阳光的热量，冷雨一浇，顿成烟雾。我才深知森林与草地作用的非凡。

人在地球上繁衍生长，正是大自然万物相互调剂、相互受益、相互依存的结果。万物与环境共存亦共亡。恐龙正是环境改变而绝种。倘若人类无知，盲目而任意破坏自己的生存环境，将必是恐龙第二，那便只有等待外星人来，为灭绝的地球人类唏嘘叹息。

维也纳人明白，宜人的气候不只是上帝的恩赐，更由于祖祖辈辈对这种恩赐倍加珍爱。早在1852年奥地利就颁布了《森林法》，一百余年，沿用至今。这实际上就是严格的森林保护法，科学性与应用性结合得很完美。比如采伐，伐掉的那一片林木的空地，正是需要阳光射入、促使森林更好生长之处。所以，奥地利人从来不缺乏木材，也不缺乏绿色。

如果留心观察，还会发现维也纳人对房前屋后的草地就像对居室内的地毯一样爱惜。你很难发现一小块枯草。他们甚至不肯使用汽车里的空调，担心废气污染草木与空气。在这个百万人口的大城市里，无论何处，张目一看，总有鲜艳的花木在视野之内；放眼望去，空气透明，视线无阻，只要目力所及，那些远远站在楼顶上的一座座雕像的面孔，都能看得一清二楚，绝无尘烟障目……这样，各种各样的鸟儿就像在维也纳森林里一样，无忧无虑地生活在城市的千楼万宇中间。

一天黄昏，我在城市公园正兴致勃勃欣赏露天音乐会，忽然大厅顶上发出声声异样鸣叫，音调似猫，其声宏大。扭头望去，原来是一只大孔雀站在上面。孔雀是逞强好胜的飞禽，它要与乐队一比高低。

这引得欣赏音乐的人们都笑起来，但没有人驱赶孔雀，乐队更起劲儿地演奏，随后便是乐队与孔雀边奏边唱，奇妙至极。

还有比这表达大自然与人类和谐亲密关系的更美好的颂歌吗？这不正是《维也纳森林的故事》最动人的深层内涵吗？

维也纳生活圆舞曲

清早醒来，不睁开眼，尽量用耳朵来辨认天天叫醒我的这些家伙。单凭听力，我能准确地知道这些家伙所处的位置，是在窗前那株高大的七片叶树里边，还是远远地站在房脊和烟突上。当然，我不知道这些家伙的名字。我的家乡绝没有这么多种奇奇怪怪又美妙的叫声，我的城市里只有麻雀。

有一种叫声宛如花腔女高音，婉转、嘹亮、悠长，变化无穷，它怎么能唱出如此丰富而不重复的音调？后来我在十四区博物馆听鸟儿们的录音时，才知道这家伙名叫 AMSEL。它长得并不美。我在闭目倾听它的鸣唱时，把它想象得美若彩凤。其实它全身乌黑的羽毛，一个长长的黄嘴，好似一只小乌鸦叼着一支竹笛子。

我发现，闭上眼睛时，声音会变得特别清晰和富于形象。有一种叫声像是有人磕牙，另一种叫声好似老人叹息，声音沙哑又苍老，但它们总是在很远很远的地方。还有一种鸟叫得很像是猫叫。

一天，它一边叫，一边从我的窗前飞过。我幻觉中出现一只"飞的猫"。

一位奥国朋友称这种清晨时鸟儿们的合唱为"免费的音乐会"。参加这音乐会的还有远远近近教堂的钟声。我闭目时也能听出这些钟声来自哪座教堂。从远方传来的卡尔大教堂的钟声沉雄而又持久，来自后街上克罗利茨小教堂的钟声却清脆而透彻。小教堂钟声的加入，常常使这"免费音乐会"达到高潮。然而，每每在这个时候，从窗子里会溜进来一股什么花香钻进我的鼻孔。

五月里的维也纳是"花天下"。

家家户户挂在窗外的长方形的花盆全都鲜花盛开，绚烂的颜色好像是这些家庭喷发出来的。许多商店用彩色的花缠绕在门框上，穿过这门就如同走进花的巢穴。按照惯例，城市公园年年都用鲜花装置起一座大表，表针走得很准时，花儿组成的表盘年年都是全新的图案。今年，园艺家们别出心裁，还在公园东北角临街的一块高地上，用白玫瑰和冬青搭起一架芬芳的三角琴。于是，维也纳的灵魂——音乐与花，全叫它表达出来。

古城依旧的维也纳，也很难找到一条笔直的路。开车在这些弯弯曲曲又畅如流水的街道上跑着，两边的景物全像是突然冒出来的。或是一座宁静又精雅的房舍，或是几株像喷泉一样开满花朵的树，或是一座雕像……这是行驶在笔直的路上绝对没有的感受。而且，跑着跑着，很容易想起音乐来。在这个音乐之都中，最重要的并不是到处的音乐会，到处的音乐家雕像与故居，而是你随时随地都会无声地感受到音乐的存在。所以勃拉姆斯说："在维也纳散步可要小心，别踩着地上的音符。"

有人说，真正的维也纳的音乐并不在金色大厅或歌剧院，而是在城郊的小酒馆里。当然，卡伦堡山下的那些知名的小酒店的乐手过于迎合浅薄的旅游者的口味了。他们的音乐多少有点商业化。如果躲开这些旅游者跑到更远的一些乡村的"当年酒家"里坐一坐，便能够体会到真正的维也纳音乐。坐在长条的粗木凳上，一边饮着芳香四溢的当年酿造的葡萄酒——那种透明的发黏的纯紫色的葡萄酒更像是葡萄汁，一边咬着刚刚出炉、烫嘴、喷香而流油的烤猪排——那是一种差不多有二尺长很嫩的猪肋，忽然欢快的华尔兹在你耳边响起。扭头一看，一个满脸通红的老汉，满是硬胡楂的下巴夹着一把又小又老的提琴，在你身后起劲儿地拉着。他朝你挤着眼，希望你兴奋起来，尽快融入音乐。一条短尾巴的大黑狗已经围着他的双腿起劲儿地左转右转。整个酒店的目光都快活地抛向他。音乐，是撩动人们心情的"神仙的手指"。这才是维也纳灵魂之所在。

曾经疆土极其辽阔的奥匈帝国已然灰飞烟灭，它使得今天的奥地利人在心理上难以平衡。他们一边酸溜溜地感叹着往事不堪回首，一边又要矜持地守卫着昔日的高贵与尊严。这也是维也纳古城原貌得以保持的根由之一。至今，那些古老建筑依然刷着王公贵族所崇尚的牙黄色的涂料。奥地利人和意大利人在保护古城上的想法全然相反。意大利人绝对不把老墙刷新，让历史的沧桑感和岁月感斑斑驳驳地披在建筑上，他们为这种历史美陶醉和自豪，在罗马、佛罗伦萨、西耶那，连墙上的苔藓也不肯清除掉；但在奥地利，每隔一段时间建筑要刷新一次。他们总想感受到昨日的辉煌。于是，在维也纳城中徜徉，真的会觉得时光倒流，曾经威风八面的哈布斯堡王朝恍惚还在——特别是背后响起旅游马车驶过时"嗒嗒"的蹄声。

在维也纳最没有改变的是它的节律。

看着维也纳人到处光着膀子躺在绿地中央睡大觉，或是在街头咖啡店一坐就是几个小时，或是开着车去到城外泡在湖中，无法想象他们怎么工作或靠什么活着。

如果计算走路的速度，日本人比奥地利人至少快五倍，美国人比奥地利人快七倍。全维也纳人走在大街上都像是散步。

有人说，是奥地利太多的节日和宗教的红日稀释了他们的节奏。他们还没有从一个甜蜜的节日里清醒过来，又进入了下一个节日。

有人说，是奥地利健全的保障体制使他们毫无后顾之忧，同时奥地利的税制又不鼓励他们发大财。收入愈高，税会愈高，而且高得惊人，它叫你最终放弃了成为巨富与"世界百强"的狂想，选择温饱和放松。

然而，有人则说，归根到底还是奥地利人本性使然。这个温和的民族过于热爱生活，而他们把生活看作阳光、花朵、绿色、美食和音乐组成的。他们更愿意尽享这上天赐予的一切，而不想为了占有太多的身外之物承受过大的负担。也许你会认为他们不思进取，不尚深刻，但他们却很满足自己拥有的蛮不错的现状。

所以，在维也纳绝对看不到华尔街上那种如狼似虎的表情，看不到纽约地铁中那种严峻与紧张；即使在市中心的商业街上，也看不到银座一带那种物欲横流与人声鼎沸。

懒散的、松弛的、悠闲的奥地利人呵！

还有人说，还应该看维也纳的另一面。他们拥有十七位诺贝尔奖获奖者，有维特根斯坦、弗洛伊德和波普，他们都曾把人类的思考推向某一个极致。但是从社会的全景观看，不少思想者因为生活平淡和无聊而自杀。他们受不了维也纳天天一样的生活，他们酗酒，因此，在维也纳，许多醉汉在醒来之后都是思想家。

最消磨维也纳人的时光，又使他们难以摆脱的是咖啡。

五月里，维也纳大大小小的咖啡店都把咖啡座位搬到边道乃至街道中央。从日头高照支起阳伞的上午十时直到点上蜡烛的夜晚，那里总是有不少人。然而，看上去维也纳的咖啡店与巴黎很不一样。巴黎人在咖啡店里好像总是前后左右挤在一起，维也纳仿佛全都舒舒服服地坐在头等舱内。

传说，维也纳人的咖啡来自土耳其。有的说是十六世纪土耳其军队从维也纳逃跑时扔下两麻袋咖啡，从此咖啡传遍奥地利；有的说是一名亚美尼亚籍的奥地利间谍打进土耳其军队，目的是想弄明白土耳其士兵为什么一上阵就那么兴奋，最后获得一个极为重要的情报，就是他们喝了咖啡。

据说就是这位亚美尼亚籍的间谍，战后在维也纳开了第一家咖啡店。这家咖啡店早已无迹可寻，但维也纳三百年的咖啡文化却十分隽永而深厚。

还有一个传说。说五个旅游者到维也纳喝咖啡。维也纳的咖啡有三十六种。五个旅游者每人点了一种咖啡，都喝得很美。后来他们去到德国，在咖啡店里也是各点了一种咖啡。结果德国人端出来的咖啡却是一样的。

这个嘲笑德国人的故事在维也纳无人不知。维也纳很自豪他们咖啡种类的繁多。我最喜欢的是一种加奶沫的淡咖啡，名叫美朗士。然而，如果回到天津，坐在书桌前喝美朗士就完全不是滋味了。那就必须去到维也纳，与朋友散步间随便在一家街头咖啡店坐下，两腿一伸，让傍晚的清风吹进裤管，同时依着兴致，找一个话题聊起来，并时不时端起美朗士，把这种带着微微刺激和芳香的液体，薄薄地浇在舌苔上。

维也纳人奉行着享乐主义。他们的享乐一半以上是享受大自然和艺术。所以他们一定是唯美主义者。

在这一点上，维也纳人有点像日本人。他们精心打扮自己的家园，决不草率地对待任何一个角落和一个细节。维也纳是采用垃圾分类的城市，街道两旁常常放着一排六七个垃圾箱，箱盖的颜色不同，表明箱内的垃圾不同。有的是塑料，有的是金属，有的是生物，有的是玻璃……即使玻璃，也要把有色的和无色透明的严格区分出来。维也纳人对生活的精细和精心由此可知。那些街头的花坛，很少同一种花种上一片，总是用许多不同种类和颜色的花精巧地搭配在一起。这也是他们的传统。世界上还有哪个城市墙面上的浮雕比维也纳多？从巴洛克到青年风格派，每一座建筑的墙面都是建筑师们随心所欲发挥想象力的画布。

维也纳是座唯美的城市。为此，维也纳人决不会随意毁坏它。支持维也纳人城市保护意识的理论，来自历史学家蓝柯的那句名言："从历史的原状认识历史。"欧洲人一向把自己的历史精神看得至高无上，因此他们不会把历史的遗物当作岁月的垃圾。

这座城市的所有街道几乎都是老街。铺路面的石块往往还是二百年前埋在那里的，如今有的已磨成亮光光的石蛋，有的布满裂痕，像一张张古怪的脸。所有老店都把自己一两个世纪前开张时的年号镶在墙上，愈古老愈荣耀。当老店易主而转手他人时，也不会重新装修，因为古老的风格具有不可复制的历史气息。更不要说去干那种把老楼推倒重建的蠢事了。这种一二百年前的房子，都是小小的门，长长的走廊，四四方方的庭院和高深莫测的大房间，也都曾出现在茨威格的小说里。每一层楼的过道墙上都有一个水龙头和饰有花纹的生铁铸成的水盆，乃是昔时几家邻居共用的"上下水"。虽然早已废弃不用，却没有人把它拆卸下来。人们都知道——由于当年这里是女人们经常碰面和搬弄是非的地方，所以它有一个既生动又风趣的外号，叫"长舌妇"。

有的人家在"长舌妇"里边栽上一些红色或粉色的花。

维也纳是世界上标志最多的城市。这些标志大多是一种圆形小牌，把一些特殊的"规定"用形象的方式表达出来。

比方地铁车厢里那种指定的老弱病残的座位上，会有一排小圆牌，画着大肚子的孕妇、戴墨镜的盲人、拄拐的残疾人和凹胸凸背的老者。比如公园的进口处，往往也有许多小圆牌，用图像告诉人们不能骑车，不能遛狗，不能吓唬小鸟；下雨时不能站在树下，以防雷电攻击；对花粉过敏者要小心繁花怒放的地方。

维也纳对花的热爱带来的负面影响，是引发人们花粉过敏。每到春天，都有人在街头用手绢捂住鼻子，还止不住大声如吼地打喷嚏。因为花粉过敏无药可治。

如果细看，他们这些标志总带着一种对他人的关切。当然，还不止于对人。比如一些商店谢绝狗入内，就在门前画一只可怜兮兮的小狗，用狗的口气说："看来我只能待在这里了。"

它叫你感受到这个城市的人性与温情。

我第一次到维也纳，是参加IOV（国际民间艺术组织）的考察活动，那是一九八八年。接待我们的秘书长是一位致力于国际民间艺术交流的志愿者，名叫法格尔。他做过上奥州共产党的书记，一九六三年弃政从文，奔走于世界各地，他相信民间艺术的交流是人类最纯洁和本色的交流。他从四十多岁一直干到今天七十五岁，已经有一百四十多个国家的会员，各种民间艺术的交流活动遍及全球，故而这个由他一手操办的纯民间团体被联合国认定为B级组织。但是他只能从政府那里得到一点很微薄的支持，其他经费全由自己一手运筹。穷困难支时，便掏自己的口袋。多年来，他已经把自己的房产卖掉而搭进去了。

为此，我把他视为知己。无论世界任何地方，民间文化都在被无知地轻视着。民间文化事业是寂寞的，它的支持者都是虔诚的奉献者。

十五年来，我在世界不少地方开会时都和他碰在一起，从希腊、奥地利、匈牙利、波兰到中国。我还多次拜访设在维也纳郊外的IOV总部。十五年前他目光锐利、手势果断、行走挺劲儿的样子，依然鲜明地浮在眼前，但如今他已是眼神迟疑、说话无力、双手下意识地不停抖着。我望着他，心里有点伤感。他的理想把他的精力掏空了。岁月对于他和他致力的民间文化都非常无情。他却犹然坚定地对我说：艺术与体育不一样。体育最终只承认第一，第一风光无限，第二就不那么重要了；但艺术是平等的，不同的文化艺术同样重要，相互不能替代，只有交流。

我说，文化交流最终的目的，不是为了一样，而是为了更不一样。

另一个让我感动的维也纳人是建筑师和画家百水。

有人说，二十世纪的建筑师中有两个怪人，都是一任天真，充满童真和奇特的想象。一位是西班牙的高迪，一位是奥地利的百水。他们的风格都是一望而知的。比如百水，流动在他建筑上的曲线，积木般的圆柱子，带表情的窗子，凹凸不平的地面等等都散发着他一无遮掩的个性。但百水更重要的意义是他视"环保"为天职。

二〇〇三年的维也纳之旅使我结识到一位在奥工作的中国女孩子。她曾与百水有过一段情谊真挚的交往。我和她交谈中，使我一下子看到了百水的灵魂。

这个灵魂是绿色的，透明的，绝无任何杂质。

他平时喜欢头上扣一个彩色的小帽子，衣着随便，家里边一塌糊涂，走出门时，常常一只脚穿一种颜色的袜子。二十世纪六十年代他在一次演讲时，忽然把衣服脱下，当众赤裸。听众中有一位是女议员，这使当场的气氛很紧张。人们攻击这位放荡不羁的艺术家行为过分。但他说，他想表示人有五层皮肤。第一层是宇宙，第二层是大自然，第三层是空气，第四层是衣服，第五层才是皮肤。每一层都不能破坏。

也许百水是聪明的。他知道在媒体霸权的时代，他以这个"非常"

的方式可以使人们记住他的思想：捍卫大自然！

由此，我理解到，他的作品全是他思想的工具——

他把垃圾处理厂设计得那么美丽，是因为这里可以完成垃圾的梦想——还原于生活；他设计的房子，要不到处是树木，有时屋顶还是一片绿意盈盈的小树林呢，要不就与大地混在一起，一部分房间干脆钻入地下。一种对大自然的亲切感让人感动。至于他常常把地面设计得凹凸不平，是想使人随时感到大地的生命韵律。

他画中那些年轮般环环相套的线条，象征着大自然的生命；那些螺旋状的柱子，象征生命的成长；那些葱头状的屋顶，象征生命所孕育的勃勃生机。他作画不用化学颜料，只是矿物质的颜料。他喜欢随心所欲地作画，就像大自然中的草木自由自在地生长。

他的艺术个性不就是他思想的个性吗？

尤其是在全球工业化和商品化的时代，他的思想与行为有着特殊和紧迫的意义。

一九九八年他在法国买了一处房子，看上去很像原始人的住所。没有人知道他买这个房子为了什么。后来，他又在新西兰买了一处不大的农场。那片土地全然与世隔绝，一切生物都没有污染和破坏。他时时一个人裸体地生活在那里。这时人们才明白，百水想做一个纯粹的自然人。

他说：大自然给人最珍贵的东西是纯洁，人应该把纯洁还给它。

二〇〇〇年二月，他死在了异乡。死前他留下了遗嘱，说他要赤身裸体埋在他新西兰那块净土中。他要把自己纯洁地还给大自然。他身体力行地完成了自己的追求。虽然他的遗体远葬他乡，却把他终生经营的绿色的理想散布在维也纳的空气里了。

我在维也纳见过三个小小的"奇迹"——

第一，在市中心戒指路上那家著名的蓝特曼咖啡店，我与魏德大使夫人聊天。时时会有觅食的鸟儿从我们中间"唰"地飞过。它们每一次飞过，我们都会微笑一下。世界上什么地方还会有这般美妙的情景？

第二，我和朋友们在普拉呼塔餐馆吃水煮牛肉。当服务生将一瓶上好的葡萄酒斟入我的酒杯时，即刻有一只蜜蜂飞落在我的杯沿上。它金黄色球形的肚子一鼓一鼓，玻璃样的翅膀一张一合。世界上哪里还会有这样神奇的事情发生？

第三，一天出门散步。在我居所后边一条小街上停着一辆白色的小轿车。车后边装一个铁架子，上边放一个奥式的长条的花盆，里边金黄色的菊花正在盛开。世界上哪里的人会把鲜花装在车上，带着它到处奔跑？

只有维也纳。

维也纳是个生活的城市。但他们不是为生活而生活，而是为美为享受美而生活。他们的一切生活片段都可以转化为圆舞曲，所以才出现了圆舞曲之王施特劳斯。

如果说莫扎特是萨尔茨堡的灵魂，施特劳斯则是维也纳的灵魂。也许它不够深刻，但它把人类快乐而华丽的美推向了极致。

一九九五年奥地利政府决定与匈牙利合办世界博览会，并指定在空旷的多瑙河南岸开辟新区，像巴黎的拉德芳斯那样，兴建现代化的建筑场馆。但此举遭到维也纳人的反对。一种维也纳式的思维爆发了：

我们生活得已经很好了，为什么还要拼命干？世博会一来，一定会扰乱我们的生活！故而举行全体市民的公投表决，最终还是把世博会否决掉。

于是，维也纳依旧是鲜花、皇宫、老街、咖啡、施特劳斯的旋律和"免费的音乐会"。

如果你是维也纳人，你会选择怎样的生活？如果你不是维也纳人，你在这座世界文化名城里，愿意看到怎样的一种生活？

看望老柴

对于身边的艺术界的朋友，我从不关心他们的隐私；但对于已故的艺术大师，我最关切的却是他们的私密。我知道那里埋藏着他的艺术之源，是他深刻的灵魂之所在。

从莫斯科到圣彼得堡有两条路。我放弃了从一条路去瞻仰普希金家族的领地米哈伊洛夫斯克村，甚至谢绝了那里为欢迎我而准备好的一些活动，是因为我要经过另一条路去到克林看望老柴。

老柴就是俄罗斯伟大的音乐家柴可夫斯基。中国人亲切地称他为"老柴"。

我读过英国人杰拉德·亚伯拉罕写的《柴可夫斯基传》。他说柴可夫斯基人生中最后一个居所——在克林的房子，二战中被德国人炸毁。但我到了俄罗斯却听说那座房子完好如故。我就一定要去。因为柴可夫斯基生命最后的一年半住在这座房子里。在这一年半中，他已经完全失去了资助人梅克夫人的支持，并且在感情上遭到惨重的打击。他到底是怎样生活的？是穷困潦倒、心灰意冷吗？

　　给人间留下无数绝妙之音的老柴，本人的人生并不幸福。首先他的精神超乎寻常地敏感，心情不定，心理异常，情感上似乎有些病态。他每次出国旅行，哪怕很短的时间，也会深深地陷入思乡之疼，无法自拔。他看到别人自杀，夜间自己会抱头痛哭。他几次患上严重的神经官能症，他惧怕听一切声音，有可怕的幻觉与濒死感。当然，每一次他都是在精神错乱的边缘上又奇迹般地恢复过来。

　　在常人的眼中，老柴个性孤僻。他喜欢独居，在三十七岁以前一直未婚。他害怕一个"未知的美人"闯进他的生活。他只和两个双胞胎的弟弟莫迪斯特和阿纳托里亲密地来往着。在世俗的人间，他被种种说三道四的闲话攻击着，甚至被形容为同性恋者。为了瓦解这种流言的包围，他几次想结婚，但似乎不知如何开始。

　　一八七七年，他几乎同时碰到两个女人，但都是不可思议的。

　　第一位是安东尼娜。她比他小九岁。她是他的狂恋者，而且是突然闯进他的生活来的。在老柴决定与她订婚之前，任何人——包括他的两个弟弟，都对这位年轻貌美的姑娘一无所知。据老柴自己说，如果他拒绝她就如同杀掉一条生命。他到底是被这个执着的追求者打动了，还是真的担心一旦回绝就会使她绝望致死？于是，他们婚姻的全过程如同一场飓风。订婚一个月后随即结婚。而结婚如同结束。脱掉婚纱的安东尼娜在老柴的眼里完全是陌生的、无法信任的，甚至是一个"妖魔"。她竟然对老柴的音乐一无所知。原来这个女子是一位精神病态的追求者，这比盲目的追求者还要可怕！老柴差一点自杀。他从家中逃走，还大病一场。他们的婚姻以悲剧告终。这个悲剧却成了他一生的阴影。他从此再没有结婚。

第二位是富有的寡妇娜捷日达·冯·梅克夫人。她比他大九岁。是老柴的一位铁杆崇拜者。梅克夫人写信给老柴说："你越使我着迷，我就越怕同你来往。我更喜欢在远处思念你，在你的音乐中听你谈话，并通过音乐分享你的感情。"老柴回信给她说："你不想同我来往，是因为你怕在我的人格中找不到那种理想化的品质，就此而言，你是对的。"于是他们保持着一种柏拉图式的纯精神的情感，互相不断地通信，信中的情感热切又真诚。梅克夫人慷慨地给老柴一笔又一笔丰厚的资助，并付给他每年六千卢布的年金。这个支持是老柴音乐殿堂一个必要的而实在的支柱。

然而过了十四年（一八九〇年九月）之后，梅克夫人突然以自己将要破产为理由中断了老柴的年金。后来，老柴获知梅克夫人根本没有破产，而且还拒绝给老柴回信。此中的原因至今谁也不知。但老柴本人却感受到极大的伤害。他觉得往日珍贵的人间情谊都变得庸俗不堪。好像自己不过靠着一个贵妇人的恩赐活着罢了，而且人家只要不想搭理他，就会断然中止。他从哪里收回这失去的尊严？

正是在这样的背景下，老柴搬进了克林镇的这座房子。我对一百多年前老柴真正的状态一无所知，只能从这座故居求得回答。

进入柴可夫斯基故居纪念馆临街的办公小楼，便被工作人员引着出了后门，穿过一条布满树荫的小径，是一座带花园的两层木楼。楼梯很平缓也很宽大。老柴的工作室和卧室都在楼上。一走进去，就被一种静谧、优雅、舒适的气氛所笼罩。老柴已经走了一百多年，室内的一切几乎没有人动过。只是在一九四一年十一月德国人来到之前，苏联政府把老柴的遗物全部运走，保存起来，战后又按原先的样子摆好。完璧归赵，一样不缺——

工作室的中央摆着一架德国人在圣彼得堡制造的黑色的"白伊克尔"牌钢琴。一边是书桌，桌上的文房器具并不规整，好像等待老柴回来自己再收拾一番。高顶的礼帽、白皮手套、出国时提在手中的旅行箱、外衣等，有的挂在衣架上，有的搭在椅背上，有的撂在墙角，都很生活化。老柴喜欢抽烟斗，他的一位善于雕刻的男佣给他刻了很多烟斗，摆在房子的各个地方，随时都可以拿起来抽。书柜里有许多格林卡的作品和莫扎特整整一套七十二册的全集，这两位前辈音乐家是他的偶像。书柜里的叔本华、斯宾诺莎的著作都是他经常读的。神经过敏的老柴在思维上却有着严谨与认真的一面。他在读列夫·托尔斯泰、屠格涅夫和契诃夫等作家的作品时，几乎每一页都有批注。

老柴身高一米七二，所以他的床很小。他那双摆在床前的睡鞋很像中国出品的，绿色的绸面上绣着一双彩色小鸟。他每天清晨在楼上的小餐室里吃早点，看报纸；午餐在楼下；晚餐还在楼上，但只吃些小点心。小餐室位于工作室的东边。只有三平方米见方，三面有窗，外边的树影斑斑驳驳投照在屋中。现在，餐桌上摆着一台录音机，轻轻地播放着一首钢琴曲。这首曲子正是一八九三年他在这座房里写的。这叫我们生动地感受到老柴的灵魂依然在这个空间里。所以我在这博物馆留言簿写道：

在这里我感觉到柴可夫斯基的呼吸，还听到他音乐之外的一切响动。真是奇妙至极！

在略带伤感的音乐中，我看着他挂满四壁的照片。这些照片是老柴亲手挂在这里的。这之中，有演出他各种作品的音乐会，有他的老师鲁宾斯基，以及他一生最亲密的伙伴——家人、父母、姐妹和弟弟，还有他最宠爱的外甥瓦洛佳。这些照片构成了他最珍爱的生活。他多么向往人生的美好与温馨！然而，如果我们去想一想此时的老柴，他破碎的人生，情感的挫折，生活的困窘，我们绝不会相信居住在这里的老柴的灵魂是安宁的！去听吧，老柴最后一部交响曲——第六交响曲，正是在这里写成的。它的标题叫《悲怆》！那些又甜又苦的旋律，带着泪水的微笑，无边的绝境和无声的轰鸣！它才是真正的此时此地的老柴！

老柴的房子矮，窗子也矮，夕照在贴近地平线之时，把它最后的余晖射进窗来。屋内的事物一些变成黑影，一些金红夺目。我已经看不清它们到底是些什么了，只觉得在音乐的流动里，这些黑块与亮块来回转换。它们给我以感染与启发。忽然，我想到一句话：

"艺术家就像上帝那样，把个人的苦难变成世界的光明。"

我真想把这句话写在老柴的碑前。

翁弗勒尔

我之所以离开巴黎，专程去到大西洋边小小的古城翁弗勒尔，完全是因为这地方曾使印象派的画家十分着迷。究竟什么使他们如此痴迷呢？

由于在前一站卢昂的圣玛丽大教堂前流连得太久，到达翁弗勒尔已近午夜。我们住进海边的一家小店，躺在古老的马槽似的木床上，虽然窗外一片漆黑，却能看到远处灯塔射出的光束来回转动。海潮冲刷堤岸的声音就在耳边。这叫我充满奇思妙想，并被诱惑得难以入眠。我不断地安慰自己：睡觉就是为了等待天明。

清晨一睁眼，一道桥形的斜虹斜挂在窗上。七种颜色，鲜艳分明。这是翁弗勒尔对我们的一种别致的欢迎吗？

推开门又是一怔，哟，谁把西斯莱一幅漂亮的海港之作堵在门口了？于是我们往画里一跨步，就进入翁弗勒尔出名的老港。

现在是十一月，旅游的盛季已然过去。五颜六色的游船全聚在港湾里，开始了它们漫长的"休假"。落了帆的桅杆如林一般静静地竖立着，只有雪白的海鸥在这"林间"自在地飞来飞去。有人对我说，你们错过了旅游的黄金季节，许多好玩的地方都关闭了。然而，正是由于那些花花绿绿、吵吵闹闹的"夏日的虫子"都离去了，翁弗勒尔才重现了它自始以来恬静、悠闲、古朴又浪漫的本色。

古城就在海边，一年四季经受着来自海上的风雨。这就使得此地人造屋的本领极强。在没有混凝土的时代，他们用粗大的方木构造屋架。木头有直有斜，但在力学上很讲究，木架中间填上石块和白灰，屋顶铺着挡风遮雨的黑色石板，不但十分坚固，而且很美，很独特，很强烈。翁弗勒尔人很喜欢他们先辈这种创造，所以没有一个人推倒古屋，去盖那种工业化的水泥楼。翁弗勒尔一看就知：它起码二百岁！

那么，印象派画家布丹、莫奈、西斯莱以及库尔贝、波德莱尔、罗梭等，就是为这古城独特的风貌而来的吗？对了，他们中间不少人，还画过城中那座古老的木教堂呢！

我在挪威斯克地区曾经看过这种中世纪的完全用木头造的教堂，它们已经完全被视作文物。但在这里，它依然被使用着。奇异的造型，粗犷的气质，古朴的精神，非常迷人。翁弗勒尔的木头不怕风吹日晒，木教堂历经数百年，只是有些发黑。它非但没有朽损，居然连一条裂缝也没有。

我注意到教堂地下室的外墙上有一种小窗，窗子中间装一根两边带着巨齿的铁条，作为"护栏"。这样子挺凶的铁条就是当年锯木头的大锯条吧！那么里边黑乎乎的，曾经关押过什么人？这使我们对中世纪的天主教所发生的事充满了恐惧的猜想。

教堂里的光线明明暗暗，全是光和影的碎块，来祈祷的人忽隐忽现。对古老的管风琴来说，木头的教堂就是一个巨大的音箱。赞美圣母的音乐浑厚地充满在教堂里。再有，便是几百年也散不尽的木头的气息。

教堂里的音乐是管风琴，教堂外的音乐是钟声。每当尖顶里的铜钟敲响，声音两重一轻，嘹亮悦耳，如同阳光一般向四外传播。翁弗勒尔的房子最高不过三层，教堂为四层楼房；钟声无碍，笼罩全城。最奇异的是，城内的小街小巷纵横交错。这空空的街巷便成了钟声流通的管道。无论在哪一条深巷里，都会感到清晰的钟声迎面传来。

最美的感觉当然就在这深巷里。

我喜欢它两边各种各样的古屋和老墙，喜欢它们年深日久之后前仰后合的样子，喜欢它随地势而起伏的坡度，喜欢被踩得坑坑洼洼的硌脚的石头路面，喜欢忽然从老墙里边奔涌出来的一大丛绿蔓或生气盈盈的花朵……我尤其喜欢站在这任意横斜的深巷里失去方向的感觉。在这种深巷里，单凭明暗是无法确认时间的：正午时会一片蓝色的幽暗，天暮时反而会一片光明——一道夕阳金灿灿地把巷子照得通亮。

在旅游者纷纷离去之后，翁弗勒尔又恢复了它往日的节奏与画面。街上很少看见人，没有声响，常常会有一只猫无声地穿街而过。店铺不多，多为面包店、杂品店、服装店、酒店、陶瓷店、船具和渔具店，还有几家古董店，古董的价钱都便宜得惊人。对钟情于历史的翁弗勒尔来说，它有取之不尽的稀罕的古物。

在那个小小的城堡似的旧海关前，一个穿皮衣的水手正挺着肚子抽着大烟斗，一只猎犬骄傲地站在他身边；渔港边的小路上，一个年轻女子推着婴儿车悠闲地散步，婴儿的足前放着一大束刚买来的粉色和白色的百合；堤坝上，支个摊子卖鱼虾的老汉对两位胖胖的妇女说：
"昨天风大，今天的虾贵了一点。"

这些平凡又诗意的画面才是画家们的兴奋点吧！

我忽然发现天空的色彩丰富无比。峥嵘的云团堆积在东边天空，
好似重峦叠嶂。有的深黑如墨，有的白得耀眼，仿佛阳光下的积雪。
它们后边的天空，由于霞光的浸入，纯蓝的天色微微泛紫，一种很美
很纯的紫罗兰色。这紫色的深处又凝聚着一种橄榄的绿色。绿色上有
几条极亮的橘色的云，正在行走。这些颜色全都映入下边的海水中。
海无倒景，映入海中的景物全是色彩。海水晃动，所有色彩又混在一
起。这种美得不可思议的颜色怎么能画出来呢？

我的伙伴问我什么时候去参观"布丹美术馆"。他说那里收藏着许
多印象派在翁弗勒尔所作的画。我说："现在就去。"他笑了，说："你
真沉得住气，最后才去看画。"

我说："要想了解画家，最好先看看吸引他们的那些事物。"

永恒的敌人

　　我面对着雄伟浩瀚、不可思议的金字塔，心里的问号不是这二百三十万块巨石怎样堆砌上去的，也没有想到天外来客，而是奇怪这人类历史上最伟大的建筑竟是一座坟墓！

　　当代人的生命观变得似乎豁达了。他们在遗嘱中表明，死后要将骨灰扬弃到山川湖海，或者做一次植树葬，将属于自己最后的生命物质，变为一丛鲜亮的绿色奉献给永别的世界。当天文学家的望远镜把一个个被神话包裹的星球看得清清楚楚，古远天国的梦便让位于世人的现实享受。人们愈来愈把生命看作一个短暂的兴灭过程。于是，物质化的享乐主义便成了一种新宗教。与其空空地企望再生，不如尽享此生此世的饮食男女。谁还会巴望死亡的后边出现奇迹？坟墓仅仅是一个句号而已。人类永远不会再造一个金字塔吧。

　　但是，不论你是一个怎样坚定的享乐主义者，抑或一个无神论者和唯物主义者，当你仰望那顶端参与着天空活动的、石山一般的金字塔时，你还是被他们建造的这座人类史上最大的坟墓所震撼——不仅由于那精神的庄严，那种信仰的单纯，更重要的是那种神话一般死的概念和对死的无比神圣的态度与方式。

古埃及把死当作由此生渡到来世的桥梁，或是一条神秘的通道。不要责怪古埃及人的幼稚与荒唐，在旷远的四千五百年前，谁会告诉他们生命真正的含义？再说，谁又能告诉我们四千五百年后，人类将怎样发现并重新解释生与死的关系，是不是依旧把它们作为悲剧性的对立？是不是反而会回到古埃及永生的快乐天国中去？

空气燃烧时，原来火焰是透明的。我整个身体就在这晃动的火焰里灼烤，大太阳通过沙漠向我传达了它的凛然之威；尽管戴着深色墨镜，强光照耀下的石山沙海依然白得扎眼；我身上背着的矿泉水瓶里的水已经热得冒泡了，奇怪的是，瓶盖拧得很严，怎么会蒸发掉半瓶？尽管如此，我来意无悔，踩着火烫的沙砾，一步步走进埋葬着数千年前六十四个法老的国王谷。

钻进一个个长长的墓道，深入四壁皆画及象形文字的墓室，才明白古埃及人对死亡的顶礼膜拜和无限崇仰；一切世间梦想都在这里可闻可见，一切神明都在这里迷人地出现。人类艺术的最初时期总与理想相伴，而古埃及的理想则更多依存于死亡。古埃及的艺术也无处不与死亡密切相关。他们的艺术不是张扬生的辉煌，而是渲染死的不朽。一时你却弄不清他们赞美还是恐惧死亡。

他们相信只要保存遗体的完好，死者便依然如同在世那样生活，甚至再生。木乃伊防腐技术的成功，便是这种信念使然。沉重的石棺、甬道中防盗的陷阱、假门和迷宫般的结构，都是为遗体——这生命载体完美无缺地永世长存。按照古埃及人的说法，世间的住宅不过是旅店，坟墓才是永久的居室；金字塔的庞大与坚固正是为了把这种奇想变成惊人的现实。至于陪葬的享乐器具和金银财宝，无非使法老们死后的生活一如在世。那么这一切到底是为了装饰死，还是创造一种人间从未发生过的奇迹——再生和永生？

即使是远古人，面对着呼吸停止、身躯僵硬的可怕的尸体，都会感到生死分明。但是在思想方法上，他们还是要极力模糊生死之间的界限。古埃及把法老看作在世的神，混淆了人与神的概念；中国人则在人与神之间别开生面地创造一个仙。仙是半神半人，亦人亦神。在中国人的词典里，既有仙人，也有神仙。人是有限的，必死无疑；神是无限的，长生不死。模糊了神与人、生与死的界限，也就逾越死亡，进入永生。

永生，就是生命之永恒。这是整个人类与生俱来最本能，也最壮丽的向往。

从南美热带雨林中玛雅人建造的平顶金字塔，到中国西安那些匪夷所思的浩荡的皇家陵墓，再到迈锡尼豪华绝世的墓室，我们发现人类这样做从来不只是祭奠亡灵，高唱哀歌，而是透过这死的灭绝向永生发出竭尽全力的呼唤。

死的反面是生，死的正面也是生。

远古人的陵墓都是用石头造的。石头坚固，能够耐久，也象征永存。然而四千五百年过去了，阿布辛比勒宏伟的神像已被风沙倾覆；尼罗河两岸大大小小几乎所有的金字塔，都被窃贼掏空。曾经秘密地深藏在国王谷荒山里的法老墓，除去幸存的阿蒙墓外，一个个全被盗掘得一无所有。没有一个木乃伊复活过来，却有数不尽的木乃伊成为古董贩子们手里发财的王牌。不用说木乃伊终会腐烂，古埃及人绝不会想到，到头来那些建造坟墓的石头也会朽烂。在毒日当头的肆虐下，国王谷的石山已经退化成橙黄色的茫茫沙丘；金字塔上的石头一块块往下滚落；斯芬克斯被风化得面目全非，眼看要复原成未雕刻时那块顽石。如果这些石头没有古埃及人的人文痕迹，我们不会知道石头竟然也熬不过几千年。这叫我想起中国人的一句成语：海枯石烂。站在今天回过头去，古埃及人那永生的信念，早已成为人类童年的一厢情愿的痴想。

　　世界上最古老的神庙——卢克索神庙和卡纳克神庙，已经坍塌成一片倾毁的巨石。在卢克索神庙的西墙外，兀自竖立一双用淡红色花岗岩雕成的极大的脚，膝盖以上是齐刷刷的断痕，巨大的石人已经不见了。他在哪里，谁人知晓？这样一个坚不可摧的巨像，究竟什么力量能击毁并把它消匿于无？而躺在开罗附近孟斐斯村地上的拉美西斯二世的几十米的石像，却独独失去双脚。他那无与伦比的巨脚呢？我盯着拉美西斯二世比一间屋子还大的修长光洁的脸，等待回答。他却毫无表情，只有一种木讷和茫然，因为他失去的有比这双脚更致命的东西便是：永恒。

　　永恒的敌人是什么？它并不是摧残、破坏、寇乱、窃盗、消磨、腐烂、散失和死亡，永恒的敌人是时间。当然，永恒的载体也是时间，可是时间不会无止无休地载运任何事物。时间的来去全是空的。在它的车厢里，上上下下都是一时的光彩和瞬息的强大。时间不会把任何事物变得永恒不灭，只能把一切都变得愈来愈短暂有限和微不足道。可是古埃及人早早就知道怎样对抗这有限和短暂了。

当我再次面对着吉萨大金字塔，我更强烈地被它所震撼。我明白了，这埋葬法老的人类最伟大的建筑，并非死亡象征，乃是生之崇拜，生之渴望，生之欲求。

金字塔是全人类的最神圣的生命图腾！

想到这里，我们真是充满了激情。也许现代人过于自信现阶段的科学对生命那种单一的物质化的解释，才导致人们沉溺于浮光掠影般的现实享乐。有时，我们往往不如远古的人，虽然愚顽，却凭直觉、直率又固执地表现生命最本能的欲望。一切生命的本质，都是顽强追求存在以及永存。艺术家终生锲而不舍的追求，不正是为了他所创造的艺术生命传之久长吗？由于人类知道死亡的不可抗拒，才把一切力量都最大极限地集中在死亡上。只有穿过死亡，才能永生。那么人类所需要的，不仅是能力和智慧，更是燃烧着的精神与无比瑰丽的想象！仰望着金字塔尖头脱落而光秃秃的顶部，我被深深感动着。古埃及人虽然没有跨过死亡，没有使木乃伊再生，但是他们的精神已然超越了过去。

永恒没有终极，只有它灿烂和轰鸣着的过程。

正是由于人类一直与自己的局限斗争，它才充满活力和不断进步。

古希腊的石头

　　每到一个新地方，首先要去当地的博物馆。只要在那里边待上半天或一天，很快就会与这个地方"神交"上了。故此，在到达雅典的第二天一早，我便一头扎进举世闻名的希腊国家考古博物馆。

　　我在那些欧洲史上最伟大的雕像中间走来走去，只觉得我的眼睛被那个比传说还神奇的英雄时代所特有的光芒照得发亮。同时，我还发现所有雕像的眼睛都睁得很大，眉清目朗，比我的眼睛更亮！我们好像互相瞪着眼，彼此相望。尤其是来自克里特岛那些壁画上人物的眼睛，简直像打开的灯！直叫我看得神采焕发！在艺术史上，阳刚时代艺术中人物的眼睛，总是炯炯有神；阴暗时期艺术中人物的眼睛，多半暧昧不明。当然，"文革"美术除外，因为那个极度亢奋时代的人全都注射了一种病态的政治激素。

　　我承认，希腊人的文化很对我的胃口。我喜欢他们这些刻在石头上的历史与艺术。由于石头上的文化保留得最久，所以无论是希腊人，还是埃及人、玛雅人、巴比伦人以及我们中国人，在初始时期，都把文化刻在坚硬的石头上。这些深深刻进石头里的文字与图像，顽强又坚韧地表达着人类对生命永恒的追求，以及把自己的一切传之后世的渴望。

然而，永恒是达不到的。永恒只是很长很长的时间而已。古希腊人已经在这时间旅程中走了三四千年。证实这三四千年的仍然是这些文化的石头。可是如今我们看到了，石头并非坚不可摧。世界上没有任何东西可以把人带到永远。在岁月的翻滚中，古希腊人的石头已经满是裂痕与缺口，有的只剩下一些残块和断片。

在博物馆的一个展厅，我看到一截石雕的男子的左臂。虽然只是这么一段残臂，却依然紧握拳头，昂然地向上弯曲着，皮肤下面的血管膨胀鼓胀，脉搏在这石臂中有力地跳动。我们无法看见这手臂连接着的雄伟的身躯，但完全可以想见这位男子英雄般的形象。一件古物背后是一片广阔的历史风景。历史并不因为它的残缺而缺少什么。残缺，却表现着它的经历，它的命运，它的年龄，还有一种岁月感。岁月感就是时间感。当事物在无形的时间历史中穿过，它便被一点点地消损与改造，并因而变得古旧、龟裂、剥落与含混，同时也就沉静、苍劲、深厚、斑驳和朦胧起来。

于是一种美出现了。

这便是古物的历史美。历史美是时间创造的。所以它又是一种时间美。我们通常是看不见时间的。但如果你留意，便会发现时间原来就停留在所有古老的事物上。比如那深幽的树洞，凹陷的老街，泛黄的旧书，磨光的椅子，手背上布满的沟样的皱纹，还有晶莹而飘逸的银发……它们不是全都带着岁月和时间深情的美感吗？

这也是一种文化美。因为古老的文化都具有悠远的时间的意味。

时间在每一件古物的体内全留下了美丽的生命的年轮，不信你掰开看一看！

凡是懂得这一层美感的，就绝不会去将古物翻新，甚至做更愚蠢的事——复原。

站在雅典卫城上，我发现对面远远的一座绿色的小山顶上，显眼地竖立着一座白色的石碑。碑上隐隐约约坐着一两尊雕像。我用力盯着看，竟然很像是佛像！我一直对古希腊与东方之间雕塑史上那段奇缘抱有兴趣。便兴冲冲走下卫城，跟着爬上了对面那座名叫阿雷奥斯·帕果斯的草木葱茏的小山。

山顶的石碑是一座高大的雕着神像的纪念碑。由于历时久远，一半已然缺失。石碑上层的三尊神像，只剩下两尊，都已经失去了头颅，可是他们依然气宇轩昂地坐在深凹的洞窟里。这时，使我惊讶的是，它竟比我刚才在几公里之外看到的更像是两尊佛像。无论是它的窟形，还是从座椅垂落下来的衣裙，乃至雕刻的衣纹，都与敦煌和云冈中那些北魏与西魏的佛像酷似！如果我们将两个佛头安装上去，也会十分和谐！于是，它叫我神驰万里，一下子感到世纪前丝绸之路上那段早已逝去的令人神往的历史——从亚历山大东征到希腊人在犍陀罗为原本没有偶像崇拜的印度人雕刻佛像，再到佛教东渐与中国化的历史——陡然地掉转过头，五彩缤纷地扑面而来。

原来时间隧道就在希腊人的石头中间！在这隧道里，我似乎已经触摸到消失了数千年的那一段时光了。这时光的触觉，光滑、柔软、流动，还有一些神秘的凹凸的历史轮廓。我静静坐在山顶一块山石上，默默享受着这种奇异和美妙的感受，直到夕阳把整个石碑染得金红，仿佛一块烧透了的熔岩。

由此，我找到了逼真地进入希腊历史的秘密。

我便到处去寻访古老的文化的石头，从那一片片石头的遗址中找到时光隧道的入口，钻进去。

然而，我发现希腊到处全是这种石头。希腊人说他们最得意的三样东西就是：阳光、海水和石头。从特尔斐的太阳神庙到苏纽的海神庙，从埃皮达洛夫洛斯的露天剧场到迈锡尼的损毁的城堡，它们简直全是巨大的石头的世界。可是这些石头早已经老了。它们残缺和发黑，成片地散布在宽展的山坡或起伏的丘陵上。数千年前，它们曾是堆满财富的王城、聆听神谕的圣坛或人间英雄们竞技的场所。但历史总是喜新厌旧的。被时光筛子筛下来的只有这些破碎的房宇，残垣败壁，断碑，兀自竖立的石柱，东一个西一个的柱头或柱础。

尽管无情的历史遗弃它，有心的希腊人却无比珍惜它。他们保护这些遗址的方式在我们看来十分奇特。他们绝不去动一动历史遁去之后的"现场"。一根石柱在一千年前倒在那里，今天绝不去把它扶立起来。因为这是历史的本来面目。尊重历史就是不更改历史。当然他们又不是对这些先人的创造不理不管。常常会有一些"文物医生"拿着针管来，为一些正在开裂的石头注射加固剂，或者定期清洗现代工业造成的酸雨给这些石头带来的污迹。他们做得小心翼翼。好像这些石头在他们手中依然是活着的需要呵护的生命。

他们使我们认识到，每一块看似冰冷的古老的石头，其实并没有死亡，它犹然带着昔时的气息。它们各自不同的形态都是历史的表情，石头上的残痕则是它们命运的印记与年龄的刻度。认识到这些，便会感到我们已身在历史中间。如果你从中发现一个非同寻常的细节，那就极有可能是神奇的时间隧道的洞口了。

迈锡尼遗址给人的感受真是一种震撼。这座三千多年前用巨石砌成的城堡，如今已是坍塌在山野上的一片废墟。被时光磨砺得分外粗糙的巨大的石块与齐腰的荒草混在一起。然而，正是这种历史的原生态，才确切地保留着它最后毁灭于战火时惊人的景象。如果细心察看，仍然可以从中清晰地找到古堡的布局、不同功能的房舍与纵横的甬道。一八七六年德国天才的考古学家谢里曼就是从这里找到了一个时光隧道的入口，从隧道里搬出了伟大的荷马说过的那些黄金财宝和精美绝伦的"迈锡尼文化"——他实际是活灵活现地搬出来古希腊一段早已泯灭了的历史。谢里曼说，在发掘出这些震惊世界的迈锡尼宝藏的当夜，他在这荒凉的遗址上点起篝火。他说这是两千二百四十四年以来的第一次火光。这使他想起当年阿伽门农王夜里回到迈锡尼时，王后克吕泰涅斯特拉和她的情夫埃癸斯托斯战战兢兢看到的火光。这跳动的火光照亮了一对狂恋中的情人眼睛里的惊恐与杀机。

今天，入夜后如果我们在遗址点上篝火，一样可以看到古希腊这惊人的一幕；我们的想象还会进入那场以情杀为背景的毁灭性的内战中去。因为，迈锡尼遗址一切都是原封不动的。时光隧道还在那些石头中间。于是我想，如果把迈锡尼交给我们——我们是不是要把迈锡尼散乱的石头好好"整顿"一番，摆放得整整齐齐；再将倾毁的城墙重新砌起来；甚至突发奇想，像大声呼喊着"修复圆明园"一样，把迈锡尼复原一新。如若这样，历史的魂灵就会一下子逃离而去。

珍视历史就是保护它的原貌与原状。这是希腊人给我们的启示。

那一天，天气分外好。我们驱车去苏纽的海神庙。车子开出雅典，一路沿着爱琴海，跑了三个小时。右边的车窗上始终是一片纯蓝，像是电视屏幕的蓝卡。

海神庙真像在天涯海角。它高踞在一块伸向海里的险峻的断崖上。看似三面环海，视野非常开阔。这视野就是海神的视野。而希腊的海神波塞冬就同中国人的海神妈祖一样，护佑着渔舟与商船的平安。但不同的是，波塞冬还有一个使命是要庇护战船。因为波斯人与希腊人在海上的争雄，一直贯穿着这个英雄国度的全部历史。

可是，这座世纪前的古庙，现今只有石头的庙基和两三排光秃秃的多里克石柱了。石柱上深深的沟槽快要被时光磨平。还有一些断柱和建筑构件的碎块，分散在这崖顶的平台上，依旧没人把它们"规范"起来。没有一个希腊人敢于胆大包天地修改历史。这些质地较软的大理石残件，经受着两千多年的阵阵海风吹来吹去，正在一点点变短变小，有几块竟然差不多要湮没在地面中了；一些石头表面还像流质一样起伏。这是海风在上边不停地翻卷的结果。可就是这样一种景象，使得分外强烈的历史感一下子把我包围起来。

纯蓝的爱琴海浩无际涯，海上没有一只船，天上没有鹰鸟，也没有飞机。无风的世界了无声息。只有明媚的阳光照耀着古希腊这些苍老而洁白的石头。天地间，也只有这些石头能够解释此地非凡的过去。甚至叫我们想起爱琴海的名字来源于爱琴王——那个悲痛欲绝的故事。爱琴王没有等到出征的王子乘着白色的帆船回来，他绝望地跳进了大海。这大海是不是在那一瞬变成这样深浓而清冷的蓝色？爱琴王如今还在海底吗？他到底身在哪里？在远处那一片闪着波光的"酒绿色的海心"吗？

等我走下断崖时，忽然发现一间专门为游客服务的商店。它故意盖在侧下方的隐蔽处。在海神庙所在的崖顶的任何地方，都是绝对看不见这家商店的。当然，这是希腊人刻意做的。他们绝对不让我们的视野受到任何现代事物的干扰，为此，历史的空间受到了绝对与纯正的保护！

我由衷地钦佩希腊人！

希腊人告诉我们，保护古代文明遗产，需要的是对历史的深刻理解与崇拜，科学的方法，优雅的美感和高尚的文化品位。因为历史文明是一种很高的意境。

创造古希腊的是历史文明，珍惜古希腊的是现代文明。而懂得怎样珍惜它，才是一种很高层次的文明。

巴黎的天空

　　大自然派到巴黎的捣蛋鬼是雨。尤其进入了秋天。如果出门时天晴日朗，为了贪图轻便而不带雨伞，那一准就会叫雨捉弄了。巴黎的雨是捉摸不定的。有时一天你能赶上五六次雨。有时街对面一片阳光，街这边却雨正紧。有时你像被谁在楼上窗口浇花时不小心将一片水点洒在背上，抬头一看原来是雨，一小块巴掌大小的云带来的最小的、最短暂的、唯巴黎才有的"阵雨"。巴黎很少大雨瓢泼，很少江河倒灌，也很少阴雨连绵。它的雨，更像是一种玩笑，一种调皮，一种心血来潮。

　　它不过是一阵阵地将花儿浇鲜浇艳，叫树木散出混着雨味的青叶的气息，把大街上跑来跑去的汽车小小地冲洗一下，再逼迫人们把随身携带的各种颜色和各种图案的雨伞圆圆地撑开。城市的景观为之一变。这雨原来又是一种情调。

　　然而，雨停住，收了伞，举首看看云彩走了没有。这时，有悟性的人一定会发现，巴黎一幅最大的图画在天空。

这图画的画面湛蓝湛蓝，白云和乌云是两种基本颜料。画家是风，它信马由缰地在天上涂抹。所以，擅长描绘天空的法国画家欧仁·布丹的一幅画，题目是《10月8日·中午·西北风》。

巴黎的白云和乌云来自大西洋。大海的风从西边把这些云彩携来，随心所欲地布满天空。风的性情瞬息万变，忽刚忽柔，忽缓忽疾，天上的云便是它变幻无穷的图像。大自然的景观一半是静的，一半是动的。宁静的是大地，永动的是天空。当十九世纪后半期，法国画家们的工作从画室搬到田野后，天空便给画家以浩瀚和无穷的想象。在大西洋沿岸那座著名的古城翁弗勒尔，我参观前边所说的那位名叫布丹的美术馆时，看到了他大量的描绘天空的速写。在大自然中，只有天空纯属自然，最富于灵性。于是，大自然的本质被他表现出来了，这便是生命的创造和创造生命。在布丹之前，谁能证明天空是一个巨大的创造力无穷的生命？一个被布丹称作"美丽的、透明的、充满大气"的生命？所以，库尔贝、波德莱尔都对这位画友画天空的才华推崇备至。巴比松画家柯罗甚至称他为"天空之王"。

在荷兰的阿姆斯特丹，我去看凡·高美术馆，研究他从荷兰到法国前后画风的变化。我发现他最初到巴黎开始他的艺术生涯时期的一幅作品，便是用一大半篇幅去表现动荡而激情的云天。任何艺术家都会首先注意不同的事物。"不同"往往正是事物的本质。那么巴黎奇异的天空自然会吸引住这位敏感的艺术家的心灵。而且这种吸引力一直抵达凡·高一生的终结处——巴黎郊外的奥维尔。看看凡·高在奥维尔画的最后一批作品，天空被他表现得更富于动感、更深入、更动人，并成为他不安的内心的征象。

可是，我想，为什么我们中国人的绘画从来不画天空，不画光线？即使画云，也是山间的云雾，或是为了陪衬天上的神仙与飞行的龙，从来不画天空中的云。清代末期上海画家吴石仙擅长画雨景，但他不画乌云，他只是用水墨把天空平涂一片深灰色，来表示阴云密布。也许中国文人的山水画，多为书斋内的精神制品——不是自然的风景，而是主观或内心的山水意境。即使是"师造化"的石涛，也只是"搜尽奇峰打草稿"而已。故此，中国的山水多为"季节性"，缺乏"时间性"。不管现代山水画如何发展，至今没有一个中国画家画天上的云彩。难道天空在中国画中永远是一块"空白"？

现在我们回到巴黎中来——

天空莫测的风云，不仅给巴黎带来多变的阴晴，还演变出晦明不已的光线。雨儿忽来忽去，阳光忽明忽灭。在巴黎，面对一座美丽和典雅的建筑举起相机，不时会有乌云飞来，遮暗了景色，拍照不成；可是如果有耐心，等不多时，太阳从云彩的缝隙中一露头，景色反而会加倍地灿烂夺目！

阳光与云彩的配合，常常使这座城市现出奇迹。

我闲时便从居住的那条小街走出来，在塞纳河边走一走，看看丰沛而湍急的河水、行人、船只，以及两岸的风光。尽管那些古老的建筑永远是老样子，但在不同的光线里，画面会时时变得大大不同。一次，由于天上一块巨大的云彩的移动，我看到了一个奇观。先是整条塞纳河被阴影覆盖，然后远处——亚历山大三世桥那边云彩挪开了，阳光射下去，河里的水与桥上镀金的雕像闪耀出夺目的光芒。跟着，随着云彩往我这边移动，阳光一路照射过来。云行的速度真不慢，眼看着塞纳河上的一座座桥亮了起来，河水由远到近地亮起来，同时两岸的建筑也一座座放出光彩。这感觉好像天空有一盏巨大无比的灯由西向东移动。当阳光照在我的肩头和手臂上，整条塞纳河已经像一条宽阔的金灿灿的带子了。然后，云彩与阳光越过我的头顶，向东而去。最后乌云堆积在河的东端。从云端射下的一道强烈的光正好投照在巴黎圣母院上。在接近黑色的峥嵘的云天的映衬下，古老的圣母院显得极白，白得异样与圣洁。

不知为什么，在这一瞬，竟然唤起我对圣母院一种极强烈的历史感受。我甚至感觉加西莫多、爱斯梅拉达和克罗德现在就在圣母院里。

可是就在我发痴发呆的时候，眼前的景象忽变，云彩重新遮住太阳。一盏巨灯灭了。圣母院顿时变得一片昏暗，好似蒙上重重的历史的迷雾。忽然，我觉得几个挺凉的水滴落在我的手背上，我抬起头来，一块半圆形的雨云正在我头顶的上空徘徊。

阿尔卑斯山的精灵

晚间，坐在诺基尔森镇郊外的乡间小店又宽大又松软的椅子上，才感到疲劳。一种充满快感的疲劳。脑袋什么也不想了，里边塞满了图画一般的风光，挥之不去；再没有力量写日记了，但还是硬拿起笔在本子上记了一句：

今日之行乃是我平生走过的最美的一条路。

此后我想过一个问题：为什么奥地利历史上没产生过伟大的风景画家？从克里姆特、席勒、百水到马克斯·魏勒，几乎都与风景绝缘。即使是彼得迈耶时代也没有出现一个非常出色的画风景的高手。也许艺术的本质都是对未竟的美的一种追求，是饥渴之时心中的盛宴。可是面对萨尔茨堡这片美丽到达极致的山光水色又能做什么？只有享受而没有欲望。可我又想，奥地利毕竟不是绘画而是音乐的王国，这山水的精魂不是早都进入他们的音乐之中了？

尤其是驱车飞驰其间，车子的两边，大片大片被草原和森林覆盖的丘陵无止无休地起伏着。这丘陵的轮廓全是曲线，舒缓、流畅、变化不已。眼前一片碧草茸茸的开阔地慢慢地凹陷下去，后边齐齐的一排浓绿色的松林渐渐升起。不等它完整地展现出来，一条开满鲜红的罂粟花的低谷纵向地穿越过去，带着一种浪漫而放纵之情伸向极远的地方，可是跟着黑压压的杉树林就把它甩在自己的身后。阳光在树干之间跳跃着。是的，音乐的资质在这里表现出来了。这跳动的亮点是轻捷而快速的钢琴的琴音，但很快就被一片弦乐如潮水一般地淹没。辽阔的草原与森林又绕回到车窗上。又是丘陵延绵不断起伏的曲线。这曲线不就是那些优美而无形的旋律吗？连他们特有的华尔兹的节奏也在里边。所以我一直以为，正是这山水的精灵浸入了奥地利音乐家的灵魂之中，他们才有那种不竭的灵感和匪夷所思的才华。

大山如同一个男人，它一定在某时某地表现出自己的威严和博大。

要想见识一下名叫"阿尔卑斯"这个男人的豪气，就去大钟山！

驾车从它宽阔的山谷盘旋而上，好似驾机升空。这就一定会经历一种奇观。开始，无边的森林一层层地落下去，整个身体就像从巨大无比的浓绿的染桶里缓缓升起。阳光把窗外的绿色反射到车里，连白色的衬衣也会令人惊奇地淡淡发绿。这时，来自斜上方一种强烈的光愈来愈亮。那不是太阳，而是白雪；有些白雪与天上的白云连成一气。等到路边的草坑与石缝里忽然出现一块块白雪，车子至少已经在一千五百米以上。随后便是白雪愈来愈多，从地上到树上。我发现自己正从一个绿色的世界升入一个银白又纯净的世界。原来大自然如此地升华！

到了两千五百米，走出车子，干脆就在大雪的世界里。尽管终年的积雪厚厚地遮盖着群山，但大山还是清晰地显示出它雄健的形态与骨气。让我惊讶的是，在那些极远又极冷的雪谷冰峰之间，哪儿来的一些又长又细的痕迹——从这边陡直的雪坡上断断续续一直向西，直到远处的迷雾中——原来是滑雪的人们留下的！他们用这些匪夷所思的行为在这冰雪之巅书写了自己的无畏。我的心不由得一动，似乎我碰到这大山的一种魂灵。

阿尔卑斯山引为自豪的是克里姆尔瀑布。延绵千里的沉默的大山只有在飞瀑流泉这种地方才得以开口说话。它咆哮呼号，如雷般地爆发。而且远在数里之外，就把喷发出的水珠如同牛毛细雨一般散布在空气里，并乘风而来，凉丝丝地扑在我的脸上。

面对这一如大雪飞动的克里姆尔瀑布，我知道，它来自大钟山那些冰峰雪岭。过几天我又在远远一个地方找到它的归宿，那就是闻名世界的萨尔茨堡湖区。

天边的雪山是瀑布的父亲，大地上的湖泊是瀑布的母亲。

如果跳过瀑布，湖泊是雪山终极之地。为此，那白皑皑的雪山全都静卧在这纯蓝而透明的湖水中休憩。

使我不解的是，这湖心一百多米深的湖水，水质怎么能保持着饮用的标准？

在这里，无论任何一股引自山泉的木槽里的水，任何一条游动着浅黑色鳟鱼的溪流，全都可以放心地痛饮一番。究竟是谁维护着大自然的本色与纯洁？

在克里姆瀑布对面的道边摆着一件艺术品。一头蓝色的大牛身上画满透明的水滴。牛是萨尔茨堡的象征，水滴表示对每一滴水的珍惜与爱护。对热爱艺术的阿尔卑斯山山民来说，这件十分醒目、优美和富于想象的艺术品胜过无数空洞的标语口号。所以在整个阿尔卑斯山的山区里看不见一条标语。他们喜欢用美的语言传播思想。那天晚上，我们的驻地诺基尔森镇在举办每年一次的水节。在镇上一间用原木搭建的俱乐部里，先是几位本地的音乐家演奏几支与水相关的乐曲，然后由一位邀请来的研究水的学者，向百姓们介绍关于水的知识和保护水源的最新的科学技术。他们把水的知识灌输到在水的源头生活着的人。

从我的向导弗莱蒂口中得知，这片天国般的风光实际上承受着极大的压力。冬天时大雪蒙山，这压力来自滑雪爱好者；夏天里冰雪融化，带来压力的是游客。每年冬天，单是来到滑雪胜地萨尔巴河新格兰特镇的滑雪爱好者就有一百二十万；到了夏天，只是弗歇尔湖的游客就在五十万以上。

可是，旅游收入已经关系到这些地方的经济命脉。至少百分之六十的经济收入直接来自旅游与滑雪。

在地球变暖的时代，逢到缺雪的冬季，人们要把湖水引到山顶，通过喷洒，还原为雪，以保持足够数量的游客。

但他们绝不会毁掉自己的家园，换成现金。比如那种方便游客却破坏景观的缆车，自一九二二年以来就没有再建新的缆车线路。另一方面他们的目标也很明确，就是不再吸引更多的游人到这里来，也就是始终要把游客的数量限定在可以良性地运行的范围之内。

采尔湖畔一家制作传统皮裤的师傅告诉我，他制作这种裤子的皮子来自红鹿。但在这里，猎取红鹿是要经过严格控制的。红鹿生长得很慢，寿命十二年到十五年。如果不加限制地猎取，红鹿就会濒危或灭绝。因此猎人必须持有猎证，而且要在指定时间和猎区之内猎取红鹿，还必须绝对地服从规定的数量。每个猎区一定要保持四十只活蹦乱跳的红鹿才行。

不仅是猎区里的红鹿，每个林区的树木的数量也有硬性的规定。

这样，阿尔卑斯山才永远是活着的。

五月的森林会出现一种奇异的景象。常常从林间冒出一股烟来。一会儿在这儿，一会儿在那儿。有的很小很淡，很快就消散；有的很大很浓，像烟岚飘得挺远。挺神奇的。这是高山上的云吗？可怕的山火吗？那种传说中丑怪的山鬼躲在里边抽烟吗？

我在这里新结识的朋友奥托告诉我："这是松树在传送花粉，山上有风，一吹就会散发出来。"他还说："你很幸运，这样的事六七年才出现一次。"

我笑了，说："这是树之间的爱情。爱情不能总发生的。"

奥托个子不高，硬邦邦，像山上的一块岩石。但走起路来，浑身充满弹性。和他握手就觉得突然被一只很大的钳子钳住。他今年六十五岁，依旧做登山教练。我的伙伴说："您这样的老人爬山可要小心了。"他马上满脸不高兴地说："我怎么会是老人？"

一个山民在旁边说："人的年龄大小全听他自己的。"

这是山民的一句格言。

阿尔卑斯山的人，全爱登山。奥托说，在登山时全身每一块肌肉都能用上。所以，每次从山上下来后，浑身会感觉舒服得无与伦比。肺部就像山谷那样开阔而畅快。他登山已经四十六年，从来不走正路，喜欢挑选野路和陡坡，这样总保持全身的一种新鲜和矫健的感觉。他说，总走老路，对山就没有感觉了。

他还说无论多高大的山也没有危险，只有需要克服的困难。比如登山过程中，忽然遇到了暴风雨与闪电，只要迅速下降五十米就可以了。

他说他已经属于阿尔卑斯山，他认识这山上的一花一草一树一石。只有在山上才感到浑身有力量，有目标，也有情感。

我听了，笑道："甭说在山上，现在说到山，你已经很有力量很有情感了。"

五月的山野到处被青翠的草场所覆盖。一大块一大块深深浅浅的草地好似不同绿色的毯子。一些体魄健硕的大牛站在草地上，低着头慢吞吞地吃草，吃饱了就随便一卧打盹儿睡觉。此时，草地上到处开着一种黄色的小花，花儿繁密的地方绿草地变成一片鲜黄的花海。牛吃草时也吃花。记得十年前我在下奥州阿尔卑斯山下的圣·斯太克村，拜访一位老版画家弗里德利希·那云戈保尔。他送给我一张版画，画着一头牛，浑身全是草和花。他告诉我："它（指牛）最爱吃的东西都在它自己身上。"所以这期间的牛奶全都微微发黄，带着一些花的芬芳，喝到口中味道有点神奇的感觉，做出的奶酪也特别好吃。

这里没有人放牧。先前，山民们总在牛颈上拴一个铃铛。铃铛的形状接近方形，造型挺特别，声音也特别，虽然有点发闷却传得很远。牛主人单凭铃声就知道牛在哪里。据说三十年前有个美国游客搞恶作剧，摘下了牛铃铛，结果交了不小的一笔罚金。因为没有铃铛，牛就可能遗失在大山里。如今山民们不再使用铃铛，而在牛耳朵上挂个硬塑的小牌，上边有主人的名字、地址和电话，此外还有牛的年龄、重量以及它"父母"的情况。因此，在这里的市场上买任何一块牛肉，都是可以查到这头牛的来历的。

奥地利人的细致大概只有日本人可以与之相比，尤其在对待他们的家园上。

他们不仅把居室布置得很美，也同样着意地打扮室外的风景。奥地利人种花与日本人也很相近，他们不喜欢像荷兰人那样一个品种的花种一大片，他们爱用许多不同颜色和种类的花精巧地搭配在一起。而且每个人都把自己的家园当作作画的白纸，极力去表达自己的品位与情趣。有的人喜欢灿烂之美，就用各色玫瑰种满墙栏内外；有的人偏爱幽深之美，便使用常春藤把小楼严严实实地包裹起来，只留一些窗洞从中闪着光亮……这样，家家户户都如画一般令人驻足观赏。

此间，正是割草季节。草长得又旺又肥，山民割下青草，储备起来，作为冬日牛儿们的食粮。今天，割草与储草已采用现代技术。割草机像给草场理发一样，"推"下鲜嫩肥壮的一层，然后装进塑料袋，封好袋口抽成真空，这样在冬天打开袋子时，青草依然碧绿如新。于是，在这些草场中，常常可以看到一种淡绿色规格一样的塑料包，整齐地排放在草场上。看上去十分美观。

对阿尔卑斯人来说，保持景观之美是一个传统。这传统一半来自他们唯美，一半是做事一丝不苟，很精心。

山民们堆放木柴时，从来都是用剖面不同的木头拼成各种图案，很好看。至于他们造房盖屋，更注重与周围景色的和谐。他们不会彼此挤在一起，而总是像画家那样，在风光无限的地方，放上自己心爱的小屋。

为此，在整个人类都分外关切环境的当代，他们对环境美的要求便更加自觉。在周游阿尔卑斯山的几天里，我有意用苛刻和挑剔的目光注意观察，竟然没在任何乡镇、牧场和乡路上发现一块垃圾，连一个丢弃的塑料袋也没有。在当今世界，还有哪个地方能把环境美保护得如此绝对？

唯有唯美的萨尔茨堡的湖区。

由于他们唯美，才一直深爱和执着地遵循着自己的传统。

他们不崇尚美国式的高楼大厦以及时髦的现代建筑。他们新建房舍时，所选择的仍旧是那种坡顶、大阳台、上上下下种满鲜花的传统的木楼。当然里边的硬件设施都是现代科技的产物。但他们的衣着为什么还是民族服装？比方我在这里结识的弗莱蒂、奥托、弗里茨这几个男人，为什么都穿那种传统的紧身背带裤，足蹬长筒皮靴，上边一件绣花的粗线毛衣？

奥托笑道："因为你是贵客。凡是正式和隆重场合，我们就要穿传统的服装。"我知道，这表示对客人的尊重。

传统方式是这里至高的礼仪。

在新特格兰镇附近，途经一个小村时，聚了一些人，像有什么大事。一辆六人驾驶的老式马车停在一座房屋前。驾车的骑手穿戴得非常漂亮。人群中有老人，也有年轻的姑娘和孩子，还有神父。一打听，原来是村中一对老夫妇在过金婚。这时我注意到所有人全穿着民族盛装，只有神父穿着细长的黑袍子；一位被围在中间的老妇人戴着一顶传统的精美无比的金帽子。老妇人肯定是今天金婚的主角了，这亮闪闪的金帽子就是她五十年前的陪嫁。于是，场面显得分外隆重、神圣又淳朴和欢快。一个尊重自己历史文化的民族，总是令人感动和敬佩的！

我一按相机快门，忘了抬起手指，马达一转，一卷胶片转到头。

我忽然想起，十五年前我作为 IOV 的中国成员，来到萨尔茨堡观看一个乡村民间歌舞团的表演。其中一个节目，十来个小伙子神气活现地跳上台来。他们上身穿着民族服装，下边踩着高跷，高跷外套一条黑色长裤，个个足有三米高。很像他们每年六月过"山松节"时的巨人山松。他们用木跷使劲跺地，声音震耳，威风凛凛。据说这是在表演冬日的森林。随后上台的是一个丑怪的小人，在树林中间，窜来窜去，他是冬日的精灵。最后一个穿着长裙、梳一条辫子、十分漂亮的姑娘跑上台来，她代表着美丽的春天。于是春天开始在森林中驱赶冬天，经过一个艰辛的过程，终于将严冬赶出森林。舞台上出现一片万物复苏的春天景象。在活泼快乐的乐曲中，围在春姑娘四周的小伙子们把舞台都快踏翻了。

这个舞蹈使我至今难忘。它叫我懂得了民间情感就是大自然的情感。一下子我找到了民间传统的灵魂——用我们的话说，就是——天人合一。

由于我想到了这个舞蹈，想到那一次的所思所想，我就更加理解今天在这里见到的一切。然而，可贵的是，他们把民间传统之魂——

天人合一，一直守护到今天。而我们早把大自然当作自己的对手了！这个对手被我们一次次征服，打得一败涂地，以致处处可以看到它遍体鳞伤的悲惨景象！

唉，不再说我们自己了。

这里的风景是温和的。

虽然阿尔卑斯山也有奇峰深谷，危崖绝壁，但它来到萨尔茨堡之后，就很快地化为一片音乐般起伏不已的丘陵了。

舒展、温和、朴实无华，如同童话里的画面。出没于这里的动物很少有猛禽与恶兽。最常见的是小角的鹿、羚羊、野兔和一种黑羽红腮的山鸡。然后是大片大片的草场、森林、篱笆与挂满鲜花的木楼。

大地是静态的，在大地上行走的是一片一片银灰色的云影。

没错！这里风景没有野性。它有人为的东西，但绝不是今天或昨天制造的，而是千百年来一代代山民和乡人与大自然相处的结果。人们从大自然里取得自然的美，同时把自己理想的美融合进去，最终才创造了天人合一的最高境界——和谐。

把大自然与人融为一体的是音乐与歌。所以，每当我听到阿尔卑斯山山民在歌声中那种"哎嗨——哟"的呼叫，我立刻会感到耀眼的雪山和开阔的山谷就在眼前，清新的山风还无限快意地扑在我的脸上。

在这些山民家中，常常可以看到一种很特殊的装饰，就是门琴。这种花瓶状的彩绘的门琴，是挂在门后的。它有五根可以用旋钮调节的琴弦，五个用丝线吊着的小木球。每当客人来了，进来关门，门琴上的一排小球会顺势飘飞而起，再落下来，小木球敲打琴弦，发出一阵轻柔和美妙的弦音。这声音可以放进很多内容。当主人回到家，门琴的声音抒发着家庭的温馨与愉悦；当客人来串门，门琴的声音便表达一种快乐的欢迎。我想，世界上大概只有阿尔卑斯山的山民，把声音的美看得如此重要。任何地方，任何时间都需要它。像自己心爱的人儿。

山民的木楼中，最常见的图案是——心。有时用木头雕刻一个心，镶在门中间，表示这里是他们心爱的家；有时在木板窗上挖一个"心"形的洞，表示要用心去看世界。在圣吉尔根一家乡村风味的小餐馆吃饭时，老板听说我们来自中国，便把每一份菜做成一幅冒着香味的彩色图画。并告诉我们，他们是用心做的。

他们为什么把心看得这么重要？

在路边的花田里，还可以看到一块牌子插在那里，上边写着："带几枝花给你爱的人吧！"路人看到了，会停车下来，采几枝可意的花带走，并随手放几个硬币在牌子旁边。

他带去的不是花，而是这块土地芳香的爱心。

一次，去往圣吉尔根的路上，我的朋友库尔伯先生忽然指着车窗外很激动地说："你看，世界上有哪个国家的村庄，会在他们的标志牌上放满了鲜花——只有我们！"

由此我注意到，我途经每一个村口的标志牌下边一定都有一个长长的木头花盆，里边栽满了艳丽的盛开的花。

库尔伯是圣吉尔根人，他说这话的时候很自豪。他为他们的土地，为他们的大自然与人文而骄傲。但为了今天的骄傲，他们一代代的先人付出了多少努力！而今天他们所做的努力，将会化为后人永远的骄傲！

精神的殿堂

人死了，便住进一个永久的地方——墓地。生前的亲朋好友，如果对他思之过切，便来到墓地，隔着一层冰冷的墓室的石板"看望"他。扫墓的全是亲人。

然而，世上还有一种墓地属于例外。去到那里的人，非亲非故，全是来自异国他乡的陌生人。有的相距千山万水，有的相隔数代。就像我们，千里迢迢去到法国。当地的朋友问我们想看谁。我们说出卢梭、雨果、巴尔扎克、莫奈、德彪西等一大串名字。

朋友笑着说："好好，应该，应该！"

他知道去哪里可以找到这些人，于是他先把我们领到先贤祠。

先贤祠就在我们居住的拉丁区。有时走在路上，远远就能看到它颇似伦敦保罗教堂的石绿色的圆顶。我一直以为是一座教堂。其实，我猜想得并不错，它最初确是教堂。可是在法国大革命期间，曾用来安葬故去的伟人，因此它就有了荣誉性的纪念意义。到了一八八五年，它被正式确定为安葬已故伟人的处所。从而，这地方就由上帝的天国转变为人间的圣殿。人们再来到这里，便不是聆听神的旨意，而是重温先贤的思想精神了。

重新改建的建筑的入口处，刻意使用古希腊神庙的样式。宽展的高台阶，一排耸立的石柱，还有被石柱高高举起来的三角形楣饰，庄重肃穆，表达着一种至高无上的历史精神。大维·德安在楣饰上制作的古典主义的浮雕，象征着祖国、历史和自由。上边还有一句话："献给伟人们，祖国感谢他们！"

这句话显示这座建筑的内涵，神圣又崇高，超过了巴黎任何建筑。

我要见的维克多·雨果就在这里。他和所有这里的伟人一样，都安放在地下。因为地下才意味着埋葬。但这里的地下是可以参观与瞻仰的。一条条走道，一间间石室。所有棺木全都摆在非常考究和精致的大理石台子上。雨果与另一位法国的文豪左拉同在一室，一左一右，分列两边。每人的雪白大理石的石棺上面，都放着一片很大的美丽的铜棕榈。

我注意到，展示着他们生平的"说明牌"上，文字不多，表述的内容却自有其独特的角度。比如对于雨果，特别强调由于反对拿破仑政变，坚持自己的政见，遭到迫害，因而到英国与比利时逃亡十九年。一八七〇年回国后，他还拒绝拿破仑三世的特赦。再比如左拉，特意提到他为受到法国军方陷害的犹太血统的军官德雷福斯鸣冤，因而被判徒刑那个重大的挫折。显然，在这里，所注重的不是这些伟人的累累硕果，而是他们非凡的思想历程与个性精神。

比起雨果和左拉，更早地成为这里"居民"的作家是卢梭和伏尔泰。他们是十八世纪古典主义的巨人，生前都有很高声望，死后葬礼也都惊动一时。一七七八年伏尔泰送葬的队伍曾在巴黎大街上走了八个小时。卢梭比伏尔泰多活了三十四天。在他死后的第十六年（一七九四年），法兰西共和国举行一个隆重又盛大的仪式，把他迁到先贤祠来。

将卢梭和伏尔泰安葬此处，是一种象征，一种民族精神的象征。这两位作家的文学作品都是思想大于形象。他们的巨大价值，是对法兰西精神和思想方面做出的伟大贡献。在这里的卢梭的生平说明上写道，法兰西的"自由、平等、博爱"就是由他奠定的。

卢梭的棺木很美，雕刻非常精细。正面雕了一扇门，门微启，伸出一只手，送出一枝花来。世上如此浪漫的棺木大概唯有卢梭的了！再一想，他不是一直在把这样灿烂和芬芳的精神奉献给人类？从生到死，直到今天，再到永远。

于是，我明白了，为什么在先贤祠里，我始终没有找到巴尔扎克、斯丹达尔、莫泊桑和缪塞，也找不到莫奈和德彪西。这里所安放的伟人们所奉献给世界的，不只是一种美，不只是具有永久的欣赏价值的杰出的艺术，而是一种思想和精神。他们是鲁迅式的人物，却不是朱自清。他们都是撑起民族精神大厦的一根根擎天的巨柱，不只是艺术殿堂的栋梁。因此我还明白，法国总统密特朗就任总统时，为什么特意要到这里来拜谒这些民族的先贤。

一九五五年四月二十日居里夫人和皮埃尔的遗骨被移到此处安葬。显然，这样做的缘由，不仅由于他们为人类科学做出的卓越的贡献，更是一种用毕生对磨难的承受来体现的崇高的科学精神。

读着这里每一位伟人的生平，便会知道他们中间没有一个世俗的幸运儿。他们全都是人间的受难者，在烧灼着自身肉体的烈火中去找寻真金般的真理。他们本人就是这种真理的化身。当我感受到他们的遗体就在面前时，我被深深打动着。真正打动人的是一种照亮世界的精神。故而，许多石棺上都堆满鲜花，红黄白紫，芬芳扑鼻。这些花是来自世界各地的人天天献上的。它们总是新鲜的。有的是一小枝红玫瑰，有的是一大束盛开的百合花。

这里，还有一些"伟人"，并非名人。比如一面墙上雕刻着许多人的姓名。它是两次世界大战中为国捐躯的作家的名单。第一次世界大战共五百六十名，第二次世界大战共一百九十七名。我想，两次大战中的烈士成千上万，为什么这里只是作家？大概法国人一直把作家看作"个体的思想者"。他们更能够象征一种对个人思想的实践吧！虽然他们的作品不被人所知，他们的精神则被后人镌刻在这民族的圣殿中了。

一位叫作安东尼·德·圣·埃克苏佩里的充满勇气的浪漫派诗人也安葬在这里。除去写诗，他还是第一个驾驶飞机飞越大西洋、开辟往非洲航邮的功臣。一九四三年他到英国参加戴高乐将军的"自由法国"抵抗运动，在地中海的一次空战中不幸牺牲，尸骨落入大海，无处寻觅。但人们把他飞机上的螺旋桨找到了，放在这里，作为纪念。他生前不是伟人，死后却得到伟人般的待遇。因为，先贤祠所敬奉的是一种无上崇高的纯粹的精神。

对于巴黎，我是个外国人，但我认为，巴黎真正的象征不是埃菲尔铁塔，不是罗浮宫，而是先贤祠。它是巴黎乃至整个法国的灵魂。只有来到先贤祠，我们才会真正触摸到法兰西的民族性，她的气质，她的根本，以及她内在的美。

我还想，先贤祠的"祠"字一定是中国人翻译出来的。祠乃中国人祭拜祖先的地方。人入祠堂，为的是表达对祖先的一种敬意、崇拜、纪念、感谢，还有延续下去并发扬光大的精神。这一切意义，都与法国人这个"先贤祠"的本意极其契合。这译者真是十分高明。想到这里，转而自问：我们中国人自己的先贤、先烈、先祖的祠堂如今在哪里呢？

细雨品京都

牛毛细雨绵绵密密洒落京都。这向来宁静的千年古都，多了雨声，只有雨声。偶有风来，吹飞雨点，在光亮的地方晶晶闪烁地飘舞。伞必须迎风撑着遮雨。日本人身小，伞也小，雨点儿很快打湿我的衣服，凉丝丝贴在皮肤上，给游览古迹带来诸多不便。糟糕……可是，一仰头，重峦叠翠，烟雾空蒙，清水寺的山门宝塔就立在这之间。日本的塔尖，修长似剑，在雨中更显峭拔之势。此时，隔过山谷，飘起一缕轻岚，在空谷中白纱一般地游动，使人想起喜多郎的声音。这缕轻岚，正好从山那边耸立的一座橘色琉璃佛塔前飞过，佛塔一点点模糊又一点点清晰出来，烟岚飞去，塔身竟像给拭过那样洁净光亮……其实这是雨水的反光。在金阁寺里我发现，那雨中镀金的金阁反比阳光下的金阁更加夺目，景象真是奇异。还有花草松竹，给雨水一洗，更艳更鲜更亮更香，而花味草味松味竹味，似乎也更加清新醉人。是来自苍天的雨激发出大地万物的生命气息吗？

金阁寺一株六百年的古松，被园林艺人修葺成船的形状，名为"松之舟"。当年列岛上一无所有，最早的一切都是渡海从朝鲜和中国学来的，船就成了日本人的崇拜物。如今它所有松针都挂满雨珠，珠光宝气，倒像一只珍珠船……我想到去年来此，秋叶正红，一些精美娇艳的红叶落在这松船上，我还对同行的一位日本朋友说，应该叫"枫之舟"。如果冬日里它落满厚厚的一船白雪呢？日本大画家的名字"雪舟"两字，忽然冒了出来……

最美的景色，便在任何时候都是美的，无论仲春或残秋。好似一个女人，无论青春年少还是银丝满头，她都美。真正的美是一种气质。那么——

京都的气质呢？

这座至今整整有一千二百年历史的昔日都城，从皇室故宫、豪门巨宅到庙宇寺观，举目皆是；国宝文物，低头可见。如果导游向你介绍这些古迹古物的由来与传说——他手指的地方，几乎每移动一尺，就能讲出长长的一个故事。但死去的时光并不能吸引我。使我着迷的是，分明有一种东西，一种活着的、长命的、深切的东西，渐渐感到了，它是什么呢？

走出大云山龙安寺，穿过夹在竹栏间的沙石小径，低头钻过低垂下来的湿淋淋的繁枝密叶。陪同我们的朝日新闻社的村濑聪先生和町田智子女士，引我们走入一处庭院。临池倚树是一间精雅的房舍。我们坐在清洁的榻榻米上，吃这家小店特有的煮豆腐，享受着传统生活的滋味。窗扇半开半闭，可见院中怪石修竹，野草闲花，以及它们在池中的倒影。一只巴掌大的花蝶，一直在窗外的花丛上嬉舞，时飞时憩，亦不飞去。好像经过训练，点染风光，以使游人体味到千百年前京都贵族高雅悠闲的生活意趣。日本人对自己的历史尊崇备至，砂锅煮豆腐如今改用电炉丝加热，电门却放在暗处，好让游人的全部身心全都沉湎于历史中。这样我就找到京都的魅力了吗？

近黄昏时，町田智子问我：

"你们想到什么地方用餐？"

"当然是日本馆。中国餐可以回国后天天吃。希望是地道的京都小馆。"

撑着伞走进一条湿漉漉的老街。掀开日本式的半截的土布门帘，进了一家小馆。这种日本民间小馆，一切风习依旧，愈小愈土，愈土愈雅。从文化的眼光看，愈土才愈富有文化的原生态和文化的意味。

进门照例是脱鞋，穿过纸糊的方格隔扇，一屈腿坐在清凉光滑的竹席上。跟着是穿和服的妇女端上陶瓷和大漆的餐具，放在矮腿的小台桌上。但这一切不是旅游性质的仿古表演，不是假模假样的旧习俗的演示，而是千百年来传衍至今的不变的过去。

中国菜讲究"色、香、味"，日本菜讲究"色、形、味"。变了一个形字，日本饮食文化的特征就出来了。墨色的漆盘放一片菱形的鲈鱼片，嫩白的鱼肉上斜摆两根纤细的紫菜，上边再点缀一朵小小的金黄色菊花。日本人真是不折不扣传承自己先人留下的美。那床棚处，依照传统方式，下角摆一个"清水烧"的陶瓶，瓶中插一朵饱满的唐棣花，再撇出几根风船葛，中间竖着一根轻柔的白荻。也人工，也自然。日本的插花是把精巧的人工和充满生机的大自然融成一体。床棚正面的板壁上，垂挂一幅书法，只一个"花"字，淡墨湿笔，字形松散，笔迹模糊，带着花的温情与清雅，也引起人对花的联想。中国艺术的"空白"以及佛教的顿悟——都叫日本人"拿来"了。

妻子同昭忽有所感，对我说：

"雨天里，在这种地方倒蛮有味道。"

町田智子好像被这话启发出什么来，眸子一亮，点点头。

我不禁扭头望望窗外。小小院落，木墙石地，都因雨水而颜色深重。一束青竹，高低参错，疏密有致，细雨淋上，沙沙作响。仔细听——雨打在竹叶上的声音轻，在叶子上积水而滴落的声音重。前者连绵不断，后者似有节奏，好像乐器在协奏。大自然是超时间的，它这声音把历史拉回到眼前，并把墙上书法的境界、瓶中插花的幽雅、桌上和式饭食独有的滋味，还有这说不出年龄的老店的历史感，融为一体，令我莫名地感动起来。我知道，是这列岛上积淀了千年文化的精灵感染了我……带着这感受饭后在老街上走一走，那沿街小楼黝黑而耗尽油水的墙板，那磨得又圆又光的井沿，那千百年被踏得发光的石板路面，以及一盏一盏亮起来、写着黑字的红灯笼……仿佛全都活了，焕发出古老的韵味，以及遥远又醇厚的诗意。这意味和气息是从历史升华出来的。只要你感受到它，过后你可能忘却这些旧街老巷名胜古迹的具体细节与来龙去脉，但会牢牢记住这种气息与滋味。

因为，文化不只是知识，它是人创造的精灵。

今天的布拉格

布拉格对我的诱惑，除去德沃夏克、卡夫卡、昆德拉，以及波希米亚人，还有便是歌德的那句话"布拉格是欧洲最美丽的城市"。歌德这句话是二百年前说的，那么今天的布拉格呢？在捷克做过文化参赞的诗人孙书柱对我说："你不去布拉格会是终身遗憾。"

经历了二十世纪两次世界大战和非同寻常的社会风暴之后，布拉格会是什么样子？我想起九十年代初一个黄昏进入东柏林时那种黑乎乎、空洞和贫瘠的感受。于是，我几乎是带着猜疑，而非文化朝圣的心情进入了捷克的边境。

三天后，我在布拉格老城区一家古老的饭店喝着又浓又香的加蒜末的捷克肚汤时，手机忽然响了，是孙书柱。他说："感觉怎么样？"我情不自禁地答道："我感到震撼！"我听到自己的声音很响亮。

布拉格散布在七个山丘上，很像罗马。特别是站在王宫外的阳台上放目纵览，一定会为它浩瀚的气概与瑰丽的景象惊叹不已。首先是城市的颜色。布拉格所有的屋顶几乎全是朱红色的，它们使用的是一种叫石榴石的矿物质颜料，鲜明又沉静；而墙体的颜色大多是一种象牙黄色。在奥匈帝国时代，捷克的疆域属于帝国领土的一部分，哈布斯堡王朝把一种"象牙黄"视为高贵，并致力向民间普及。于是这红顶黄墙与浓绿的树色连成一片。百余座教堂与古堡千奇百怪地耸立其间。这便是在世界上任何地方都见不到的城市景观。

然而捷克之美，更在于它经得住推敲。

在捷克西部温泉城卡罗维发利，我在那条沿河向上的老街上缓缓步行，一边打量着两边的建筑。我很惊讶。没有任何两座建筑的式样是相同的。它们像个性很强的女人，个个都目中无人地站在街头，展示自己。其实，这不正是波希米亚人不尚重复的性格？

在布拉格更是这样。只有在二十世纪五六十年代建造的那些宿舍楼，才彼此一个模样，没有任何美感与装饰。从中我发现，它们竟然和我们同时代的建筑"如出一炉"，这倒十分耐人寻味！

而布拉格的城市建筑真正的文化意义，是它保存着从中世纪以来，包括罗马式、哥特式、巴洛克式、青年艺术风格等各个不同时期的建筑作品。站在老城广场上，挤在上千惊讶地张着嘴东张西望的游客中间，我忽然明白，当年歌德看到的，我们都看到了。但跟着一个问题冒出来：它是如何躲过上个世纪剧烈的政治风暴的冲击的？甭说民居墙面上千奇百怪的花饰，单是查理大桥上那些来自宗教与神话的巨大的雕塑早该被"砸得稀巴烂了"！

一个城市的历史总是层层叠叠深藏在老街深巷里。布拉格这些深巷常常使游人迷路。据说卡夫卡知道这每一座不知名的老屋里的故事。他的朋友们常常看见他在这些街头巷尾或哪个门洞里一晃而过。

老街至今还是用石块铺的路。几百年过去的时光从上面碾过，一代代人用脚掌雕塑着它们。细瞧上去，很像一张张面孔，有的含混不明，有的凄苦地笑，有的深深刻着一道裂痕。街上的门都很小，然而门内都有一个小小的罗马式回廊环绕的院子，只有正午时分，阳光才会直下。站在这样的院子里就会明白，为什么卡夫卡把它称作"阳光的痰盂"。

生活在这样世界里的布拉格人，并不因此愁闷与阴郁。他们天性热爱个人的生活，专注于家庭，还有传统。他们对啤酒有天生的嗜好，一如法国人钟爱葡萄酒。每年一个捷克人平均喝掉一百五十升啤酒。而他们对音乐的热爱不亚于奥地利人。连惹起祸端而招致苏联军队把坦克开进城中的"布拉格之春"，也是音乐带来的麻烦。但即使在那个非常的年代，人们去听音乐会，也照旧会盛装打扮，这样的人民会去把建筑上的艺术捣毁吗？

我则认为，我们的文化遗产所遭受的最大的破坏还是"文革"。"文革"之前，老房上那些砖雕石雕，谁会动手去砸，我们只是把它作为"无用的历史"弃置一旁。布拉格最著名的圣维特大教堂在二十世纪五六十年代，被当作工厂使用，就像天津的广东会馆。但是"文革"不仅仅举国如狂地毁灭自己的文化遗产，更严重的是对自己文化的轻视与蔑视。蔑视自己的文化比没有文化还可怕。而这种自我的文化轻蔑在功名利禄迷惑人心的当代便恶性地发酵了。于是，我便转而注目于今天的布拉格人怎样重新对待自己的文化遗产。

他们正在全面整理和精心打扮自己的城市。从外观上，将这些至少失修了半个世纪的建筑，一座座地从岁月的污垢中清理出来，同时将具有现代科技含量的生活硬件注入进去。他们在修整这些地面上最大的古物时，精心保护每一个有重要价值的细节。由于他们没有经过那种"涤荡一切污泥浊水"的"大革文化命"的年代，所以历史遗存极其丰厚。连各种店铺的商家也都把这些遗产引以为自豪，并且印成资料与画片，赠送给客人。不像我们胡乱地扫荡之后，待要发展旅游，已经空无一物，只能靠着造假古董和编故事（俗称编段子），将历史浅薄化、趣味化、庸俗化。

从老城广场到查理桥必须经过一条历史名街——皇帝街。这条长长的窄街弯弯曲曲，顺坡而下。街两旁五彩缤纷地挤满各色小店，咖啡店、酒吧、食品店、小旅店，形形色色小商店里经营的大都是本地的特产，如提线木偶、草编人物、民间土布，以及闻名天下的玻璃器具。最小的店铺只有四五平方米，却都是有声有色、有滋有味，故而皇帝街是布拉格人气最旺的一条步行街。

据说十年前，有人想从美国引资对这条街进行改造。将石块铺成的路面改为平整的柏油路，两边的商店扩宽重建。这引起很大争议。经居民投票民主表决，结果还是顺从当地的人民的意见——皇帝街保持历史的原貌！

东欧国家经过九十年的巨变，几乎碰到同样一个问题：怎样对待自己的城市。从俄罗斯的圣彼得堡、德国的柏林和魏玛、匈牙利的布达佩斯，直到捷克的古城，我看到了一种共同的态度——正像我在柏林拜访过一个负责修整历史街区的组织的名字——"小心翼翼地修改城市"。那就是用心珍惜历史遗产，全力呵护文化财富，一切为了未来。

意大利断想

一个东西方文化交流史的盲点深深吸引着我：丝绸之路的东端是中国，西端是意大利，这两端恰恰都是光辉灿烂的美术大国。通过这条世纪前就开通了的丝绸之路，东西方把他们各自拥有的布帛、香料、陶瓷、玻璃、玉石、牲畜等彼此交换；中国人制造丝绸的技术至迟在七世纪就传到西西里，但为什么独独在美术方面却了无沟通？

我曾面对洛阳龙门石窟雕刻的那"北市香行社造像龛"一行小字发呆——在唐代，罗马的香料已被妇女作为时髦物品，为什么在这浩大的石窟内却找不到欧洲雕刻的直接影响？

在十六世纪，当米开朗琪罗等人叮叮当当把他们的激情与想象凿进坚硬的石头，中国人早已告别石雕艺术的时代；如果马可·波罗把霍去病墓前那些怪异的石兽运一个回去，说不定意大利文艺复兴运动就会以另一景象出现。而当聚集在佛罗伦萨和威尼斯的画家们，用无与伦比的写实技术在画布上创造出一个个活生生的人物时，中国画家早就从写实走向写神，以幻化的水墨，随心所欲地去表达内心非凡的感受。当然，意大利画家也从未见到过这些中国画家的作品。直到十八世纪，郎世宁来到中国时，东西方艺术已全然是两个世界了。

比较而言，西方艺术家尊崇物质，东方更注重自己的精神情感。由此泛开而说，西方人一直努力把周围的一切一点点弄清楚，东方人却超乎物外，享受大我。一句话，西方人要驾驭物质，东方人要驾驭精神。经过十数个世纪，西方人把飞船开到月球，东方人仍在古老的大地上原地不动，精神却遨游天外。

东西方文化具有相悖性。

相悖，才各自拥有一个世界，自己的世界对于对方才是全新的。人类由于富有这东西方相悖的两种文化，它才立体，它才完整。

最大和最完整的事物都是两极的占有。

现在看来，丝绸之路主要是一条贸易通道。对于文化，它只是在不自觉中交流了文化，而不是自觉交流了文化。

正因为如此，东西方艺术便在相互独立的状态中形成了自己的一套。幸亏如此！如果它们像现代社会这样在文化上互通有无，恐怕东西方文化早就变成一只黄老虎和一只白老虎了。

我联想到现在常常说到的"文化交流"这个概念，并为此担虑。文化交流与科技交流本质不同。科技交流为了取消差距，文化交流只能是为了加大区别。谁能够做到这些？

文化是有个性的。文化的全部价值都在自己的个性里。文化相异而并存，相同而共失。因此，文化交流不是抵消个性，而必须是强化个性，谁又能这样做？

可是，天下有多少明白人？弄不好最终这世界各处全都是清一色的文化"八宝饭",或者叫"文化的混血儿"。

与别人不同容易,与自己不同尤难。比如这三座同为意大利名城的罗马、佛罗伦萨和威尼斯——

罗马依旧有股子帝国气象。好似一头死了的狮子,犹然带着威猛的模样。这恐怕由于它一直保持原帝国都城的规模和格局,连同昔时的废墟亦兀自荒凉着,甚至那些古老建筑的碎块,遗落在地,绝不移动。原封不动才保住历史的真实。从来没有人提出那种类似"修复圆明园"的又蠢又无知的主张。建设现代城市中心则另辟新区。对一个城市的文化史来说,死去的罗马比活着的罗马还要神圣。

罗马的美,最好是在雨里看。到处的中世纪粗大笨重的断壁残垣在白茫茫雨雾中耸立着,那真是一种人间神话。我从斗兽场出来,赶上这样的大雨,小布伞快要给雨水浇塌,正在寻求逃避之路,陡然感到自己竟是站在历史里。那城角、券洞、一根根多里克或科林斯石柱、一座座坍塌了上千年的废墟,远远近近地包围着我;回头再看那斗兽场已经被雨幕遮掩得虚幻模糊,却无比巨大地隔天而立。一时分不清自己是在罗马的遗迹里还是在罗马的时代里。它肃穆、雄浑、庄严和神奇……这独特的感受是在世界任何地方都不曾得到的。古建筑不是死去的史迹,而是依然活着的历史的细胞。如果失去这些,我们从哪里才能感受真正的罗马的灵魂?

我痴迷立着,任凭大雨淋浇,鞋子像灌满水的篓儿。

然而,这种罗马气象在佛罗伦萨就很难看到了。佛罗伦萨整座城市干脆说就是文艺复兴时期的象征。从乌菲齐博物馆二楼长廊上的小窗向外望去,阿尔诺河的两岸连同那座廊式老桥的桥上,高高矮矮一律是文艺复兴时代红顶黄墙的小楼，在湛蓝湛蓝的天空与河水的对比下，明丽而古雅。比起罗马时代，它轻快而富于活力；比起后来的巴洛克时代，它又朴素和沉静。看上去，佛罗伦萨是拒绝现代的。也许由于文艺复兴时代迸发的人文精神仍是今天欧洲精神的支柱和源泉，它滔滔汩汩，奔涌不绝。人们既把它视为过去，也作为现在。佛罗伦萨是文化的百慕大，站在其中会丧失时间的概念。

黄昏时在老街上散步。足跟敲地，好似叩打历史，回声响在苔痕斑驳的石墙上。还有一人的脚步声在街那边，扭头瞧，哎，那瘦瘦的穿长衣的男人是不是画圣母的波提切利？

比起罗马与佛罗伦萨，威尼斯散发着它独有的浪漫气质。这座在水上的城市，看上去像半身站在水里。那些古色古香建筑的倒影都被波浪摇碎，五彩缤纷地混在一起晃动着。入夜时，坐上一种尖头尖尾的名叫"贡多拉"的小船，由窄窄而光滑的水道穿街入巷，去欣赏这座婉转曲折的水城每一个诗意和画意的角落，不时会碰到一些年轻人，船头挂着灯，弹着吉他，唱着情歌，擦船而过。世界上所有傍河和临海的城市都有种开放的精神，何况这水中的威尼斯！在金碧辉煌的圣马可广场上，成千上万的鸽子中间有无数从海上飞来的长嘴的海鸥……

城市，不仅供人使用，它自身还有一种精神价值。这包括它的历史经历、人文积淀、文化气质和独有的美；它的色调、韵律、味道和空间镜像；这一切构成一种实实在在的精神，这城市人的性格、爱好、习惯、追求、自尊，都包含其中。城市，既是一种实用的物质存在，也是一种高贵的精神存在。

你若把它视为一种精神，就会尊敬它，珍惜它，保卫它；你若把它仅仅视为一种物质，就会无度地使用它，任意地改造它，随心所欲地破坏它。一个城市的精神是无数代人创造积淀出来的。一旦被破坏，便再无回复的可能。失去了精神的城市该是什么样子？

我忽然想到今年年初到河南，同样跑了三座东方古城：郑州、洛阳和开封。

这三座古城对我诱惑久矣。谁想到一观其面，竟失望得达到深切的痛苦。

哪里还有什么"九朝古都""商城"和"大宋汴京"的气象，这分明是在内地常见的那种新兴城市。连老房子也多是二十世纪失修的旧屋。郑州那条土夯的商代城墙，被挤在城市中间，好似一条废弃的河堤；从历史文化的眼光看，洛阳的白马寺差不多像个空庙；开封那花花绿绿新建的宋街呢？一条只有十年历史的如同影城中的仿古街道，能给人什么认识与感受？是一种自豪还是自卑感？

不要拒绝拿郑州、开封、洛阳去和罗马、佛罗伦萨、威尼斯相对照吧，我们这三座古城和中原文化曾经是何等地辉煌！

在梵蒂冈，最令我激动的不是《拉奥孔》与《摩西》，不是拉斐尔的《雅典学院》和达·芬奇的《圣徒彼得》，而是西斯廷教堂穹顶上那经过长长十二年修复后重现光辉的米开朗琪罗的壁画。

这人类历史最伟大也最壮观的壁画，使西斯廷教堂成为解读神学和展示天国景象的圣殿。然而自从十六世纪米开朗琪罗完成这幅壁画，历经五百年尘埃遮蔽，烛烟熏染，以及一次次修整时刷上去的防止剥落的亚麻油，这些有害物质使画面昏暗模糊，失去了往日的光彩。

从二十世纪六十年代起，梵蒂冈博物馆的克拉路奇教授和他的助手将壁画拍摄成七千张照片，进行精密研究，并选择了两千个部分做了修复试验，终于确定方案，自一九八二年到一九九四年展开了本世纪最浩大的古代艺术的修复工程。终于使得米开朗琪罗以非凡的才华叙述的这个天国故事，好似拨云见日一般再现在人们的仰视之中。我们头一次如此透彻地读到了世间对神学的最权威和最动人的解释，也如此清澈地看到了米开朗琪罗出神入化的笔触。在此之前，谁能想到那画在高高穹顶上亚当的头部，竟然这样轻描淡写？而描绘《末日审判》中基督的脸颊，居然大笔挥洒，总共只用了三笔！倘若不是这次修复，我们怎能领略到这个艺术大师如此非凡才华的细节？

请注意，修缮西斯廷教堂壁画的原则，既非"整旧如新"，也非"整旧如旧"，而是一个新的目标：整旧如初。

整旧如新，即改变历史面貌地粉刷一新；整旧如旧，虽能保住历史原貌，但对那些残破的古物，只能无奈地顺从时光磨损，剥落不堪，面目不清；而整旧如初，才是真正回复到最初的也是最真实的面貌。

这种只有靠高科技才能达到的"整旧如初"，是古物修复的历史性进步。它终于实现了先人的梦想：复活历史。

可以相信，如今我们仰望西斯廷教堂穹顶的壁画时，就同一五一一年米开朗琪罗大功告成时的情景全然一样。

我们享受到了历史的艺术，也享受到了艺术的历史。

在米兰，也在以同样的目标修复举世闻名的达·芬奇的壁画《最后的晚餐》。这个将历时七年的修复工程是开放式的，使我们得以看到修复人员的工作方式。

由于达·芬奇当年作画时不断更换和试用新颜料，这幅壁画尚未完工就开始剥蚀，如今它已成为世界上残损最重的壁画之一。此刻，技术人员站在画前的铁架上，以每一平方厘米为单元精心修饰。粗看这些技术人员一动不动，好似静止；细看他们的动作缜密又紧张，犹如外科医生正在做开颅手术！

然而，说到最令我震动的，却不是在这些艺术的圣殿里，而是在街头——

居住在佛罗伦萨那天，晨起闲步，适逢一夜小雨，拂晓方歇，空气尤为清冽，鸟声也更明亮。此时，忽从高处掉下一块墙皮，恰有一位老人经过，拾起这墙皮。墙皮上似有彩绘花纹，老人抬头在那些古老的房子上寻找脱落处，待他找到了，便将墙皮工工整整立在这家门口，像是拾到这家掉落的一件贵重的东西。

我不禁想，如果这事发生在我们的城市里，谁会这样做？

我对一位朋友说起这事。当时我的情绪有些激动。我的朋友笑道："你的精神是不是有点奢侈？"

我一怔，默然自问，却许久不得答案。

拉丁区，我们那条小街

如果能在巴黎住上一阵子，一定要选择拉丁区。比如这次我和我妻子就幸运无比。不用我们提出要求，就被邀请我们的主人安排在拉丁区的腹地——苏吉尔街。那天，到机场接站的法国朋友开车拉着我们进入巴黎市区后，穿街入巷，东转西转，一边指着车窗外说，这是康德生前总待在里边的咖啡馆，那是杜拉斯住过的房子。在巴黎的街上只要转一会儿，便会感到和历史丝丝缕缕地纠结上了。这位法国朋友把我们拉进一条又弯又长的老街里，车子一停，说："你们到了。"我下车来前后看了看，再抬头看看房子，很迷惑，我们好像站在了巴尔扎克的小说的某一页里。

苏吉尔街太小太没有名气，地图上连街名都不标出来。但苏吉尔（Suger）这个人却是法国史上的一个大角色。这位法国中世纪最负盛名的修道士（一〇八一年至一一五一年）在世时的权力无人企及。他是路易六世和七世两代王朝的谋士，在国王统领十字军东征时竟摄政管理过国家。然而使我更感兴趣的是，这位手执权棒的人，十分迷恋历史。在封建时代，如果文化受宠于某一位权贵，乃是文化的一种幸运。比如苏吉尔，在他主持修复欧洲最古老的圣德尼教堂（建于六三〇年）时，坚持要保护这座哥特式教堂迷人的古貌，于是修复手段仅以"加固"为之。这一前所未有的古建筑的修复思想，显示了人类在文化上的自觉，成为建筑保护史的一个起点。应该说苏吉尔是人类史上最早具有文化保护意识的人。我忽然想，我的主人把我安排在这里，是否为了契合我这些年近似偏执的文化保护的主张与行动？后来我知道，并不是这样。我们住在这里，只是因为我们居住的公寓恰好在这条街上，恰好是一种巧合。然而谁说巧合不含着冥冥中一种未知的暗示？

再说这条苏吉尔街，它不过一百多米。它是一种抻开而舒展的"S"形。但站在路口这端还是看不到路口那端。"S"形的街道总有一种迂回和纵深之感。在街上一边走，那些各色各样的古屋，就一边成双地在小街的两边出现。这些一二百年以上的老房子，最高不过四层。首层全是石头的，上边几层才是砖墙。而且，根据当时十分流行的一种建筑结构力学，这些老房子的首层都是垂直而立，上边几层却逐层向里倾斜。但这样反而造成视觉上的一种错觉——看上去首层像是向外倾倒。整条街似乎都在缓慢地坍塌的过程中。至于这些老屋本身更是苍老至极。有些石头的墙面已经粉化，雨水留下许多蜿蜒的槽痕，风儿把建筑上所有的棱角都磨圆，甚至还在许多地方吹出一些洞眼，有的黑黑的像历史留下的一只眼睛，怪诞地与你的眼睛相对视，向你的无知发难。至于那一扇扇古老的门，不管什么样式，一概简朴而笨重，推动起来必须双臂用上十足的力气。门环和门把上的兽头快磨成一个个形象含混的铁疙瘩了。人类的行为是一方面将万物从无到有地创造出来，一方面又把万物从有到无地泯灭掉。当然，人类在这方面的帮凶是时间。年深岁久之后，那种上端呈拱形的最古老的大门，上边的铁饰快消失在门板中了。有些钉帽只留下一排排挺大的"锈红"色的圆点。

阳光不会把这种"S"形的街道整条街同时照亮。每当阳光离开我们的两扇窗户，我马上从窗口伸出头向西边看。阳光正在前边，无限妩媚地把那边的古屋照耀得如诗如画。时间的色彩学是调和。时间会把一切本来反差很大的色彩模糊了，谐调了，中和了。但是阳光的色彩学刚好相反。它偏偏要从万物中找出反差和亮色，强调出来。于是它把这些素雅的古屋窗前所有的花全都照亮。红色的、白色的、紫色的，还有旺盛而鲜亮的绿色。这样，古街便从它沉湎的历史中苏醒过来，一切变得生气盈盈。

我们要用最快的速度，把将在巴黎为期两个月的生活建设起来。其实，在这个属于法国人文科学基金会的公寓里，一个学者的生活必需都已十分齐备。包括一套带厨室的房间，还有洗衣房、电脑房，以及小型的座谈间。这公寓也是一座很古老的房子，而且典型地按照法国人的方式改造过。那就是，房子临街的立面包括门窗绝对地原封不动，原汁原味呈现其本来面貌。房子内部却进行"现代"意义的改造。这"现代"即在功能设施方面充分体现现代科技带来的恩惠。第一是舒适的卫生间，第二是通畅的通信，第三是便利的设施，如电梯、供暖、消防通道和安全系统。这座经过"现代化"的公寓，走廊与共享空间全部使用金属钢架与玻璃，极具现代风格。但在某些局部，比如一小块古老的墙、一段当年的木栏杆、一片昔时的天花板却刻意地保留下来，甚至在老墙前还装了一层玻璃加以保护。玻璃上刻了几行字，说明这座房子的历史与年代。这种类似博物馆的做法，可感地表现出这一建筑空间的时间与文化的内涵，同时还显示了历史所处的尊贵的位置。

巴黎人的一只脚站在优越的现代世界，一只脚仍留在优美的历史空间里。前者享用物质，后者享受精神。这才真正是现代人的享受！

这样，我们只用了两个小时，就把生活安排得饱满丰盈。我们在不远的超市与商店，买来喜爱的食品、佐餐和烧菜的调料，还有一些小用品。依照我们的习惯，对这些日常小用品的色彩挑选得十分严格。我们尽量不叫一块颜色的"噪音"进入生活。妻子还在街头花店买了两束花。一束是黄色的球状的野花，另一束花是红边的白月季。这两种花在国内都没有见过。房间内备有筒状的玻璃花瓶。这种花瓶的优点是花插在瓶中之后，可以看到它浸在透明的水中碧绿的茎。我们将这两瓶花分别放在茶几与书桌上。新生活便从这花之中开始。我们心里充满了新鲜感和快意。

生活就是创造每一天。

风儿从我们的"S"形的街道中穿过时，画一条无形的曲线，流畅又舒适。风儿舒适时不留下任何声音。所以我们在巴黎睡得又深入又香甜。只是天天天亮前，必有一辆冲洗街道的车大吵大叫地把我们闹醒。冲洗街道是巴黎的传统之一。故此，一些老街在街道的正中央都有一条坡形的石槽，便于流水。但是从来没有人反对这种搅人好梦的水车。倘若谁被这水车惊醒，心里有气，骂这水车野蛮，但清晨出门，在沐浴之后分外洁净的街道上一走，步履轻盈，呼吸清新，心头爽快，不知不觉就会站在"传统"的一边了。

如果哪一天没有活动安排，也不想去博物馆，出门站在苏吉尔街上，我们便面临着两个选择——往西走就会纵入历史街区；往东走便是巴黎闻名于世的那一片名胜的天地。

往东走吧！一出口就来到圣·米歇尔广场。这个三角形的广场很小，前边横着塞纳河。河上一座桥，过桥是西堡岛。巴黎古老的历史一半都在这个狭长的河中小岛上。岛上的建筑如巴黎圣母院、正义宫、圣多佩勒教堂，全都闻名天下，故而天天门前都拥着一群群肤色各异的游客。每一幢建筑的本身，都是一部读不完的历史和讲不完的故事。于是，我们这边的圣·米歇尔一带便成了巴黎的交通枢纽。几条地铁干线在地下交叉着，从这儿直通城中各处。日夜不绝的人们从广场周围的几个地铁站口钻进钻出。于是，一个神奇的事情出现了，圣·米歇尔广场成了情人们约会的最佳之处。自然，它也成了浪漫的巴黎的情人们接吻次数最多的地方。

在巴黎的街面处处可见一种灰白色的圆点。它不是鸟粪，因为水车的水也冲不去。它是口香糖的痕迹。据说巴黎有一种口香糖是专用于接吻之前吃的。所以，圣·米歇尔广场一带的地面到处是这种灰白色的圆点。特别是雨后，柏油的路面颜色变深，圆点更加清晰。这白花花一片称得上巴黎最奇特、最浪漫的城市装饰了。

我们穿过广场时，踏着地面上这些动人的斑点，与拥抱接吻的可爱的年轻人擦肩而过，仅仅走了五十米，就来到塞纳河边。西堡岛上的那些历史建筑我们已经去过多次。所以，我们更喜欢在河这边，隔河去细细品味历史创造的这些精致的画面。妻子则更喜欢走下河岸，在下边一条更低的河边小路上散步。在这下边的小路上，更接近汹涌的河水。塞纳河的水又大又急，河中从无两岸的倒影，却有深刻而强劲的水纹在河中快速地驰过。只有在离河水很近的地方，才会有它从心而过的酣畅的感受。

同时，这低岸的小路，鲜有游人，宁静又幽娴。只有孤独的老人，遛狗的女子，享受着爱情的情侣，还有看书的人；偶有一个人边走边说，自言自语，他是一个精神病患者，还是一位诗人？当然，最常见的是架着画板在写生。他们多半不是画家，写生只是他们的一种生活。

我对妻子说："我们也来写生吗？"

妻子笑了笑，手指着前边说："最好的画家是秋天。"

河边的秋树的落叶已经把这小路一片一片地染成黄色，黄得很鲜很亮。连停泊在河边的游船的篷顶也铺了一层黄叶，像花瓣。

无风的天气里，不断飘下来的落叶落得非常慢。我一伸手，竟然捏住一片叶子，像是捏住一只飞舞中的蝴蝶。

一片娇小又夺目的叶子在手指之间。

我们都笑了。这是唯塞纳河边才有的"风景的奇迹"。

尽管我完全不懂法文，每每经过塞纳河边的旧书摊时，总会被它们"粘"住。我喜欢旧书。旧书和新书的意义不同。新书让你进入未知的世界，旧书却常常叫你自愧于知之有限。你会恍然大悟，原来今天奉为神明的那些话，很早很早以前就有人说过。人类创造过的财富一半遗失在旧书里。而且旧书总带着它往日的风采，引起你的怀念。

当油墨的芬芳消失殆尽，变黄的纸会散发出一种凝重的岁月的气味。

我唯一能看懂的，是挂在那些漆成墨绿色书箱上的老画片。它们大多是从破损的老书中割取下来的版画。有的年代很久，甚至有十八世纪的，已经是古董了。就在我翻看这些老画片时，忽然一个画面闯进眼睛：几个洋兵冲入一间宽大的房子，一些便装的洋人和梳辫子的中国人露出惊喜神情。我马上认出这是一种描绘庚子事变的老画报，一看日期，果然是一九〇〇年。我对于珍罕的史料从来不会放过，马上将有相关内容的画报尽数买了。回来找朋友一看，这是一九〇〇年前后巴黎出版的一种画报，名为《小画报》。四开纸，彩色印刷，以图为主，伴有各类文章及消息。十天一期，每期两大张，对开十六版。我所买的几期的图画，都是对庚子事变的时事报道。时间由一九〇〇年七月至十一月。包括《联军攻打总理衙门》《清兵在黑龙江与俄军开战》《东北义和团砸教堂》《德国公使克林德被杀》等。其中一页《联军攻打中国地图》尤为珍贵。这一收获使我高兴了好几天，也使我一连好几天都跑到塞纳河边流连不已、来回来去地逛旧书摊。

有一种说法：全法国的书百分之八十在巴黎，全巴黎的书百分之八十在拉丁区。这说法有理。由于远自中世纪，这个区就是学生区。最早的学生说拉丁语。拉丁区之名便来源于此。校园的食粮是书，出版社供应这种纸制的精神食粮。于是拉丁区也是巴黎各类书店和出版社最密集的地区。拉丁区地处巴黎的正中，一种浓郁的书香气味便由这里散布全城。我发现，在拉丁区人们看书的方式很像吸烟。坐着也看，站着也看，在车上也看，在电梯上还看，我还见过一个人一边走一边看书。这是因为这本书太吸引他，还是他太爱看书？他会不会一脚踩空掉进"地沟里"?

我的法国朋友大笑,说:"巴黎没有这种地沟。"

VCD 如今在中国已经相当普及,但在法国始终没有流行开来。这大概由于,不少法国人对书的兴趣依旧高过电视。他们不大看电视连续剧,不喜欢快餐文化。菲利普·德莱姆写的《第一口啤酒》那种描写得细致入微的书,之所以在法国畅销,问世当年就再版二十三次,其根本的缘故是由法国人读书的习惯决定的。法国人习惯于这种在文字上有滋有味的咀嚼。可是当这本书被翻译到汉语文化博大精深的中国来,为什么受到冷遇?到底我们被来自港台的商业性的快餐文化弄坏了胃口,还是守旧的法国人在现代化的进程中慢了半拍?

妻子说我最顽固不化的是"中国胃"。我按照我的胃口每次在超市选购食品的结果,总是排骨、牛里脊、大白菜、番茄和菜花那几样。尽管如此,我还是要向法式的"饮食文化"让步。比如,我只有跑到很远很远的十三区的陈氏百货公司一带,才能买到我爱吃的油条和芝麻烧饼。我被迫改用了法式早餐。被迫的结果不一定很糟糕。这一来,我竟迷上了法国的"棍面包"。记得儿时,天津租界小白楼的面包房也烤这种面包。但要想吃纯正又地道的——又脆又软又韧又松又喷香的法式"棍面包",还得到巴黎来。这也正体现了地域文化所独具的价值。

如果国内有朋友来看我们,想叫我们陪着逛一逛巴黎,那就一准要陪他走这样一条路线——出苏吉尔街西口,拐个小弯儿,又走进另一条"S"形的小街。而实际上这小街是由两个"S"形连在一起的。

比我们的苏吉尔街多一个"S"。走在这小街里，觉得自己像条鳟鱼那样摆着身子在溪水里曲线地游动。

巴黎的建筑多用灰白或灰褐色的石料，这使小街显得十分洁净。再加上墙壁老式的风灯，窗子上黑色的护栏，墙里墙外的花树，分外优雅又温馨。巴黎很少有胡同，多是这种小街。小街又长又深又古老。走进这种小街才是真正走进巴黎的生活。

现在，我们走进的这条小街属于一种典型。它的尽头是一道锻铁打造的铁栅栏。栅栏的一半快被簇密的常青藤包上了。栅栏中间的一扇小门却常年开着。它开了九十度，却永远是九十度。它无法关上也无法开得更大。因为合页部分早已锈死。

走进门是一道小院，左右各有一家。左边一家的门在底层，只有一扇，很小，但很结实，厚厚木板上钉满粗大的铁钉。当年设计这样一个紧巴巴的入口，是否为了安全？我几次经过这里，这门一直关得死死的，我怀疑是一座空楼，但一天晚上路过时，发现楼上几扇窗里的灯全都亮着，雪白的纱帘十分美丽，我还看见一个女人的侧影。至于右边一户，由一道石砌的台阶一直通上去，入口的门在二楼。油漆剥落的门板上，挂着一个为了欢迎客人而用红玫瑰编成的花环。这种画面我们在巴尔扎克和左拉的笔下都已经看过了。

院子的侧面是一个城门似的拱形的门洞。门洞上端仍是建筑的一部分。穿过门洞，又是一道院。这道院的四面墙上上下下都爬满了藤蔓。楼上的几扇窗子快被枝蔓遮满。他们为什么不除去这些碍事的藤条？此时入秋，藤叶变黄变红。红的颜色深深浅浅。再美的花色也没有这种秋藤的颜色丰富。我想倘若是我，也一样不舍得把它们剪去。

而此时，透过这些已然萧疏的藤叶，可以看出这道院比前一道院更古老，所有房子一概是石头砌的，宛如古堡。外墙上的雨水管全是铸铅而成，厚如炮筒，虽然管口早已蚀烂，但没有人去把它拆掉。因为巴黎人都知道：历史的生命保留在历史的原件里，历史的美也保留在历史的原件里。

从这道院走出去，另一条横向的街完全是十八世纪以前的风格。小咖啡馆是家庭式的，每张小座上一盏台灯，柔和的灯光局部地照亮半张苍老或年轻的脸；地面的石头方砖已经全部被踩成光溜溜的"石蛋"了。一家西班牙艺术品的专卖店里，地面有一块玻璃，里边用灯照着，是一条幽暗的地道。如果你表现出有兴趣，店员会过来告诉你，这地道很深，通着一间牢房，它至少有六百年。

如果你更有兴趣，她会讲给你一个发生在几百年前的可怕的故事。这故事的一半像传说。

当然，这些人都以历史为荣。

巴黎是个只修不改的城市。

它的街道不变，房子不变，门牌不变，如果一幢房子倾圮，便把它的门牌与相邻房子的门牌连起来。如30-32。我所居住的公寓的门牌就是16-18 RNE SUGER。它说明这里曾经还有一座古屋，不知在哪个世纪与我这座公寓合并一起了。故而一封一百年前寄往巴黎的信，辗转曲折，最终也会送到目的地。

哪个城市也能这样与历史通邮？

在我所居住的这个街区里，各种店铺应有尽有。由于拉丁区是学生区，店铺内商品的价钱都不高。没有金店，但有各种风格的首饰店，比如，非洲的、阿拉伯的、埃及的、墨西哥的……女学生们常常会光顾这里。至于饭店多为实惠的小吃。土耳其烤肉、比萨、中式快餐，应有尽有。但美国的麦当劳却很少见到。法国人排斥美国式浅薄的快餐文化。那种随餐奉送玩物的商业小伎俩只能讨好有送礼习惯的亚洲人。由于旅游者常常会闯进这种巴黎特有的历史街区，仰着头东看西看，举起相机不断拍照，故此一些古董店也在这里设下罗网。店内的东西是纯正的法国货色。我房后有一家古董店，品位很高，全是古老的家具、绘画、室内饰品与宗教艺术。它不以精致华贵取胜，却以一种岁月的沧桑感吸引人。店主是位老人，西服的款式很老，甚至有些破旧，胸前摇晃的一条怀表链已有些发黑；然而他的气质却十分儒雅，人瘦体弱，动作迟缓。一双蓝色的眼睛柔和而空蒙。他在店中，与他的古董完全风格一致，融为一体，好像他是从某一幅画走下来的，或者退一步，又回到那个残缺和镏金的镜框中去。

每每傍晚时分，妻子烧菜煮饭，我就会抽空跑出去，穿过圣日尔曼大道，去一趟王子路上的友丰书店。路不算远，走十分钟，便能在这家驰名巴黎的中文书店中买到当日的中文报纸——《欧洲日报》和《欧洲时报》。这两份报都在巴黎出版。客寓巴黎的华人就靠着这两份报一览天下。

王子路很窄很长，老式的路灯很暗，入夜便很黑。历史上这条街却有许多小型的出版社。书店、旧书店、善本书店以及修理旧书的店铺都很多。这里的咖啡店常常是作家和出版商交谈之处。别看这些咖啡店破旧至极，椅面磨出洞来，但不少大作家成名前都在这种咖啡店里，与出版商在版税上讨价还价，争执不休。如今那些往事与故人都成了这些小店的文化资本。然而在今天的商业文化狂潮和媒体霸权的打击下，人们的文化方式变了，王子街的不少书店和出版社在日甚一日的萎缩中歇业关张，但友丰书店却意外地一枝独秀，在日落之后依旧灯火通明。

支持书店的一是书，二是读者。

在友丰书店里，可以买到华人世界的一切新书。海峡两岸及香港、澳门各地热点，此处皆知。于是这家书店便成了巴黎华人文化的一个信息中心。许多人到此一为买书，一为了解最新讯息，以摸清各地文学与社会文化的走向。高行健获诺贝尔奖的那些天，各种看法与说法便在书店随意表达，尽情褒贬。至于平日里，彼此相识的书客，在此碰面，交谈间常常会对某位大陆或台湾的作家作品评议一番，倘若意见相左，还会争论不已。此地此景，颇似沙龙。这样的书店在整个欧洲唯巴黎才有。在柏林，我见过一家"中国书店"，书架上却只见海峡两岸及香港、澳门的畅销书，言情武打，侦探冒险，供人消遣而已。此外便是一堆堆电视剧的录影带。这只是一种赚钱糊口的小铺子，没有任何文化的意义。然而巴黎的风景就全然不同了。此地汉学的基础原本就十分雄厚，法国人学中文的向来不少，近年来国内大批学人来法进修，人多势众，成了气候。嗜书和爱书的人都聚到这里来，小小书店就演变成一个文化的磁场。

早在十几年前（一九八七年），我便结识了这家书店的店主潘立辉先生。那年我去比利时参加"布鲁塞尔国际书展"。他从法国驱车到比利时也来看书展。当时他的书店在草创时期。他是生在柬埔寨的华侨，由于一种神秘的文化血缘，他对中文书籍抱有极强烈的兴趣。此后他还出版了我的两本中法文对照的短篇小说集。从卖书到出书，我看出他对书的痴爱。

十几年过去，友丰书店已经颇具实力。在巴黎有两个铺面，两个很大的书库。每天吞吐量高达半吨。自己编辑出版的书已有二百多种。他出书的目的使我颇感兴趣。他从来不出通俗类，显然他不想出书牟利。比如近一年来他出版的《1912 至 1930 年中国摄影集》《巴黎城市建设史》《陈建中画集》等，销售起来颇要费些力气。这表明，当他认定了一本书有价值之后，出书主要是表达一种支持。现在国内的私家书商都处在"原始积累的初级阶段"，尚无这般境界。

在友丰的架上，我发现了我的几种书。连我新近在人民文学出版社的亦图亦文的《画外话》，也已出现在友丰书店。友丰货源的畅通，由此也可想而知。于是我想，下次再访法，不用自己再背一二十斤的书来。而且这两个月里，我在友丰还买了不少大陆以外出版的书，满满装了两箱呢！

一天，我们从西海岸诺曼底地区返回巴黎。当晚我觉得有什么事要办。妻子烧饭时，我便去到王子路的友丰书店转转看看，和几位店员聊聊天，然后买了近两天的报纸，还有一些新到的书刊回来。走在路上，我忽然想，在巴黎我已经离不开友丰了。它的意义已经远远地超出了一个书店。

这天，友丰书店的三位店员请我吃饭。这使我很愉快。我感觉我已经和巴黎这家中文书店融为一体了。而且我也很喜欢这三位店员，他们都很有学识：有的一边在书店工作，一边读博士；他们都很懂书，通晓市场；而且一位来自中国大陆，一位来自中国台湾，一位是法国人。他们三人正好把海峡两岸和中法两国四个方面全覆盖了。

我们在王子路一家印尼馆吃饭。依照法国人的习惯，先饮了十一月份第三个星期的葡萄酒。嘴里带着新鲜葡萄又清又甜的醇香大谈拉丁区这里种种文化上的故事。谈到法兰西学院开放的教育制度，巴黎理工大学的光荣历史，法国人和德国人读书习惯的不同，巴黎汉学界的张三李四，扯来扯去就扯到这一带有一处傅雷先生的"故居"。

傅雷是我年轻时代心中的神。我很想去看他的"故居"。饭后，那位来自台湾的店员余子超先生，便陪我去。这傅雷的故居还是他考证出来的呢。

我们走出了王子路，沿着日尔曼大街向东，左拐右拐，终于站在这座楼房下边。在夜幕中这座临街的楼房四四方方，没有任何特色，也没有装饰。大概当年是一座租金很低的公寓。经余子超指点，三楼外角一个黑黑的窗子便是昔日傅雷先生在巴黎居住的房间。傅雷先生一九二八年到巴黎，先住在郊区贝底埃镇一户人家学习法语。半年后到巴黎大学上学时，便住进这座楼。这座楼属于青年会，住过不少留法的中国学生。现在它依然是一座外国学生招待所。然而今天无论是法国人还是中国人，没人知道这是中法之间一座精神桥梁的伟大的建造者的居所。余子超说，首先中国人应该在这座楼上挂个牌子来纪念傅雷。于是我记下了这个地址：

3，RUE CLEZ CANMES

（卡尔曼街三号）

可是我又想，这牌子由谁来挂？我对谁说？

每个地方的气质，都会在某一个特定的日子分外突出地散发出来。

有的是在一个纪念日，有的是一个风俗的节日。比如我的家乡天津独有的气息在大年三十表现得尤为强烈。那么，我们客寓于巴黎的拉丁区呢？在周末！

每逢周末我们都会深深感受拉丁区的气息。

一到周五的晚上，所有餐馆咖啡店几乎都被放了假的学生们所占领。街头的咖啡店几无虚席。巴黎咖啡店的小桌的直径只有六十厘米。这种店只要人满，全是"挤成一团"。但是巴黎人太习惯在狭窄的空间里享受生活，连爱丽舍宫的国宴上每个人的座位规定也只有七十厘米。据说这样一来，人们必须收臂耸肩，腰板随之挺起，显得精神昂然。而吾国的会场都是大椅子、软靠背，容易东倒西歪，乃至呼呼入睡。

周末的拉丁区，到处是年轻人。他们把重负一般的学业扔在脑袋后边，所以人人的神气都很休闲。男男女女有说有笑。于是，艺术家们纷纷来到街头，把人们的兴致和生活的情感全都发挥出来。

只要艺术家高兴，他们就会站在街心连唱带跳。那种人多的小街，自动变成了步行街。很少有车行驶。然而这些演出没有固定的地点和时间，全凭艺术家们的随心所欲。如果你在街上遇上一个高超和绝妙的表演，那完全是一种运气。找也找不着，不找却碰到。拉丁区的生活充满了快乐的机遇。

有一天，我们在一家老面包房买面包，出来碰到一位艺术家。他骑一辆轻便摩托，车上绑着旗子、木枪、鸟网，并插满很大的棕树叶子。他的打扮使人想到当年在越南打仗的法国兵或美国兵。一身老式军装，军用太阳帽，上上下下也挂了不少树叶，似是防空伪装。他手拿一个苍蝇拍，见有人从身边走过，就朝肩膀和后背"啪"地打一下，像是拍打蚊子。后来，见人围观，索性下车，寻到一个路人，便用蝇拍追着打。打得并不用力，只是一种表演或一种玩笑。围观的人谁笑得厉害，他就过去拍打这人。后来，过来一辆汽车，他跑到车前把车拦住，并打手势叫车上的人下来，他要为他们清除身上的蚊子。车上的人只是笑，却不下来，他就一扭身坐在车头上。车上的人也和他开玩笑，开着车缓缓往前走。他便坐在车头挥着蝇拍神气十足表演一番，才跳下车来。车上的人一踩油门，大笑而去。

我与一位法国友人谈起这事，他说可能是讽刺当年法国兵在越南的行动。他说，在现在的年轻人看来，当年法国人在越南做的事，无非是打蚊子罢了。当谈到这种表演形式，他说这是一种现代戏剧吧，又像是一种行为艺术。不过，他说他没见过。拉丁区的艺术千奇百怪。某一个人见过的，可能这人所有认识的人都没见过。

然而不要以为拉丁区文化只是表面上的千变万化。一天夜里，我们从阿蒙区一位朋友的家中聊天回来，天下着很密的雨。在拐向我们的苏吉尔街的丁字路口，那个早已关了门的小杂品店的房檐下，一个人拉着提琴。这乐曲很熟，但一时想不起是谁的曲子了。曲子本来就是伤感的，但他拉得很深切，肯定他把一种内心的东西放进去了。尤其在这带着寒意的秋雨中，琴音裹在雨声里，便分外地动人心扉。我第一次听到这种混合着秋雨的感伤的曲调。在黑乎乎的屋檐下，只能看到他的身影与轮廓。他不是一个街头艺术家，他更不是在表演，他一定也居住在这一带，一定被一种情感折磨得夜不能寐，跑到这细雨街头尽情地抒发出来。

这才是拉丁区最深的，也是最日常的一种生活。

可是当我们看到这一幕时，已经该整理行装打道回国了。

回国数月后，一次与妻子聊天中谈到巴黎，谈起在巴黎的那些日子，我忽问妻子："如果再去巴黎，你最先要到什么地方看看。"

她好像不假思索地说："拉丁区，我们那条小街。"

我笑了，点点头。这也正合我之意。我感觉我们和拉丁区已经丝连一起。但我不知道——到底是拉丁区已经在我的心里生根，还是我们的心在拉丁区里留下了一些依然活着的根须。

散漫的天性

　　国界真是一种奇妙的分界线。奥地利人和德意志人各有三分之一边界相邻相连，共有着阿尔卑斯山；多瑙河先是流经半个德国，然后畅通无阻地直贯维也纳；站在萨尔茨堡的高山城堡上西望，倘若无人指点，从远景的画面上根本无从区分哪里是德国，哪里是奥地利。他们彼此还以同一种语言交谈，用同一种文字传递思想情感。谈到他们的历史渊源，更是悠久绵长，密不可分……虽说如此，奇怪的是，从他们的目光却能一下子清清楚楚区别开来。是吗？你会问。那你就看吧——

　　德意志人的目光尖硬、冷峻、凝聚、专注，像一小块碎玻璃。这也许是他们严谨、苛刻、一丝不苟、善于逻辑思维的民族性的表露。但这块碎玻璃越过国界，到了奥地利人深陷而柔软的眼窝里就溶化了。好像从多瑙河舀起的一小勺水，晶莹而温和，平静又散漫。说到散漫，我好像一下子抓住了对奥地利人总的感觉。

在这块不大的充满画意的山地之国转一转，就会发现散漫好像一种有魔力的气体，到处弥漫。万物全着了魔。那些起伏不已的绿色丘陵，全像睡汉，懒洋洋舒展着躯体；那些红色和白色的夹顶小楼，也都随遇而安，自由散落在山水之间；那些系着颈铃的大牛，站在山坡上，常常一站半个小时，好像等待照相一般。特别是这散漫的气息还浸入奥地利人的骨子里和天性里，明显地表现在他们的生活方式和举止行动上。

如果把纽约街头健步如飞的女秘书们请到维也纳来走一遭，准会把维也纳人吓得惊慌失措，以为哪里失火了。我总觉得维也纳起码有一半人整天闲坐在咖啡馆或街头茶座中，这些随处可见的街头茶座是维也纳最有特色的市井风情。一些店铺在门外，用各式围栏和各样花池圈起一半边道，摆几张小桌，放些鲜艳的瓶花，还有些舒适的椅子。闲来一人独坐其间，或酒或茶，慢慢清饮，亦思亦想，出神怔神，悠悠然不管时间长短；或许两三友人，对酌闲话，常常把几个小时光阴全慷慨地坐在屁股下边了。

时间，仿佛是他们用来享受的，所以他们对时间不吝啬也不严格。

世界各民族对赴约的时间态度很不同。中国人赴约以提前到表示礼仪，故有张良拜师提早一个时辰等候而被传为佳话。德国人对时间苛刻又吝啬，赴约不早不晚，以准时准点、不差分秒而著称。但与德国人操同一种母语说话的奥地利人，却不守时，大多迟到晚点，见面说一句："很对不起，我来晚了。"此时，我留意他们的表情，歉意无多，说过便了，好像见面时的一句口头禅。

时间对于他们太少还是太多了？

奥地利一年中法定的公休日是九十六天（每月八天），加上国庆、新年、各种风俗节日；再有，奥地利人百分之九十六信奉宗教，宗教节日不胜其多，比如复活节、三神节、圣诞节、狂欢节、圣灵降临节、耶稣圣体节、圣母玛利亚升天节，乃至圣母玛利亚怀孕节……有一种说法：奥地利人一半日子在度假。细算算，差不多。许多小店铺的老板还常给自己放假。他们平日卖东西赚钱，只要够一次旅费，便关了铺面，外出旅行。

奥地利人不愿过分膨胀与竞争，把自己放在拉紧的弓弦上，眼睛死盯着大富大贵；他们喜欢小康式的富足，富足后的悠闲，多多享受生活本身。

"人人都希望富有，但富有与幸福是什么关系？比方说，你一生到底需要多少钱？三百万先令？好，如果你赚到三百万先令，再多赚一个先令也是多余的了。你为何不停下来，去尽情享受这足够使用的钱呢？"

我的一位奥地利朋友说，这是他们大家都认同的一种生活观。

尽管从哈布斯堡王朝到奥匈帝国，奥地利权力的手掌曾遮盖过周边许多国家。但先人那股子并吞天下的雄心壮志早已化为一种历史感觉。不管当今奥地利的政治家们是否还争强好胜，但更多普通的奥地利人则一往情深地醉心于昔日的文化，天赐的山川风物，葡萄美酒与音乐四重奏。他们只要能够感受到和享受到的。这样，看上去，他们潇洒、随意、散漫和自由自在。

我的这位奥地利朋友手指着在草地上晒太阳的人们，叫我看。这些人穿装随便，东倒西歪。有的说说笑笑；有的闭目仰卧，任由阳光爱抚；有的已经呼呼大睡。他对我说：

"你能想到吗？他们有的人是手里攥着账单来享受大自然的！"

噢，这些奥地利人，真行！

我心里说。

萨尔茨堡的性格

小小的山城中一半以上是游客，怎样从中一眼就辨认出萨尔茨堡人来？我同来的伙伴说，随身带伞的人准是萨尔茨堡人。

这话没错。萨尔茨堡是个阴晴不定的城市。可是它不像巴黎那样——一阵雨把脑袋淋湿，紧跟着拨开云层的太阳又把头发晒干。萨尔茨堡的雨常常没完没了。整整一天把你拦在屋里发闷发愁，转天醒来，它在窗外依然起劲儿地下着。一条条长长的亮闪闪的雨丝无止无休，无法斩断，本地人称这种雨为"绳子雨"。

一些旅店和餐馆总是在门口备了雨伞。遇到雨的客人们随时可以拿去一用。当你从伞桶里抽出一把雨伞，按一下伞把上的开关，"唰"地将一块晴天撑到头上时，便会感受到此地人的一种善意与人情。

城中的老街粮食街很像一条巨大蜈蚣，趴在那里。这条蜈蚣太古老，差不多已经成了化石。天天都有成百上千的游人在蜈蚣身上走来走去，寻古探幽。

且不说街上那些店铺的铁艺招牌，一件件早已够得上博物馆的藏品。连莫扎特故居门前手拉门铃的小铜把手，依旧灵巧地挂在墙上。它至少在一百年前就不使用了，但谁也不会去把它取下来——删节历史。因为最生动的历史记忆总是保留在这些细节里。

这里先不说萨尔茨堡人的历史观，往细处再说说这条老街。

任何老街都不是规划出来的，它是人们随意走出来的，所以它弯弯曲曲，幽深而诱惑。走在粮食街上，我很自然地想起意大利文艺复兴时期的名城西耶纳的那条老街，狭窄又曲折，布满阴影，没有边道；夹峙在街道两边的建筑又高又陡，墙壁上百孔千疮，到处是岁月沧桑的遗痕。

从这条老街两边散布出去的许许多多的小巷，好似蜈蚣又细又密的腿。一走进去，简直就是进入意大利了。这长长的巷子，大多在中间都有一个天井式的院落。四边是三层的罗马式的回廊。只有在中午时分，太阳才会由中天投下一小块叫人兴奋的阳光，使人想起卡夫卡对这种意大利庭院一个很别致的称呼：阳光的痰盂。只靠着这点阳光，每个庭院都是花木葱茏，常青藤会一直爬到房顶去晒太阳。

如果从粮食街直入犹太巷，再拐进莫扎特广场，意大利的气息会更加强烈地扑面而来。

那些铺满阳光的广场，那些森林一般耸立着的雪白的教堂，那些生着绿锈的典雅的屋顶，一群群鸽子在这中间飞来飞去。

从中，我们立刻感受到萨尔茨堡一千年政教合一的历史中，大主教至上的权威——他们的威严和尊贵！瞧吧，当年这些来自罗马的大主教，多么想在这里过着和梵蒂冈教皇一样的生活，多么想把萨尔茨堡建成"北方的罗马"！

萨尔茨堡不同于奥地利任何城市，与其相差最远的是维也纳。

维也纳建在一马平川的平原上，宏大而开阔；萨尔茨堡建在峡谷之间，狭窄而峭拔。维也纳的主人是哈布斯堡王朝，雍容华贵的宫廷气息散布全城；萨尔茨堡的主宰者是大主教们，神灵的精神笼罩着小小山城。所以，至今我们可以感受到维也纳的开放自由与萨尔茨堡的沉静封闭——这种历史的气氛。甭说城市，连城市的河流也大相径庭。绕过维也纳城市中心的多瑙河，总是给艺术家们很多灵感；但是从萨尔茨堡城中穿过的盐河，却没给人们更多的诗情画意。因此，逃出大主教阴影的莫扎特发誓他再不回到萨尔茨堡。此后他竟然连一支以故乡为题材的乐曲也没有。

当然，这是历史。

不管历史是怎样的，最终它都创造了城市各自独有的性格。

于是，宗教城市的静穆，大主教历史的森严和独来独往，山城的峻拔与曲折以及本地人的自信与执着，都已经成为今天萨尔茨堡深层的人文美。

当自以为是的美国人把麦当劳建在粮食街上时，他们第一次屈从了这里的文化传统，而把那种通行于世界的、粗鄙的、红底黄字的商标——大"M"，缩成小小的、镶在一个具有本地特有的古色古香的铁艺招牌中。

全球文化在这里服从了本土文化，从中我们是否看到了萨尔茨堡人的某些性格？

再往广处说，尽管每年来到这小城中的旅客人数高达两万人，本地人的生活方式却依然故我。他们没有被成帮结队、腰包鼓鼓的旅客扰得心浮气躁，一堆堆挤上去招揽生意。那些事都由旅游部门运行得井井有条。萨尔茨堡是用"电子商务"来经营旅游最出色的地方。人们呢？静静地做着自己的工作，并按照他们喜欢与习惯的方式去生活、娱乐和度假。他们远远地避开旅游景点，不喜欢到那种挤满游客的饭店和酒店去餐饮。因为在那些地方，他们找不到生活的温情与熟悉的气息。

如果想看一看真正的萨尔茨堡人，就去奥古斯汀啤酒屋吧！在那个一间间像厂房一样巨大的木头房子里，摆着一排排长条的木桌，看上去像卖肉的案子。桌子两边是木凳。萨尔茨堡人喜欢这里所保持的传统方式——自己去买酒买肉，洗杯和倒酒。陶瓷啤酒杯本来就很重，盛满酒更重；肉是烧烤的，又大又热又香。在这里没有人独酌，全都是一群人一边吃喝一边大声说话。

如果他们想一个人安静地消磨一下，就钻进盐河边的巴札咖啡店里。这家全萨尔茨堡人都去过的咖啡店，一点也不讲究，但这个城市的许多历史都在这家店中。小圆桌和圈椅随随便便放在那儿，进来一坐，一杯咖啡可以让你想待多久就多久。尽管有人说话也听不见。咖啡店的规矩和教堂一样——保持安静。它和奥古斯汀啤酒屋完全是两个世界、两种情调，但是一个传统。

如果想放纵，想连喊带叫，想与朋友热闹一番，就去奥古斯汀；

如果想让精神伸个懒腰，想怔一会儿神，想享受一下宁静与孤独，就去巴札。他们一直依循着这些与生俱来的生活感觉，从不改变。他们也看电视，也打手机，也听 CD，但离不开他们的奥古斯汀和巴札。

在外地人眼里，萨尔茨堡似乎有些因循守旧。甚至有人说维也纳是"音乐之城"，萨尔茨堡是"音乐之乡"，挖苦他们是乡下人。但一位萨尔茨堡人骄傲地说，我们这儿的女孩子从来没人骚扰。

在当今世界，很多城市由于旅游业兴旺，当地的人文风气发生骤变。商业扭曲和异化人们的心灵。然而萨尔茨堡人却岿然不动。他们本分，诚实，循规蹈矩，甚至看上去有点木讷，但叫你信任不疑。外地旅客不识德语与奥国的硬币，买了东西，常常将一把硬币捧给他们，让他们拿。他们绝不会多拿一分钱。可是如果在威尼斯和巴塞罗那谁这样做，谁就傻。

民风的淳朴来自他们的传统。他们怎么使这传统在利欲熏心的商品世界里不瓦解、不松动？原因其实只有一个：他们深爱甚至迷恋着自己的传统。不要以为他们只是凭着一种传统的惯性活着。在大主教广场上，我看过他们举行的一个非常特殊的活动。一些身穿巴洛克时代服装的年轻人表演着先前的萨尔茨堡人怎么打铁、制陶、造纸、织布，以及怎么化妆、用餐和演戏，等等。我问他们为什么这么做。他们说，一方面使人们亲近传统，一方面吸引外来游客。我问他们，是为了赚游客的钱吗？

他们说，没有赚钱的目的。人家来旅游，不只为了玩和购物，更要看你的文化。我们这样做是为了宣传自己的文化。

老实说，萨尔茨堡人生活在一种很深的矛盾中。焦点就是旅游。

他们和任何旅游城市一样，天天都承受着潮水一般的游客的冲击。所有空间都是人头攒动，到处都是挎着背包和相机的陌客窜来窜去，动不动就举起相机对着他们"咔嚓"曝一下光。重要的是，生活被全部打乱、打碎。一位当地人说，萨尔茨堡已经不是我们的了，它卖给游人了。

然而，萨尔茨堡人又都明白，这座城市至少一半收入来自这些张大眼睛四处乱看的游人。何况，每当游人们被萨尔茨堡的美震住，他们又从心底感到十分的自豪和满足。

萨尔茨堡人细致、诚恳、敬业，又很会做生意。他们善待每一位客人。每位客人进入这里的旅店，都会看到桌上放着一套"见面礼"。风光画片，旅游手册与地图，一套纪念册，几粒莫扎特糖球，有时还有一顶太阳帽。而为旅客想得如此周到的，不仅仅是旅店，还有餐馆、剧场、车站和各个著名的景点。他们抓住任何一位游客，让人充分享受到这里的精华。关键还是由于，他们真正懂得自己家乡的文化之美在哪里。

可是，如果与他们进一步接触，就会觉得在什么地方与他们总有一点距离，一点隔膜。这便很自然地想到，是不是一千年大主教特立独行的历史，给这座城市造成了一种封闭？

他们很高兴外来的人喜欢他们的文化，但对外来文化却并无很大兴趣。在城中的画廊里，很少能看到现代艺术，至于美国化的流行文化更难在这里立足。

任何在文化上自成系统的地方，总会以自我为中心。也许正是这种文化上的自我，才使它特色鲜明和不可替代，因之也就更具旅游价值。

　　我在萨尔茨堡有一位好友，名叫威力。他出生在北意大利的米朗特。十岁来到萨尔茨堡。人说米朗特曾经属于奥地利的蒂罗尔。我却坚信他是意大利血统。他见到朋友就张开双臂拥抱，像要放声唱歌；他脸色通红，仿佛时时都是激情洋溢。他不喜欢别人打断他的话。但他要是激动起来，也无法中断自己的话。然而，这位意大利人却是一位十足的"萨尔茨堡通"。他深知这座城市每一幢房子的历史，甚至知道扔在路边每一块有花纹的老石头来自哪里。

　　历史在史学家手里是一堆可以查证的材料，在民俗学家口中全是能够行走的生命。

　　他本职工作是铁路局的电气技师。对民俗与地方史的研究则用去全部业余时间。现在他退休了，他说"现在可以用全部生命的时间"了。前几年，州政府颁发给他一枚金质奖章，奖掖他对萨尔茨堡的地方史做出的出色贡献，后来别的组织也要向他颁奖，他却说，不要了，一个就足够了。这些事多了会很麻烦。他说："最重要的不是我，而是萨尔茨堡。"

　　我问他："为什么会这么爱萨尔茨堡？"

　　他说："因为它的魅力！"

　　好像说一位他视如生命的女人。

　　我发现这个意大利血统的人激动起来，不但脸更红，而且眼球像通了电，目光灼亮。

后来，我在拜访萨尔茨堡音乐戏剧节组委会时，感受到在情感意义上他们个个都是威力。尽管距离七月底的音乐节还有三个月的时间，所有筹备工作已经紧张地干起来了。在一座剧场里，人们正在吊装巨大的具有抽象意味的彩绘幕布。音乐节时，这里将上演莫扎特歌剧《后宫诱逃》。他们正在加紧制作布景和道具。

已经有八十多年历史的萨尔茨堡音乐戏剧节是闻名于世的艺术节。他们既有一百米宽和三十米高超大舞台的现代剧院，也有三百年历史的岩石骑术学校剧场。届时萨尔茨堡将有两千五百个临时性工作人员，为来自世界各地的二十万观众服务。他们年年如此。

这位艺术节组委会的负责人对我说："我们要让每一位客人都爱上萨尔茨堡。"

这话叫我吃了一惊。他不是在说大话，他说得很真诚。但叫人爱上一个城市是不容易的。如果你有这个想法，一定是你自己已经深深爱上它了。

可是，一个城市是否真正强大，正是来自这个城市的人对它的爱。这种爱缘于自信。而最深层的自信来自它独有的不可取代的人文和对这种人文的理解。

我喜欢黄昏时分在城市中散步，穿行于那些迂回辗转、交错不已的老街老巷中。此刻，古老的房屋全成了高高低低群山一般的剪影了，寥落的街上已经晦暗模糊。只有那些伸向天空的教堂镏金的顶子映着夕照，闪耀着光辉。一些设在道边或街角的露天咖啡店桌上的蜡烛已然点亮。近处一个教堂的钟声方歇，远处一个教堂的钟声又起。忽然一阵钢琴声从前边的街角像一阵风似的吹来。

我感到了萨尔茨堡人对他们的传统与文化的一种依赖。

我不想评论这种依赖是耶非耶，但我却清晰地触摸到它的性格，它结实的、执着的、独立的和富于魅力的性格。

图书在版编目（CIP）数据

花巷 / 冯骥才著 . —长沙：湖南文艺出版社，2020.1

ISBN 978-7-5404-9388-2

Ⅰ . ①花… Ⅱ . ①冯… Ⅲ . ①散文集—中国—当代 Ⅳ . ① I267

中国版本图书馆 CIP 数据核字（2019）第 265133 号

上架建议：经典·文学

HUAXIANG
花巷

作　　者：冯骥才
出 版 人：曾赛丰
责任编辑：刘诗哲
监　　制：毛闽峰　李　娜
特约策划：张若琳
特约编辑：李　睿
营销编辑：吴　思　刘　珣　焦亚楠
封面设计：尚燕平
版式设计：梁秋晨
内文插图：冯骥才
出　　版：湖南文艺出版社
　　　　　（长沙市雨花区东二环一段 508 号　邮编：410014）
网　　址：www.hnwy.net
印　　刷：嘉业印刷（天津）有限公司
经　　销：新华书店
开　　本：875mm × 1230mm　1/32
字　　数：219 千字
印　　张：10
版　　次：2020 年 1 月第 1 版
印　　次：2020 年 1 月第 1 次印刷
书　　号：ISBN 978-7-5404-9388-2
定　　价：49.80 元

若有质量问题，请致电质量监督电话：010-59096394
团购电话：010-59320018